铁血敦煌

李茂锦★作品

中国出版集团
现代出版社

图书在版编目（CIP）数据

铁血敦煌 / 李茂锦著. -- 北京 : 现代出版社, 2017.7

ISBN 978-7-5143-6286-2

Ⅰ. ①铁… Ⅱ. ①李… Ⅲ. ①长篇小说－中国－当代 Ⅳ. ①I247.5

中国版本图书馆CIP数据核字(2017)第174604号

铁血敦煌

作　　者　李茂锦
责任编辑　李　鹏
出版发行　现代出版社
地　　址　北京市安定门外安华里504号
邮政编码　100011
电　　话　010-64267325　010-64245264（兼传真）
网　　址　www.1980xd.com
电子邮箱　xiandai@vip.sina.com
印　　刷　三河市京兰印务有限公司
开　　本　710×1000　1/16
印　　张　22
版　　次　2017年7月第1版　2020年6月第2次印刷
书　　号　ISBN 978-7-5143-6286-2
定　　价　59.80元

人物表

黄新廷：中国人民解放军第一野战军第三军军长、敦煌剿匪总指挥

杜秉德：敦煌县工委书记

石志刚：敦煌县政府县长

尹善荣：敦煌县剿匪运粮大队队长

张献魁：中国人民解放军第一野战军第一兵团二军四师十二团团长

漆承德：中国人民解放军第一野战军第一兵团二军四师十二团政委

杨日明：山西人，敦煌县保安大队副队长，“南湖事变”七烈士

贾延尚：山西人，敦煌县保安大队副排长，“南湖事变”七烈士

赵　功：敦煌县杨家桥乡月牙泉村人，保安队战士，“南湖事变”七烈士

范　淳：敦煌市城关镇人，保安队战士，“南湖事变”七烈士

蒋志义：敦煌县南湖乡水尾人，保安队战士，“南湖事变”七烈士

张万年：敦煌县三危乡泾桥村人，保安队战士，“南湖事变”七烈士

王彦存：敦煌县城关镇人，保安队战士，“南湖事变”七烈士

来推夫：维吾尔族，敦煌农民，三进南山劝匪首的民族人士

李万祥：回族，敦煌县工商科科长，三进南山劝匪首的民族人士

李成华：敦煌县公安局局长

马振勤：敦煌县保安大队队长

李　源：敦煌县公安局治安股股长

铁惠民：杜秉德书记秘书

小　郭：石志刚县长警卫员

周　谦：敦煌县保安大队队战士，敦煌解放后发展最早的一名党员

小　张：敦煌县政府办公室机要员

张素兰：敦煌县政府办公室秘书，潜藏敌特分子

陶峙岳：国民党西北军政长官公署副长官、新疆警备总司令、河西警备总司令，发布起义通电，敦煌警备营响应起义

刘家骥：国民党驻敦煌警备营营长，协助张献魁团长解放敦煌有功

常书鸿：敦煌文物研究所所长（原敦煌艺术研究所）

段文杰：敦煌文物研究所工作人员

吕　钟：敦煌县知名士绅、支前委员会主任

刘黑女：敦煌县妇委会主任

李瑶圃：敦煌县卫生院院长

宏智法师：敦煌大佛寺住持

善　道：敦煌大佛寺和尚，潜伏匪特

马德海：敦煌县伊斯兰教会会长

李团长（李文彭）：剿匪部队团长

安政委（安骏）：剿匪部队团政委

高团长（高东生）：剿匪部队步兵团团长

张营长（张凤鸣）：剿匪部队营长，在长草沟战斗中光荣牺牲

张连长：剿匪部队机动连连长

何连长：剿匪部队尖刀连连长

王排长：剿匪部队侦察排排长

小　王：剿匪部队侦察排战士，在追剿乌斯满战斗中不幸牺牲

孔庆云：剿匪部队文化教员，活捉乌斯满英雄

刘华林：剿匪部队炊事员，协助孔庆云活捉乌斯满有功人员

李秀春：剿匪部队卫生员

刘长柱：剿匪部队机枪手

周小勇：剿匪部队神炮手

苗　凯：南湖乡武装部长

兰花嫂：南湖乡妇委会主任

苏　河：南湖乡农会主席

王三党：南湖乡征粮工作组组长

杨万福：南湖乡民兵

杨万禄：南湖乡民兵

陈宝玉：南湖乡民兵

李多才：南湖乡民兵，民间拳棒手

吴炳录：敦煌县五区武装部部长、剿匪英烈

吕　玉：敦煌县五区民兵，剿匪英模

郭　刚：敦煌县剿匪运粮队民兵

温占国：敦煌骆驼客，剿匪运粮队骆驼队队长

刁老农：敦煌民间武生下，刁家庄庄主

许进福：新店子农民，我方内线

李精武：敦煌拳棒手、民兵

刘神手：敦煌城民间接骨大师

赵大先生：沙州堂主、军统特务，敦煌城匪方内线

二　丫：沙州堂店员，赵大先生侄女，我方内线

木里克：哈萨克族牧民，在海子草原击毙匪首毕善禄

雪　莲：蒙古族姑娘，后与敦煌汉族青年孙亮成婚

孙　亮：敦煌汉族青年

金在治：国民党“青康专员公署”专员，敦煌解放前欲逃被擒

潘柏南：敦煌伪县长，敦煌解放前潜逃酒泉，后被镇压

乌斯满：新疆哈萨克族反动头人，叛匪头子

包布拉：肃北蒙古族头人，“仁义救国军”军长

马玉林：“仁义救国军”副军长

毕善禄：回族，敦煌人，“仁义救国军”师长

铁有才：回族，敦煌人，原驻甘肃骑五军某团团长，后投靠“仁义救国军”，被封团长

叶合比：回族，敦煌人，毕封其为“仁义救国军”副师长

张二麻子（张维秀）：敦煌县恶霸地主，通匪，“仁义救国军”军需部长

魏三喜：惯匪

张继元：惯匪

马占元：惯匪

于进魁：惯匪

布拉克：惯匪

孙耀武：南湖乡恶霸地主，通匪

马立功：南湖乡恶霸地主，通匪

阎万有：敦煌县恶霸地主，通匪

张　楷：敦煌县恶霸地主，通匪

陶尚义：敦煌县水利会长，“一贯道”道首，通匪

马德昌：敦煌县恶霸地主，“一贯道”骨干，通匪

赵　恭：敦煌县恶霸地主，通匪，后自首

目录 CONTENTS

第十三章　海子草原追剿乌斯满

第十四章　碧血白沟阿克塞

第十五章　悠悠敦煌情

引 子

朋友，你知道敦煌吗？你去过莫高窟、鸣沙山、月牙泉、阳关和玉门关吗？朋友，你知道敦煌南山吗？你去过南湖、西湖和北湖吗？

说起敦煌，朋友们可能大都知道，甚至去过莫高窟、鸣沙山、月牙泉、阳关和玉门关。说起敦煌南山、西湖和北湖，朋友们就不一定知道，甚至很少去过了。

1949年9月28日敦煌解放后，敦煌南山、南湖、西湖和北湖一带，一时成了土匪啸聚和出没的地方。这些土匪，一部分是兰州战役中溃逃的国民党骑五军散兵游勇与敦煌的土匪恶霸和潜逃的敌特务分子组成的所谓“仁义救国军”；一部分是在新疆发动反革命叛乱，被王震将军率领的中国人民解放军打败，经肃北马鬃山逃往敦煌南山的乌斯满残匪。他们熟悉地理，行踪隐秘，虽人数不多，但穷凶极恶，顽固死硬，在和平的阳光下投下一层恐怖的阴影。他们在玉门、安西、敦煌一带伏击我军运输车队、抢劫人民群众的财物、杀害我保安队战士，甚至妄图颠覆新生的人民政权。

兰州战役后，我中国人民解放军第一野战军驻守河西第三军军长黄新廷，奉彭德怀司令员的命令，进军河西、驻扎敦煌，在敦煌南山（党河南山）、南湖、西湖和北湖的戈壁大漠、雪山草原，先后与以土匪头子马玉林、毕善禄和敦煌恶霸地主张维秀（张二麻子）为首的“仁义救国军”匪部，以乌斯满为首的叛匪，进行了长达两年的剿匪战斗，最终将这两股匪徒一一歼灭，活捉匪首乌斯满。之后，根据中共中央西北局的指示，军地双方积极争取被叛匪挟裹的哈萨克牧民，为南山剿匪画上句号。

敦煌剿匪，是民国以来前所未有的大规模的战斗，也是一曲感人的民族团结颂歌。在剿匪战斗中，敦煌汉族群众与蒙古族和哈萨克族群众齐心协力，筹集军粮、提供情报、担任向导，为剿匪的胜利做出了不可磨灭的贡献。

敦煌是丝绸之路“华戎所交，一大都会”，中国历史文化名城，中国优秀旅游城市，同时也是一座具有光荣传统的英雄城市。因为在当年敦煌的剿匪战斗中，剿匪安边和保护莫高窟是相辅相成的。剿匪安边是为了让敦煌这座千年丝路古城完整地回到人民的手中，让文明的薪火相传不息。

《铁血敦煌——敦煌剿匪记》，就是以当年的历史事件为背景，以鲜活的人物故事为素材，以纪实和传奇为双翼，比较全面真实地再现了那段可歌可泣的剿匪往事，让更多的朋友们不仅为敦煌辉煌的历史文化所震撼，而且为敦煌豪迈的英雄情怀所振奋。

欢迎朋友走进敦煌南山，走进南湖、西湖和北湖，追忆和感受敦煌剿匪的铁血记忆……

诗云：

千年丝路烽火燃，民国以来战云残。

敦煌剿匪情悲壮，碧血丹心映雪山。

第一章

铁流西进

隆隆炮声震边城

1949 年 8 月，兰州战役的隆隆炮声震撼黄河两岸，声传千里河西……

中国人民解放军副总司令、第一野战军司令员兼兰州战役总指挥彭德怀将军运筹帷幄，兰州战役于 1949 年 8 月 12 日发起总攻，经过窦家山、古城岭、马家山、营盘岭、沈家岭、狗娃山、黄河铁桥等一场场激战后，打死、打伤、俘虏敌军 27000 余人，又在追击中迫使敌人在强渡黄河时被淹死 2000 余人。至 8 月 26 日，兰州战役胜利结束。

兰州战役的胜利，结束了马步芳、胡宗南在西北地区长达 40 余年的反动统治，彻底瓦解了青海、宁夏国民党残余势力做最后抵抗的意志，打开了人民解放军解放河西、进军新疆的大门，加速了西北全境的解放。

在兰州第一野战军司令部，彭德怀向黄新廷军长下达命令：……要保护好玉门油矿、保护好敦煌莫高窟，让它们完整地回到人民的怀抱……

黄新廷和彭德怀互致军礼，满怀深情；黄新廷不辱使命，挥师河西。

向前、向前、向前，

我们的队伍向太阳。

脚踏着祖国的大地，

背负着人民的希望，

我们是一支不可战胜的力量。

我们是工农的子弟，

我们是人民的武装。

从无畏惧，绝不屈服，英勇战斗，

直到把反动派消灭干净，

毛泽东的旗帜高高飘扬。

……

军歌嘹亮，战马嘶鸣。茫茫戈壁沙尘阵阵，巍巍祁连白雪皑皑，千里河西红旗漫卷。在兰州战役中英勇善战，所向无敌的中国人民解放军第一野战军第三军，在军长黄新廷的带领下快速挺进武威、张掖、酒泉，追歼残敌，解放河西……

隆隆炮声撕破笼罩在西北上空的沉沉乌云，给古老的河西大地带来希望的曙光。

敦煌，这座地处河西走廊最西端、丝绸之路上的千年历史文化古城，在暴风雨到来的前夜，真是有人欢喜有人忧愁。欢喜的是广大劳苦大众，他们感到世世代代贫富不均的时代将要过去了，祖祖辈辈苦难的日子终于熬出了头。忧愁的是国民党县衙的官员们和当地的恶霸地主，他们或感到罪大恶极、末日来临，或担忧被扫地出门、没有活路。还有那些商号的老板们，害怕财产充公、倾家荡产。敦煌大恶霸地主张二麻子与阎万有、张楷、赵恭等同类，犹如一根绳上的蚂蚱，自知欠人民的累累血债无可饶恕，在兰州战役前就相互串通逃进了南山。

铁流西进，所向披靡，武威、张掖相继解放。

月夜，张掖古城。晴空澄澈，祁连映雪。威武英俊的黄新廷军长站在军部墙上的军用地图前，把目光从张掖缓缓地移往酒泉、金塔、玉门——玉门油矿，安西——榆林窟，最后定格在敦煌——莫高窟，细细端详，默默无语。望着窗外皎洁的月光，黄新廷不禁想起了彭总下达的命令：要保护好玉门油矿、保护好敦煌莫高窟，让它们完整地回到人民的怀抱。此刻，他感到肩上沉甸甸的……

黄新廷与三军

提起黄新廷，现在敦煌健在的老辈人都知道他的大名，他是解放军驻河西三军军长，敦煌剿匪总指挥，是一位让匪徒闻风丧胆，让人民敬佩有加的传奇英雄人物。

黄新廷，湖北沔阳（今洪湖）宋家墩人。1928 年任区少年先锋队大队长。1929 年加入中国共产主义青年团。1931 年参加中国工农红军。次年转入中国共产党。曾任第三军连、营、团长。参加了湘鄂西、湘鄂川黔苏区反“围剿”和长征。1937 年入延安抗大学习。后任八路军一二〇师副团长。参加齐会、陈庄等战斗和百团大战。1944 年任八路军一二〇师副旅长。1945 年后，任晋绥野战军旅长，第一野战军师长、军长。参加了延安保卫战和青化砭、宜川、扶、兰州等战役。1953 年参加抗美援朝，任中国人民志愿军军长。1957 年毕业于军事学院战役系。后历任成都军区副司令员、司令员，装甲兵司令员。是中共七大代表、第十一届中央候补委员、第十二届中央委员，中顾委委员，第三、四届全国人大代表。1955 年被授予中将军衔。曾获二级八一勋章、一级独立自由勋章、一级解放勋章。

三军即中国人民解放军一野第三军。这支发源于湘鄂西，洪湖的红军部队历经土地革命战争和抗日战争血与火的考验，发展壮大成为华北和西北战场我军的主力铁军（解放战争时期，第一野战军涌现出的铁军为第一纵队、第二纵队、第三纵队、第六纵队，后起之秀为第四纵队）。

1949年2月1日，根据中共中央军委1948年11月1日关于统一全军编制及部队番号的命令，西北野战军第三纵队改称中国人民解放军第三军，隶属第一野战军第一兵团建制。首任军长许光达，副政治委员朱明。独立第二、第三、第五旅分别改称第七、第八、第九师。全军共2.1万余人。2月中旬至6月中旬，第三军先后参加了春季战役和陕中战役，歼灭国民党蒲城守军和富平自卫团；在乾县、礼泉地区抗击国民党第八十二军向西安的反扑。6月17日，第三军编入第二兵团。接着，参加扶眉战役，会同第四、第六军及第十八兵团部队将国民党军第十八兵团部及3个军的大部聚歼于渭河以北午井、罗局镇地区。7月中旬至8月初在陇东追击战中，第三军攻占陇县，解放庄浪等城镇。8月下旬参加兰州战役，9月1日第三军开始向甘肃河西走廊进军。自9月25日起，玉门油矿和酒泉所属各县相继解放。9月底由于新疆即将实现和平解放，第三军奉命停止西进，驻扎河西张掖、武威、酒泉地区执行剿匪肃特、维护社会治安、建立人民政权、参加生产建设等任务。在此期间，还对拨归第三军建制的骑兵团、独立团、驼兵团等国民党起义部队，进行了改造工作。

1950年初，黄新廷军长指挥驻河西的三军将士出师明水、滚破泉、马鬃山和安西桥子一带，打跑了王英、李守信和黄祖勋匪部。

此后，在敦煌两年的剿灭“仁义救国军”匪徒包布拉、马玉林、毕善禄和乌斯满残匪的战斗中，黄新廷军长率领我剿匪部队在敦煌城、戈壁、雪山和草原留下了一段段传奇故事，深受敦煌父老乡亲的爱戴和赞誉。

山雨欲来风满楼

1949年9月，敦煌，天高气爽，梧桐金黄，党河两岸，瓜果飘香。老人们说今年南山（敦煌老百姓对位于敦煌南面的祁连山和阿尔金山的俗称）冰雪丰润，党河来水量大，加之墒情又好，瓜儿果儿结得稠，长得大，又甜又好吃。

城外张大户家的瓜田里，长工正在摘西瓜、甜瓜。今年和往年不同的是，摘瓜的长工还能带几个瓜蛋子回家。城郊张家园子里，一些早熟的长把梨儿、香水梨正在下架（下树），长工们边摘边吃，过往的人们也可随便尝尝，而不像往年全部进入张家大院，摘梨的长工只能吃一点被碰伤的梨儿，别人就一边望嘴去吧。张家的管家和婆姨，也没有往年那样的骄横和吝啬了，都笑眯眯地对来人说，吃吃吃，乡里乡亲的，你们摘上些吃，带回家去吃。吃梨的人们边吃边哈哈地笑着，显得格外地开心。今年的秋天，对敦煌的父老乡亲来说，是最有盼头的一个秋天。随着张二麻子逃往南山，饱受地主压迫的庄户人，终于感到敦煌的天要变了。这天，刘黑女和几个姐妹也到张家园子摘了一围巾黄澄澄、香喷喷的长把梨儿，带到德兴隆药铺，让他爷爷“刘神仙”也尝尝。

1949年上半年，原敦煌驻军国民党一九一师所属骑兵团和十九团工兵先后调离敦煌。6月下旬，国民党新疆部队为填补河西走廊空虚地带，奉新疆警备区总司令陶峙岳的命令，将驻新之二三一师调往酒泉、玉门一线。新疆警备总司令部警备团（除第二营驻守总部外），团部及二营由吐鲁番移驻安西，刘家骥奉命带领第一营由鄯善移防敦煌，于7月上旬到达，维护地方秩序。

当时敦煌城情况很复杂，除国民党县党部以外，还有其他国民党军政机关“办事处”“留守处”“仓库”及“青康专署”，专员是国军中将金在治。在这个时期，来敦煌不暴露身份的人不计其数，而且越来越多。从两名断绝钱粮来向刘家骥求援的“青康专署”特务口中得知，他们有30多人，分布在城里城外直到当金山口。

8月下旬，甘肃省政府少将参议潘柏南接替前任县长鲁玲任县长职务。潘柏南原系红四方面军二十五旅旅长。1936年红四方面军在高台、临泽失利后，军长董振堂以身殉国，不少指战员历经千辛万苦，返回延安，而潘柏南则到新疆投靠了盛世才，被任用为和阗行政长（相当于专员）兼警备司令。1941年盛世才调离新疆，由八战区司令长官朱绍良接管新疆，潘又被任用为八战区长官公署少将高参。1949年7月，马步芳任西北军政长官时，由于人民解放军连番告捷，马家军在陇东和西海固节节失利。长官公署指定敦煌为后方留守处，并派专员在县城东门外张家祠堂（张家堡子，现敦煌市医院院址）为留守处办公地点。8月，甘肃省政府因敦煌已设长官公署后方留守处，由长官公署指派中将高参潘柏南为敦煌县长。

自7月以来，敦煌城里从县衙和街头巷尾，不断传来“解放军攻打兰州，共产党将血洗河西、血洗敦煌，共产共妻，财产归公，民不聊生”等流言蜚语，搞得人心惶惶。尽管如此，城里张二麻子家的油坊、刁家酒店、王家凉粉铺、敦煌春茶馆、芝索遗风装裱店、德作本商行、德兴隆药房、义生和药店虽生意清淡，仍正常开门营业。

这天，给张二麻子家运货的骆驼客温占国拎着油葫芦，领着小女儿玉兰来到张二麻子家油坊打清油，他说上次他拉骆驼的一份工钱张大人还没付，现在人也不见了，这次打请油能不能顶上咔？一向苛刻的张家掌柜，这次倒显得非常干脆，说行行行，行啊，你是我们家的老人手了。

在秦州户，敦煌肉客杨俊德的红柳烤羊肉车旁，每天都有不少食客，也夹杂一些陌生的外来人员。秦州户（现沙州夜市所在地）因天水商人居住故名，从清代开始，与火神庙一直是敦煌的集贸市场，经营杂货及地方小吃，伴有文化娱乐，是敦煌城的热闹之地。

说起杨俊德的烤羊肉，那可是敦煌独有的地方小吃，于右任先生不仅亲口品尝还大加赞誉呢！

据敦煌文史“活字典”张仲老先生回忆，1941 年 10 月初，国民政府监察院院长于右任到敦煌参观，随行的有高一涵、卫聚贤等人。在敦煌的 5 天日子里，于右任对莫高窟敦煌艺术非常珍爱，大加赞誉：“莫高窟是中国的骄傲，更是甘肃的骄傲，应该珍视！”并作《敦煌纪事》诗八首，以抒情怀。在敦煌参观期间，于右任特意品尝了敦煌的地方风味小吃红柳烤羊肉。他坐在秦州户肉客杨俊德简陋的木肉车旁，津津有味地品尝烤肉后，高度评价道：“敦煌烤羊肉是独具特色的西北风味。”

红柳烤羊肉是敦煌特有的民间美食，至少在清代已香飘沙州（敦煌古称沙州）。与新疆烤羊肉相比，前者是将生肉片穿钎，用炭火熏烤。而后者则是将肉煮成七成熟，切条架在烤撑上，然后用敦煌当地的红柳柴，燃火烧烤，只加少许盐，烟熏火燎，旋翻旋烤，待油滴下时，趁热而食。红柳生于敦煌盐碱荒漠，含有大量的盐碱成分，当其燃烧时，盐分随烟升华，自然渗入肉内，所以用这种方法烤的羊肉肥而不腻，肉质嫩香，确实为别具特色的“塞上风味”。

在火神庙戏园子旁的敦煌春茶馆，开明绅士吕钟、任子宜先生一边品茶，一边和茶客谈论着“敦煌的形势”。吕钟说：“解放军西进，敦煌解放是迟早的事，国民党政权垮台是无法挽回的，咱们要好好配合维持好城里的秩序。”这时，芝索遗风装裱店的李画匠（装裱匠）疑惑地说：“县衙的人说共产党青面獠牙，六亲不认，千佛洞的佛像要全部捣毁，像我们搞字画装裱的，都没有好果子吃。”任子宜听后刮了一下盖碗茶水笑着说：“李画匠，这些都是谣言，共产党是保护人民、保护文化的，莫高窟是咱们民族的瑰宝，绝不会捣毁的，再说你是做文化生意的，更应该受到保护的。”听了任子宜的话，李画匠长出了一口气：“那就好、那就好。”

后来，吕钟和任子宜常常在敦煌春茶馆宣传“敦煌的大好形势”：解放军进城，共产党坐天下，斗地主、分田地，人民当家作主……吕钟和任子宜都是敦煌的教育和文化名人，他们热爱家乡文化教育，拥护共产党，是敦煌正义力量的化身。

刘神仙在德兴隆药店，也为前来看病抓药的人讲说解放军大军压境，敦煌解放指日可待的消息，鼓舞大家拥护共产党，不要传谣信谣，积极迎接解放军进城。听讲的人出去一传十十传百，为稳定地方人心起到了积极的作用。刘神仙是敦煌接骨神手，被誉为“刘神仙”，他不仅医术高明，而且医德高尚，深受人们的拥戴。

德兴隆原名德兴恒，始创于民国初年，由邑人刘骥德、耿林、王维俊合资经营。后于民国七年（1918）统由刘氏经营，更名为德兴隆（现飞天商场），药店祖传的丸、散、膏、丹制作精细，价廉效捷，惠及邑人。刘先生生性敦厚，利济求仁，在商界就负重望，1918 年被推为敦煌商会会长。他主持一邑商政，乐善好施，于 1928 年—1935 年与乡绅张盘铭、朱等主持集资重修千佛洞九层楼，深受乡里赞扬。其子刘铸烈子承父业，苦学中药之切、炒、炮、炙及制药技术，为敦煌第一位技艺全面的中药师。刘铸烈 1944 年任敦煌县商会会长，解放后拥护党的政策，是开明绅士。德兴隆药店积极为剿匪部队提供药品，救助伤员，被传为佳话。今天，德兴隆药店成为“中华老字号”，老店新开，子店辉映，杏林春暖，香飘古城。

刘家骥临危受命保敦煌

敦煌县城内，连月来解放军西进的消息不断传来。国民党骑五军散兵游勇不时流窜，县长和官员们更是惶惶不可终日。此时，刘家骥奉陶峙岳命令，作为驻防敦煌的国民党警备营营长，全权负责敦煌的防务。此时，敦煌县自卫队虽然还存在，但已是人心涣散。

9月21日上午，刘家骥应约急匆匆走进县衙大门，直奔县长潘柏南的办公室。只见潘柏南在地上踱来踱去，急得像热锅上的蚂蚁一样，金专员（金在治）在一旁一筹莫展。未等刘家骥站稳脚跟，潘柏南开口就没好气地说：“你怎么才来啊，把人都快急死了！”“营房这几天事情多，出来不放心啊！”刘营长对应道。待落座后，潘急问：“共产党打到敦煌来你怎么办？”又说：“战事很紧，传来的消息极不好。我们应该及早做好准备。我和金专员已经研究，全县党政人员和重要物资要转移到南山，你率全营官兵掩护，南关粮仓的粮食由我们调拨，请你来就是研究这个问题，你看如何？”刘家骥略加思索后回答：“军人以服从命令为天职，只要总部有命令，我立即执行。”金专员忙说：“我们会给总部陶总司令（陶峙岳）发电报的，请他批准我们的计划，我们现在先研究具体方案。”接着，他们三人共同研究了南山地形及去青海、新疆的通道等等。

刘家骥回到营房后，思想踌躇，情绪不安。他的部队受陶峙岳长官的调遣，来敦煌驻防，维护地治安。兰州战役后，解放军一路西进，国民党整军整师的部队尚且抵挡不住，何况我区区一个营的兵力呢？而逃又逃到哪里？敦煌境内，四面是茫茫戈壁沙漠，如何行动？粮食、弹药如何供应？况且严冬即将来临，雪山地带又如何立足？机关人员随军撤走，土匪趁机抢劫，全城必然大乱，后果不堪设想。思前瞻后，刘家骥进退维谷，心乱如麻。

次日上午，潘柏南又通知开会。县长办公室仍是潘、金二人。刘家骥惦记陶峙岳是否同意潘、金的计划。于是先问："陶总有无回电？"潘说："没有，今天我们继续研究行动计划。你的部队准备得怎样啦？"刘答："我的部队已是临战状态，只要一声令下，随时可以出动。只是我们的运输工具，粮食、弹药和被服等如何供给？"潘说："这些全由我负责，正在准备中。"接着，潘、金又说共产党杀人如麻，极其残酷，早走一天早一天安全。刘反问道："共产党也是人，没有那样吓人吧？我们还是往好处想想。"

金表示说："我金在治坚决不投降！"潘也随应道："我潘柏南死也不做共产党的俘虏！"一听二人已是王八吃秤砣——铁了心，刘就顺水推舟说："那就一切按你们说的办。"最后，潘、金二人说三日后若仍无陶总电示，即可按原计划提前行动，并问刘意下如何？刘满口答应："绝无问题。"

刘家骥在回营房的路上，潘、金所说"正在准备中""提前行动"的话音犹在脑际回荡。他想全县有多少骆驼马匹？有多少物资？来源又在何处？大规模出城，城内必定大乱，等等，一连串的问题牵动着他的神经。他感到逃跑只是死路一条。

下午，刘家骥召开连排以上的军官会，摸底细、探虚实，看看潘、金是否插手部队、下属有何思想动态？刘将潘、金二人的“计划”如实转告大家，并说我们只有等待上峰命令方可行动，大家看怎么样？下面一片寂静，鸦雀无声。良久，刘问大家：“你们都说话啊！”大家齐声道：“一切服从命令。”此刻，刘家骥的心才落到了实处，认为他的部队还是稳定的。

第三天上午，潘柏南又来电话通知刘家骥开会，继续商量逃往南山一事。刘家骥坚决表示：“作为军人必须服从命令，只能等候团部或总部的命令。”潘、金二人听后非常恼火地说：“那你就等命令吧。”

双方争执不下，会议不欢而散。

刘家骥回到营房后，常书鸿专程来找刘家骥，请求派部队保护莫高窟，以防不测。刘家骥表示不能派部队支援，怕引人注目，招惹祸灾。请他们坚守岗位，组织全体人员防护，防止破坏。遂给了一些枪支弹药和粮食，让常书鸿随毛驴车偷偷带走。

24 日一大早，刘家骥召集连长和营部副官开会，规定了五条纪律：一、不论在任何情况下，坚决服从上级命令，不得擅自行动；二、加强对所属部下的控制与指挥，不准让其单独行动；三、无特殊任务，任何人不得擅离部队；四、提高警惕，昼夜巡逻，观察所有人的行动；五、加强营房及县城内外的警戒，将重机枪全部布防于城头，以防不测。大家一致表示坚决执行，并及时传达到下面。

这天中午，潘柏南亲自到县医院，对李瑶圃院长说县政府有特殊用途，急需一些常用药品，让医院赶快办理。李院长无奈，随即准备了一箱常用药品，派两人送到潘伯年办公室。之后，李院长吩咐医护人员，一定好保护好医院的设施和药品（后来，李院长把医院完整地交到人民的手中，受到政府的好评，继续担任医院院长）。李瑶圃院长及时向刘家骥报告了这一消息。刘家骥感到大事不妙，潘、金二人今晚可能要逃跑。刘家骥立即命令马排长带领一个排，保护好南关粮仓，没有他的命令，不能运出一粒粮食。他特意叮嘱胡连长，要重点把守好西城门和北城门以防不测。

傍晚，刘家骥心情沉重而不安。掌灯时分，他突然接到团部传来的陶峙岳总司令“起义通电”，并及时向全营官兵传达：

……峙岳等谨率全军将士郑重宣布：自即日起，与国民党政府断绝关系，竭诚接受毛主席之八项和平声明及国内和平协定。全军驻守原防，维持地方秩序，听候人民军事委员会及人民解放军总部的命令。

……

全体官兵听了“通电起义”内容，表示积极响应。刘家骥命令全体官兵：驻守严防，各尽职守，维护地方秩序，敬候人民革命军事委员会及人民解放军总部命令。刘家骥顿时如释重负。他立即向全营官兵传达，激起一片欢呼声。刘家骥命令官兵各尽其职，防止解放军进城前可能出现的混乱局面。

25日天刚蒙蒙亮，刘家骥正在巡视军营。胡连长急忙来营部报告，县长潘伯南、副县长屈明智、县党部书记王彦炳带领一群人，荷枪骑马及骆驼出东城门去了。刘家骥为之一惊，糟了！县长逃跑了，城内必定大乱。他当即向胡连长命令：封闭城门，任何人不得出城。瞬间，又有人来报：在朱家大院“青康专署”驻地，金专员已装满两辆道奇卡车物资和武器，专属人员正在上车，准备出西城门出逃。他立即命令：禁止所有人员出城，如果有强行出城者，开枪射击，格杀勿论！

此刻，金专员的车辆向西城门口匆匆驶来，还未到西城门口，前面已是戒备森严。金专员见状，只能强行了，他示意司机硬闯。突然，一排排子弹在车前炸开，司机吓得不敢向前。最终，金专员的车辆被阻挡了回去。此时此刻，正在县城骑马巡视的刘家骥，见县衙内外既无警察，又无人迹，公务人员或出走或躲藏不见人影，街上行人稀少，百姓门户紧闭，一片萧条景象。他感到非常焦急，急忙赶到西城门……

金专员冷冷地望着两眼威严的刘家骥，嘴唇轻轻地蠕动，却欲言又止。接着，金专员被押往了营部。

刘家骥立即命令胡连长，要加强对南关粮仓的保卫，确保粮仓万无一失。胡连长报告说，已派一个排加强警戒，目前粮仓一切正常。

刘家骥与卫士乘马巡城，一路安慰市民们不要惊慌，紧张的局势渐渐趋于稳定。

这一天新疆和平解放，敦煌也即将迎来和平的曙光。

在敦煌解放的前夜，刘家骥和潘柏南，同为国民党政府派驻敦煌的军政要员。一个顺历史潮流而行，做出明确的抉择，站到人民的一边，一个逆历史潮流而行，难改其反动本质，成为人民的死敌。他们两个，都是当时决定敦煌城安危的关键人物，也是老百姓眼中善恶的标志。说起敦煌解放，不能不说刘家骥和潘柏年。

刘家骥在敦煌解放后，于10月6日奉命到安西集中，改编为中国人民解放军六军独立四团，后与六军十六师四十八团合编为四十八团，成为光荣的人民解放军指挥员。

潘柏南从敦煌出逃后流落酒泉乡下，隐姓埋名。但他反动顽固，贼心不死，私藏枪支，图谋不轨，后被群众举报，逮捕法办，处以极刑。

诗云：

红旗西指扫敌顽，摧枯拉朽凯歌传。

临危不乱刘家骥，坐镇敦煌保平安。

第二章

千年敦煌换新天

敦煌人民喜迎解放军

“敦煌，敦，大也；煌，盛也。”这是东汉史地学家应劭对其名字含义的解释。自“汉武帝列四郡、据两关”始，敦煌已经历2100年的沧桑岁月。敦煌因丝绸之路而名扬四海；敦煌因汉唐气象而光耀五洲。历史上敦煌作为丝绸之路的咽喉和锁钥，如今作为连接甘肃、青海、新疆三省（区）的交通枢纽，战略地位十分重要。抗战期间，“青康专属”一直驻扎敦煌，肩负着“神秘使命”。国民党监察院院长于右任，蒋介石之子蒋经国、蒋纬国先后视察敦煌，对敦煌的历史文化和开发建设寄予厚望。西北军阀马步芳军阀统治西北40年，敦煌一直在他的管控之下，敦煌人民也曾饱受灾难。1949年，注定是一个改写历史的年份。千年古郡敦煌的历史，将破天荒地翻开崭新的一页。

在黎明的前夜，敦煌处乱不惊，既是正义力量的催化，更是历史潮流的必然。9月25日，就在县长潘柏南逃跑的同时，我中国人民解放军第一野战军二兵团四师十二团挥师西进，一路凯歌，酒泉和平解放，相继解放了嘉峪关外的玉门（接管了玉门油矿）、安西两县，敦煌解放近在眼前。连日来，县保安队人心惶惶，队员们纷纷放下武器四处离散。

潘柏南逃跑后，敦煌城秩序虽有点波动，由于刘家骥坐镇，驻军军心稳定，也没有引起大乱。25日下午，原县参议会参议长祁鉴为全县百姓计亲自上门拜访刘家骥营长，建议营座大人刘家骥主持全县工作，以改变“县长外逃，人心惶惶，群龙无首，治下难安”的状况。刘即表示：“维护地方治安，保护百姓生命财产安全，本营将士，责无旁贷。而地方行政事宜不应越俎代庖，党政要员均已外逃，当由参议会负责处理。”后经共同研究，军地双方制定了五条规定：一、立即向全县各级机关、工商农会传达起义通电；二、要求各机关团体照常办公；各尽职守，共同维护社会安定；三、通知各商号照常营业，不能关门；四、为防止混乱，城内所有住户不得搬家出城；五、为安定人心，缓和紧张气氛，当晚在火神庙唱戏。同时，通知各乡镇长、公教人员到县政府开会，传达“起义通电”。26日，五条规定内容迅速付诸落实，在当时可是一件了不起的事啊！

自从起义通电传达后，敦煌城乡人心渐渐稳定，紧张气氛相对缓和，迎接解放军进城的工作也在紧张有序地进行。

9月27日早饭后，中国人民解放军十二团团长张献魁带领作战参谋李光培、副官和警卫员，在起义部队新疆警备司令部警备团团长毛熙舆的陪同下，乘坐警备团的巡逻车，从安西出发，中午即到达敦煌警备一营驻地营房，刘家骥携官兵出门迎接。在办公室落座后，刘家骥向张献魁团长一行简要汇报了县长潘柏年、副县长屈明智和县党部书记王彦炳逃匿、金专员等企图逃跑官员被制止阻回、各乡镇和公教人员宣布“起义通电”以及城内部队情况。张献魁、毛熙舆听了后非常满意，赞扬刘营长为稳定地方局势、迎接敦煌解放做了一件功德无量的事，非常感激。刘家骥说，维护地方安宁，是驻军应该做的事。接着，张献魁通报了明天解放军进敦煌相关事宜。下午张献魁一行在刘家骥的陪同下，在秦州户春来茶馆召集县上公教、农工、商号、文教、妇女代表参加的会议，部署迎接解放军进城事宜，吕钟、祁鉴、刘黑女、李精武等各界人士人被通知参加会议，祁鉴因心怀隐情，故托病由助理秘书张友人参加。1949年初，马步芳任西北长官公署长官，祁鉴作为参议长，与胡宝镜、程晖等人受县府之命，曾前往西宁献旗祝贺。

张献魁首先向大家问好，说前段日子让大家受惊了，明天解放军就要进城了，敦煌就成了人民的天下，希望大家为敦煌解放，建立新政权发挥作用。

当张献魁发现祁鉴未到会，就问张友仁，张就如实回答。张献魁听后笑着说："过去的事就过去了，现在一切从头开始，我们欢迎他啊！"并叮嘱张友仁让祁先生好好养病，抽空他去看他。张献魁看到唯一一名妇女代表刘黑女时高兴地说："你是妇女代表，责任很重大啊！"刘黑女唰地站起来干脆利落地说："张团长请你放心，我一定发动姐妹们把工作做好！""好！"张献魁高兴地鼓起了掌，大家也跟着一起鼓掌。

大家纷纷表示，一定按张团长的要求，保证做好各自的工作，维护县城秩序稳定，迎接解放军顺利进城。现场气氛热烈，人心向上，张献魁一行感到非常满意。

9月28日上午，刘家骥专门到敦煌中学，向校长程晖报告了解放军明天要进城了，要学校协助搞好欢迎工作。程晖听后高兴地说："这几天师生中已有传闻，人民解放军胜利了，马家军完蛋了，人民久久期盼的日子终于到来了，学校师生早已做好了欢迎解放军进城的准备。"

当天下午，碧空如洗，万里无云，艳阳高照。黑压压的人群早已等候在县城东门外，翘盼解放军的到来。下午3时许，随着由远及近的阵阵汽车马达声，十多辆依次行进的卡车（大道奇）上红旗飘扬，解放军十二团的官兵们全副武装，精神抖擞，他们高唱《东方红》《三大纪律、八项注意》的歌曲，随卡车雄赳赳、气昂昂地开进了敦煌城。在团长毛熙舆、营长刘家骥的陪同下，解放军张献魁团长、漆承德政委与官兵们乘车穿过大街，向县政府方向前进。从城门到县政府沿线，人们有序地围观欢迎，“欢迎解放军进城”“中国共产万岁”欢呼声此起彼伏，响成一片。群众舞龙耍狮，以表达满心的喜悦、放松久日压抑的心情。

部队在县政府下车后，许多战士们立即拿着早已写好的“三大纪律八项注意”“解放军是人民的队伍”等内容的大布告，在全城主要街道张贴。与此同时，刘家骥向张献魁交代了解放军全团驻地事宜。十二团团部驻县政府，刘家骥即撤回了东、西、北三个城门的守卫，交解放军布防。原警备一营仍驻大营房，并守卫营房附近的县城南门。

当日，原县自卫队的人员大都跑了，张生荣、吴立明、闫军、曹汉清、郭续等6名队员没有跑。张生荣招呼把七八十条枪集中在库房，让小郭拿着钥匙。小郭叫郭续，又名郭旭，当时只有15岁，大家都叫他小郭。他是城郊肃州乡板桥村人，解放前他替哥哥顶壮丁到了县自卫队，就叫了哥哥的名字郭续。张生荣安慰大家说咱们把武器看好，到时交给解放军，他想解放军也不会把咱们怎样的。张生荣的话，使大家紧张的心情得以舒缓。

傍晚，十二团团部通知，请所有公教人员在县政府开会，到会者60多人。会上，团长张献魁、政委漆承德一一询问了到会者的姓名、籍贯、家庭及工作情况，向大家宣传共产党的政策，人民解放军的纪律。同时，向大家打听了伪党政机关头面人物的下落，并请到会者把他们找来。让他们不要有什么顾虑，过去干什么工作，现在继续干什么，县长还是县长，科长还是科长。现在只是我们的服务对象不同了。漆承德政委声音特别响亮地说：“从今天起，我们就是为人民服务了。”在场的张友仁，感到心里暖融融的。

这时，小郭在张生荣的介绍下，把枪械库房的钥匙交给了石志刚。石志刚对小郭和张生荣的行为深表感谢。随后小郭继续留在新成立的县保安大队工作，还当了石志刚的警卫员，石志刚仍称呼他为小郭。张生荣、吴立明、闫军、曹汉清等原自卫队员也重新归队，以前离去的一部分自卫队员也前来归队。

会后，张友仁马上来到祁鉴家里，将会议情况告诉他："张团长和蔼可亲，说话做事入情入理，全体官兵对百姓、对旧政府职员非常亲切，纪律严明，办事公道，真是仁义之师，绝不像传言的那样。"他恳请祁鉴到县政府去拜见张团长。

祁鉴听后恐惧的心情平静了许多，即到县政府拜见了张献魁。寒暄之后，张献魁向祁鉴耐心交代了共产党的政策，欢迎他摒弃前嫌，服务人民政府。祁鉴紧紧地握着张团长的手，久久说不出话来。良久，他声音颤动着说："共产党好、人民解放军好，我一定不负厚爱，竭尽全力为新政权效力。"

沙岭晴鸣，党水起舞。历史将记住这一天，1949 年 9 月 28 日，中国人民解放军解放了千年丝路古城，红旗飘扬在敦煌亮丽的秋空，中国共产党领导敦煌人民当家作主的新时代开始了！

敦煌的解放，解放军和当地干部群众发挥了积极作用，而刘家骥顺应历史潮流，更是功不可没。尤其是在当时的情况下，他不忘保护莫高窟，作为一名国民党军队的军官，真是令人敬佩。今天，他的故事仍在民间口口相传。

红旗插上莫高窟

敦煌解放的当天下午，张献魁团长、漆承德政委从莫高窟下来办事的员工窦占彪口中得知，敦煌艺术研究所被国民党散兵游勇抢劫了食物。所里的工作人员，因无法生存，正准备各自逃生的消息。当晚，团党委立即开会，研究决定，明早由张献魁、漆承德和副政委谢允中带一个警卫连，到莫高窟去救援。

次日清晨，三危山顶霞光织锦，祥云缭绕。从莫高窟到敦煌的天空，鱼鳞状的云霞自然点缀，连成一片，阳光透过云霞光芒四射，缤纷绚丽，犹如飞天的飘带，似静似动，舒展长天。

人们望着如此美妙的晨光霞景，感到真是新鲜而多年少见。吕钟笑着解释说，“这是三危佛光再现，真乃天公作美，天遂人愿，飞天仙子凌空起舞，喜迎解放军的到来。”

“三危佛光”为敦煌一种神奇瑰丽的自然景观，出自三危山上，古往今来，偶可见之，可遇而不可求。据莫高窟文献记载：“莫高窟者，厥初建元二年（366），有沙门乐僔，戒行清虚，执心恬静，尝杖锡林野，行止此山（三危山），忽见金光，状有千佛，遂架空凿岩，造窟乐僔法一龛。”这就是关于“三危佛光”的记载。“三危佛光”是乐僔法师开凿莫高窟的动因。继乐僔开窟之后，法良禅师继之，莫高窟开凿日盛。后来，“三危佛光”便成为一道奇特的自然景观，光耀古今，名传中外。

敦煌城东门外，两辆卡车旗鱼贯而出，红旗临风，迎着霞光，向东驶去。在通往莫高窟的戈壁便道（现文化路），两辆卡车红旗招展，马达轰鸣，划破寂静的旷野。前面的一辆是全副武装的解放军战士，后面一辆满载牛羊肉和面粉。车轮滚滚，不时卷起戈壁的沙尘，沙尘弥散犹如云龙游弋瀚海，一路逶迤。

莫高窟前，听到由远而近的汽车马达声，常书鸿、段文杰、孙儒涧、史苇湘、黄文馥、欧阳琳、霍熙亮等人都跑出来迎接。在莫高窟前的林荫道上，两辆卡车一一停下，跳下了一群解放军官兵。常书鸿、段文杰等人迎上前去，与张献魁团长、漆承德政委一行热情握手欢迎他们。张献魁握着常书鸿的手说：“你就是常书鸿所长？”常书鸿回答：“是，我就是常书鸿。”接着常书鸿请他们进了中寺院内，战士们坐在榆树下，张团长、漆政委进入会客室。张团长微笑着对常书鸿说：“我们奉彭总的命令保护千佛洞，共产党的政策，国家的文物都要保护，敦煌石窟很重要，你们的工作要继续做，人民政府成立了，一切政府都会管的。”常书鸿听后心里万分激动，声音颤抖地说：“感谢解放军，感谢人民政府！”张团长宽慰道：“好！以后莫高窟就回到人民的怀抱了。”

这时，张献魁又风趣地说：“你看，我们是不是国民党宣传的三头六臂、青面獠牙的怪物呀？”

常书鸿听后不禁笑起来，回答说：“没有人相信他们说的鬼话，他们自己才是十恶不赦、杀人放火的强盗呢！”张团长笑了，现场的人也笑了……

张团长招呼战士们和所里的工作人员一起从车上卸牛羊肉和面粉……

这时，九层楼前升起了一面鲜艳夺目的红旗。人们纷纷跑上大佛殿去敲钟击鼓。钟鼓声和欢呼声响彻了千年沉睡的峡谷，宣告这座近百年来受尽帝国主义劫掠和国内反动统治摧残的艺术宝库，终于回到了人民的怀抱。

常书鸿带领张献魁和战士们分批参观了洞窟：雄伟的大殿、慈祥的佛祖、美丽的壁画、精美的塑像，佛国敦煌，天上人间，飞天散花，歌舞升平，艺术的殿堂、神话的世界、现实的梦境，让张献魁和战士们感到大漠深处祖国文化瑰宝的伟大壮观和神奇迷幻。在参观到130、158等高处洞窟时，张团长发现了临时构筑的工事，以及预藏的枪支弹药、干粮水和铺盖，他不禁用赞叹的口气说："很好、很好。别看你们文质彬彬，到了紧要关头还真有两手哩！……现在，我们来就是为了接你们的手。不用再担心敦煌石窟艺术遭到坏人的破坏了！"常书鸿解释说："就在敦煌解放的前几天，一些土匪还在到处杀人抢劫，还扬言要来千佛洞，我们为此不能不有所戒备。"听了常书鸿的解释，张献魁满意地连连点头。

中午，战士们和所里的工作人员进行了聚餐、联欢。直到下午，张献魁和战士们才乘车离开千佛洞。

莫高窟前的那面红旗，伴随着九层楼叮咚的铁马（风铎）西风晚照，漫卷如霞……

两天后，常书鸿被邀请去参加敦煌解放"军民联欢庆功大会"。常书鸿一进城，不料这一向死气沉沉的沙漠中的孤城，现在忽地活跃异常：到处红旗招展，锣鼓喧天，人人笑逐颜开，万家欢欣鼓舞。

常书鸿正在人群中观赏这种新气象，冷不防一个解放军战士从街心里窜出把他拖进正在表演的秧歌队伍里去。常书鸿从来没有跳过这种民间舞蹈，一时感到措手不及。但在那位战士的帮助下，他和着鼓乐的伴奏，也模仿着人们的动作，笨拙地转动身子跳起秧歌舞来。这是常书鸿有生以来第一次深切感受到自己与工农兵群众一同庆祝解放的欢乐。

敦煌人民新政权建立

这些天，人们看到旧政府的公教人员正常上班，各大商号正常营业，城内社会秩序安定。骆驼客温占国以前给张二麻子拉骆驼，走张掖、下包头、上南山，在外受尽了苦头，很少照顾上家。现在他给政府拉骆驼，不仅生活有保证，而且还在家门口，老伴王氏真是打心眼里感到高兴。秀兰、玉兰看到爹爹从城上回来，不是带麻花就是带芽面包子等好吃的，更是格外开心。姐妹俩回忆以前爹爹常年在外，她们和妈妈常常是吃了上顿没下顿，家里感到冷清清的。现在爹爹在身边，家里感到暖融融的。

9月30日，县上在火神庙举行了“热烈庆祝敦煌和平解放”和“热烈欢迎人民解放军”的群众大会。参加大会的有县城居民、各机关职员、教师、学生、工商会、农会成员和四乡来的农民群众3000多人。会后，塞光学社还专门演出了秦腔大本戏《龙凤呈祥》，以表庆贺。现场群情振奋，一片欢腾。

会上，祁鉴首先代表地方致欢迎词，表示热烈欢迎中国人民解放军，热烈庆祝敦煌解放，敦煌农、工、商各界人士和全县老百姓竭诚拥戴中国共产党的领导。

接着，张献魁团长激情讲话，对敦煌人民对共产党和解放军的信任和真情表示感谢！他介绍了中国共产党的方针政策和中国人民解放军解放全国、进军西北的情况。同时，宣布了中国人民解放军军事委员会主席毛泽东和中国人民解放军总司令朱德的《约法八章》：

一、保护全体人民的生命财产；二、保护民族工商农牧业；三、没收官僚资本；四、保护一切公私学校、医院、文化教育机关和一切公益事业；五、除怙恶不悛的战争罪犯和罪大恶极的反革命分子外，凡属国民党中央、省、市、县各级政府的大小官员，“国大”代表，立法、监察委员，参议院警察人员，区镇乡保甲人员，凡不持枪抵抗，不阴谋破坏者，人民解放军和人民政府一律不加俘虏、不加逮捕、不加侮辱；六、为着确保城乡治安、安定社会秩序的目的，一切散兵游勇均应向人民解放军或人民政府投诚报道；七、农村的封建的土地所有权制度，是不合理的，应当废除；八、保护外国侨民生命财产的安全。

《约法八章》，掷地有声，安民告示。吕钟赞叹说，“解放军真是仁义之师，共产党真是开明政党。”人群中自发喊出了“欢迎解放军！”“拥护共产党”的口号……

会后，吕钟等地方知名人士和进步绅士，商议成立了“敦煌县支前委员会”，推荐吕钟、祁鉴分别为主任、副主任。支前委员会的主要任务是：人民政府成立之前代行政府职权开展工作；维护社会治安，安定社会秩序；宣传中国共产党的方针政策；为公教人员发放薪粮；动员和组织全县各界群众烧干粮、炒炒面、晒牛肉干，为解放军进军新疆准备军需物资；寻找维吾尔族翻译和进疆的向导等。

支前委员会组织建立后，工作进展顺利。旧政府公教人员绝大多数都来报到上班，并按各自单位职责，整理文档，移交档案；持支前委员会证件到南关粮仓领粮，动员群众磨面、烧干粮、炒炒面及联系骆驼、马匹、毛驴等运输工具（原计划用牲畜驮运，从南疆进军；后因形势变化，改由汽车运输，从北疆进军），为支前做准备工作。

连日来，中华人民共和国成立的消息在敦煌城乡一传十、十传百，人们奔走相告，笑逐颜开。10月1日，中华人民共和国成立。毛泽东主席在雄伟的天安门城楼上向全世界庄严宣布："中央人民政府成立了！"浓郁厚重的湘音伴随电波在万里长空回荡。这天，张献魁团长与中国人民解放军第一野战军二兵团四师十二团官兵和敦煌人民一起，在千年丝路古城，与全国人民一道庆祝中华人民共和国的诞生，感受人民当家作主的权力和尊严。

这天，敦煌城东南西北四个城门上，分别悬挂上了"热烈庆祝中华人民共和国成立""毛主席万岁！""中国共产党万岁！""打倒蒋介石，解放全中国"的横幅，在清爽秋阳的映照下，使敦煌这座千年古城焕发勃勃生机。人们奔走相告，喜气洋洋。

10月5日，中共酒泉地委、酒泉军管会派杜秉德、石志刚、芦仁槐、尹善荣等21名军队和随军地方干部，到敦煌执行接管任务。成立敦煌县工委、敦煌县人民政府，任命杜秉德为书记，芦仁槐为副书记，石志刚为县长。

10月7日，在县城秦州户召开群众大会，庄严宣告敦煌县人民政府成立，石志刚为县长。

县工委、县政府相继成立了办公室、秘书科、宣传科、组织科和民政科、建设科、工商科、教育科，及人民法院、保安大队、妇委会等党政群团组织。基层成立了5个区公署、24个乡政府、配备了5名区长、5名区工委书记、24名乡长，一举废除了旧的保甲制度。

马振勤任保安大队大队长、杨日明任副大队长，李万祥任工商科长，刘黑女任妇委会主任。保安大队实行整编，焕然一新，全力维护社会治安，稳定城乡人心。工商科采取积极措施，保证商户正常经营，繁荣市场，服务广大群众。妇委会重点发动妇女走出家门，发展生产，拥军支前。

是月，中共敦煌县工委讨论成立了全县第一个党支部——县机关党支部，全县所有共产党员都在该支部过组织生活。经党员大会民主选举，杜秉德同志为党支部书记。

高歌进新疆

国庆节后，随着敦煌县新政权的建立，人民群众拥护政府，热情高涨。在县支前委员会主任吕钟、副主任祁鉴和妇委会主任刘黑女的积极努力下，如期完成军粮征集任务，保证了部队入疆的军需。

10月底，张献魁团长率领中国人民解放军第一野战军二兵团四师十二团官兵继续挥师西进。官兵们告别了千年古城敦煌，告别了敦煌的父老乡亲，告别了敦煌艺术研究所的工作人员，一路高歌，踏上征途，西出阳关，越过星星峡，进入新疆的大门，执行新的任务。

那天，当部队离开敦煌时，父老乡亲们在北门外扶老携幼，夹道欢迎。人群中有吕钟、刘黑女，还有敦煌艺术研究所（1951年改为敦煌文物研究所）所长常书鸿和段文杰等工作员。

张献魁与吕钟他们道别，对支前委员会筹集军粮，支援解放军进疆的热情深表感谢。吕钟、祁鉴说这都是应该的，还说这都是刘黑女她们妇委会具体做的。张团长望着人群中的刘黑女，向她点头致意，刘黑女微笑着表示回应。此时此刻，张献魁想起第一次与刘黑女见面时，面对她干脆利落的表现，不由从内心对她深表敬佩。这个朴实善良的敦煌妇女，不但思想觉悟高，而且工作富有魄力，这次征粮真是多亏了她了。这时，常书鸿挤出人群向张献魁走来，张献魁走过去紧紧握着他的手，殷切地期望他和全体工作人员一定要落实好彭总的指示，保护好祖国的文化遗产莫高窟，让它在大漠敦煌放射新的光彩。常书鸿眼含热泪，连连点头。

大家满怀深情，依依不舍，直到一辆辆军车远去。张献魁在上车前，恭恭敬敬地对前来送行的人群三鞠躬，并动情地说，可亲可敬的敦煌父老乡亲们，感谢你们了，你们对部队的深情厚意我们将记在心里。

站在人群中的刘家骥，望着远去的军车，回想和张献魁在敦煌交接城防，后来在他的亲切关怀下认清形势，转变思想，走上革命道路的情景，心情更是难以平静。

说起敦煌解放，张献魁是敦煌父老乡亲最熟悉不过的人了。他在庆祝敦煌解放大会上的讲话，给父老乡亲留下了深刻的印象：随着人民解放军到敦煌，标志着敦煌已解放了。以前国民党反动派和地主恶霸压迫老百姓的日子一去不复返了，敦煌今后就是我们的家园。尽管还有土匪骚扰，有解放军在，有各位父老乡亲的支持，土匪是躲过了初一躲不过十五，是必定要灭亡的，敦煌最终是共产党的天下、人民的天下，好日子还在前面等着我们去争取、去享受呢，大家有没有信心啊！张团长的讲话通俗感人，激起台下阵阵热烈的掌声。人们看到张团长穿戴朴素，面含慈祥，平易近人，说话利索，都说共产党当官的原来很朴素、很亲切。

说起张献魁，如今一些上了岁数的老年人都能说出好多故事。解放军进城后严格遵守“三大纪律、八项注意”，关心敦煌文化，给人们留下了深刻的印象。一次张献魁连日发高烧不退，实心堂药铺的王老板闻听后，专门配置了三服中草药，警卫员取药时一时疏忽未交药钱。张献魁退烧后亲自登门感谢并交了药钱。还有一次张献魁与警卫员下乡检查治安情况，自带干粮水壶，中午不在老乡家就餐。因为当时县上粮食紧张，他不忍心吃老乡的饭，让老乡心里既感激又过意不去。部队在敦煌驻扎期间，张献魁与文工团员一起看望当地艺人，传授表演技艺，鼓励他们以文艺为武器，通过敦煌秧歌、曲子戏、快板等大家喜闻乐见的形式，为宣传党的政策和活跃群众文化生活发挥积极作用。这几件事，一时被传为佳话：张团长没架子，体恤民情，能文能武……张团长和解放军不拿群众一针一线，真是咱自己的队伍，共产党当官的和士兵与国民党就是不一样啊！

诗云：

丝路古郡历千年，红旗漫卷换新天。

能文能武张献魁，解放敦煌著先鞭。

第三章

阳光下的阴影

不平静的新年

1950年的新年到来了，这是敦煌解放后的第一个新年。千年古城雪后放晴，焕然一新。灿烂的阳光从三危山尖尖升起，金色的光辉普照大地，敦煌城、莫高窟、鸣沙山、月牙泉和古阳关都沐浴在一片金色的阳光之中，地面还有一层白色的雾气在缭绕。太阳冉冉升起，像一个黄亮的铜球，金光灿烂，光芒四射。当太阳升至丈高余，被一片青灰色的云层遮挡，但云层周围依然金光四射，把云层折射成鱼鳞般的散状，衬托着太阳金色的光焰，映得天地一片透亮飘逸，时有淡淡的寒意袭来。

新年一大早，东西城门不时有乡下进城的农民。大街上、城门外，不时出现保安队巡逻的身影。南街沙州堂主赵先生，在药店门外望着巡逻而过的战士，脸上冷冷的。城里的商号正常营业，人来人往。秦州户市场，羊肉粉汤、羊杂碎、臊子面、煎饼稀饭小吃摊点热气腾腾，食客不断。这是敦煌解放后的第一个新年，人人脸上洋溢着笑容。常书鸿和窦占彪要了一碗羊杂碎，吃得满头大汗。平时他们都待在莫高窟，生活很艰苦，除非到城里办事，才在秦州户打一次牙祭。今天他们趁着新年放假，要去找石志刚县长，反映莫高窟前流沙淤积，建议县上派人清理流沙事宜。

今天石志刚县长本来休息，但他还是照常来上班。作为新任地方父母官，新的人民政权刚刚建立，事情真是千头万绪，他的心静不下来。比如，由于原国民党县党部解散时，将资金一洗而空，县政府办公经费是异常紧张；南湖乡时有土匪出没威胁群众生活的安全，建立一支戍边安民小分队迫在眉睫。据刘黑女反映，一些群众虽然分了张二麻子等恶霸地主的土地和财物，但听了沙州堂赵先生的谗言，心里总是不踏实，害怕张二麻子回来反攻倒算。还有水利会长陶尚义，表面上拥护新生的人民政权，背地里却传播“一贯道”，散布反共言论，说共产党只有三年的天下，兔子的尾巴长不了，使一些不明真相的群众心有余悸。

眼下，春耕生产就要开始了，籽种物质缺口还很大啊！这些棘手的事情，无情地摆在面前，有的还是比较复杂的。杜秉德书记也多次和他商量过这些事情，杜书记总是以乐观的态度说敦煌解放了，只要我们发动群众，同心协力，一切都会过去的。此时此刻，石志刚县长思前想后，心里总是感到沉甸甸的。

这时，常书鸿来到了石志刚的办公室，说明来意。石志刚完全同常书鸿清理洞窟流沙的意见，他表示县上将从人力物力上全力支持，由于县上财政比较困难，可以适当考虑一下所里人员的生活，常书鸿感到很欣慰。常书鸿还说所里的有些员工想到县上参加反霸剿匪工作。石志刚让他回去告诉员工，保卫莫高窟与反霸剿匪工作一样重要，让他们不要放弃手头的工作。常书鸿感激地说他明白，一定做好说服工作，让他们安下心来。

常书鸿和石县长告辞刚出门，正巧和迎面而来的杜秉德书记打了个照面。相互寒暄后，杜秉德书记叮嘱他一定要看护好国宝莫高窟。常书鸿表示一定一定，请杜秉德书记放心。

杜秉德书记来找石志刚县长，主要是三件事：春耕籽种的事，保安队战士周谦入党的事，南湖乡铁有才骑兵团的事。

杜秉德告诉石志刚，哈密那边联系的一部分籽种已经谈妥，加上南关粮仓的储备，春耕籽种可以完全解决了。石志刚听了非常高兴地说，这是敦煌解放后的第一个春耕，也是人民政权建立后的第一个春耕，有了籽种，老百姓心里就感到踏实了。经杜秉德与石志刚沟通，周谦入党的事由保安队指导员王嘉祥和保安队队长马振勤介绍，于1月3日举行入党宣誓仪式。周谦是敦煌县解放后发展最早的一名党员，也是先进分子的代表。最后，说到铁有才骑兵团的事，杜秉德和石志刚感到比较棘手。

铁有才骑兵团，是在我解放大军压境的攻势下，国民党骑五军残部逃往南湖的散兵游勇和逃亡土匪组成的乌合之众。该团名义上是一个团，其实只有100多人，暂时在我地方武装部门的管辖之下。据群众反映，匪团的大多数士兵比较安稳，但团长及周围亲信时有敲诈勒索群众的现象发生。南湖乡武装部及民兵组织总共50余人，敌我力量悬殊还是很大的。双方约定，互不惹事，相安共处，保护地方安宁。现在驻守敦煌城的大部队进新疆了，铁匪可能有所察觉，要采取一些必要措施，防止该团哗变。鉴于目前县大队全力维护城内秩序，只能以政治攻势为主，军事打击为辅。为了既震慑该匪部，又安抚其下属，以待时机一举铲除后患。最后，决定由石志刚县长带上两名警卫员和生活用品进行安抚工作。他问石志刚有无困难？石志刚斩钉截铁地说："不入虎穴，焉得虎子，坚决完成任务。"杜秉德满意地点着头，紧紧地握着石志刚的手，好久好久才松开。

杜秉德与石志刚

在敦煌的两年剿匪中，杜秉德和石志刚作为敦煌的父母官，平易近人，作风民主，廉洁奉公，文武双全，在当地老百姓中有口皆碑。杜秉德破获“一贯道”传教组织、说服石志刚县长放弃与地主女儿的婚事、建立蒙民乡及石志刚孤身闯匪穴、关心王排长与刘黑女的婚事、当好剿匪“后勤部长”积极筹备军粮的故事在群众中至今传为佳话。

这里，把杜秉德与石志刚的生平略作介绍，以飨读者。

杜秉德同志是陕西省米脂县人，1909 年出生在一个贫苦的农民家庭，1927 年光荣地加入中国共产党。入党后在极端困难的条件下，积极从事党的工作，为党递送情报，保管文件。在当地党组织遭受国民党反动派破坏、失去组织联系后，杜秉德同志仍不忘自己是一个共产党员，积极寻找党组织，继续团结劳苦群众，宣传共产主义思想。1933 年参加中国工农红军，历任陕北米西区游击队战士、班长，横山独立五营副政委，米脂县委组织部部长等职。抗日战争期间，历任八路军警备一团总支书记、团政治指导员，警备七团直属队协理员、民运股长等职。解放战争期间，历任米脂县政府大队部大队长，米脂县工委书记，横山县副县长、代理县长等职。1949 年 10 月，奉命到敦煌人首任县工委书记。

杜秉德同志1956年调离敦煌后，先后在玉门、酒泉、张掖、兰州等地工作，历任县工委书记，地委组织部长、地监委书记，地委常委，市、地委书记处书记，省贫协委员等职，为改变河西地区的面貌做了大量工作。1963年3月杜秉德同志离休，1979年10月31日病逝于兰州，享年71岁。

石志刚是河北省辛集市（束鹿县）北里湘村人，1919年出生在一个贫苦农民家庭。石志刚8岁入塾读书，后入教会中学，靠教会资助勉强读了两年中学。石志刚自幼目睹家乡饿殍遍野，民不聊生的景象，从小就种下了仇视旧制度的种子。1937年7月7日卢沟桥事变爆发后，石志刚于同年11月参加了抗日人民自卫军（1938年改编入八路军），1939年3月光荣地加入了中国共产党，在吕振操将军的领导下坚持冀中平原抗日游击战争。1945年日本投降后，国民党蒋介石又挑起了内战，石志刚所在部队被编入中国人民解放军第一野战军。在解放战争中，他参加过著名的绥包战役、大同战役、汾孝战役和兰州战役。他作战英勇，在原平战斗中额部负伤，他未下火线，只做了简单包扎，便奋不顾身，带领全营战士在兄弟部队配合下把敌人一个团消灭。在汾孝战役中他又负了重伤，险些丧命，伤好后腰部还留有子弹一颗，无法取出（定为三等甲级残废），就又返回部队，参加了著名的兰州战役。在部队期间，他历任班长、排长、指导员、营长、教导员、师教导大队大队长、晋绥军干校队长、师作战科科长等职。

1949年10月石志刚转业地方工作，被中共酒泉地委和酒泉军管会任命为敦煌县首任县长。敦煌剿匪胜利后，石志刚调离敦煌，先后担任酒泉专署工商科科长、玉门油矿采油处党总支书记兼副处长、玉门油矿党委常委、组织部长、勘探公司第一书记、玉门石油局党委副书记、四川石油学院（后改为西南石油学院）院长兼党委副书记和四川石油管理局副局长等职，1982年10月离休，2015年5月28日在成都病逝，享年96岁。

石志刚大胆闯匪营

南湖乡离县城70公里，有30多户人家，1000多人。这里四面是戈壁沙漠，南通肃北、阿克萨少数民族地区，北通新疆，西达青海。敦煌刚解放那阵子，这里算是一个边远失控地带，地方秩序只能由当地政府维持，县上真是鞭长莫及。盘踞南湖乡的铁有才匪团，一直是县上的心头大患。

该团虽仅剩百余人，却成分复杂，兵痞、特务、惯匪较多。团长铁有才就是一个从十七岁起混迹江湖，打家劫舍，以抢人为生的老惯匪，后投靠国民党骑五军，投降、叛变反复无常。他多次抢劫敦煌，罪恶累累，在敦煌解放后接受投降时就藏有反心。降后，谋反之心未改，他把匪徒带到南湖，迟迟不肯进城接受我方整编，犹如一颗废弃的地雷，暗藏杀机，随时都有爆炸的危险。

为了争取匪团士兵们投诚，解除对南湖人民生命财产安全的威胁，石志刚不顾个人安危，迎难而上，会同酒泉专署公安处处长张德尚，带领两名警卫员，并带着香烟、咸盐、砖茶等，前往南湖匪徒驻地何家堡做政治争取工作。

石志刚一行四人策马到达匪部，土匪铁有才表面上列队欢迎，但房顶上架着机枪，几道门上把着岗哨，刀出鞘，弹上膛，戒备森严，险象环生。

我警卫员也紧握手中枪，准备应战，大有一触即发之感。富有战斗经验的石志刚、张德尚同志对匪徒制造的森严气氛置之不理，大义凛然，冷静沉着，视若无人地健步走向了匪首聚居的上房。铁有才假惺惺地让座并吩咐匪兵上茶。石志刚简单寒暄后，直奔主题，向匪首庄严宣布了党和人民政府对处理国民党官军投诚自首的宽大政策，并严厉指出，新的人民政权已经建立，解放军正全力追剿流窜残匪，只要你们不与人民为敌，你们的一切都可考虑。老实说，铁有才为匪多年，血债累累，从心底对投降还是有所顾忌的。为了应付场面，迎合匪徒的心理，铁有才表示愿意接受，并向人民政府提出了保障供给的要求。石志刚明确答复，只要你们不再抢劫老百姓，让群众能够安居乐业，搞好生产，接受人民政府的领导，我们会保证你们的供给和生存。匪首铁有才当场表示，愿意进城，接受政府的领导。狡猾的铁有才突然问石志刚，你可不要说话不算话，把我们哄进了城再玩阴的。石志刚一拍胸膛果断地说，我以一名人民政府县长的人格表示，我们共产党人一向光明磊落，言必行、行必果，请你们放心！铁有才连忙说，石县长，有你这句话我们弟兄们就放心了。说着，诡秘地向匪徒们扫了一眼。石志刚面带微笑，坦然自若。随后，将所带的香烟、咸盐、砖茶等物资当众交给了他们。石志刚还宣布，最近该团的供给，按照协议，暂由南湖乡武装部提供，但匪徒必须按约束出入，违者将就地惩处，毫不手软。

这时，石志刚突然宣布：我们已派一些部队到南湖驻防，主要任务是维护地方秩序，不会对你们构成威胁。铁有才一听此话，连忙说，明白明白，咱们井水河水两不犯啊！石志刚笑着说：但愿如此。正如我们的毛泽东主席所说的："人不犯我，我不犯人；人若犯我，我必犯人。"匪徒们交头接耳，窃窃私语。

匪徒们听了石志刚恩威并举的肺腑之言，一看到这些久违的日用品，对石志刚（共产党、人民政府），不计前嫌，宽大为怀、仁至义尽的举动，从心底里暗暗佩服不已。

最后，双方约定，一周后该团在南湖武装部的监督下整编，然后入城。

石志刚双手合十向铁有才和匪徒们告别，迈着稳健的步伐走出了匪营。

刚出匪营不远，张德尚说今天真是走了一步险棋，让人手心始终捏着一把汗啊！石志刚平静地说，是啊，不入虎穴，焉得虎子。张尚德和两名警卫员，对石志刚的超人胆量和大智大勇，无不表示由衷地敬佩！

铁有才哗变

道高一尺，魔高一丈。石志刚大义凌然，舌战群匪的气势，既震慑了匪首铁有才，又感化了普通士兵。铁有才感到石志刚县长是有胆量的共产党头儿，他如果动起真格来，这些士兵大多数是反水的。士兵们也看到铁有才内部分裂，和解放军较量只能是以卵击石，不会有好果子吃的，纷纷有了彻底归顺人民的意愿。

石志刚县长走后，在南湖乡武装部和民兵的严密监视下，铁匪的活动只能限制在何家堡子，生活所需由武装部供给，匪徒们为了保命，每天有饭吃就算烧高香了。堡子周围昼夜有三四拨武装部战士和民兵轮流巡逻。根据双方约定，匪团有事外出必须事先向武装部告知，并不得携带武器，若擅自外出或带有武器，我方将坚决开枪射杀，一切后果自负。

在石志刚闯匪营之前，为了警告匪徒，当天下午在堡子前门新架3门迫击炮，可将整个堡内覆盖，在后门空地埋有一批地雷，以堵后路。这也是当时没有办法的办法。虽然是权宜之计，但也起到了震慑作用。从匪团被困何家堡内一个月以来，铁有才也心存侥幸。一次，他派人乘黑夜偷偷出来探听虚实，结果5名匪兵被民兵射手白勇、马俊全部射杀。武装部战士向院内发射一颗炮弹，炸毁一处马厩，炸死军马三匹，幸无人员伤亡。

从此，匪兵再也不敢越雷池半步。

这次，随着石志刚深入匪营的政治争取，匪营表面上看上去很平静，匪徒们也按协议出入办事，同时也在平静中孕育着不平静。

狡猾的铁匪“明修栈道，暗度陈仓”，在与我约定的时间内提前谋划叛变事宜。事变那天晚上，铁匪与一小部分群匪通过在堡内南墙下挖的地道，偷偷地穿出堡外，与南山前来接应的毕善禄匪部汇合，偷袭武装部驻地，一时枪声大作。防守何家堡的大多数军民听到枪声后前去救援，堡外防守薄弱，剩余匪徒穿墙而过，故未被发现。铁匪叛变后，匆匆抢劫了一批粮食、马匹、被褥后，与前来接应的毕善禄匪部会合，经葫芦台斯，仓皇逃往南山。

保安队进驻南湖乡

中午，当石志刚、杨日明带领保安队赶到南湖乡时，铁有才匪徒逃往南山已经一个上午了。在武装部驻地，刘部长和农会主席苏河正在给遭受匪徒劫后心情恐慌的群众做解释工作。

“简直无法活了，牲口抢去了，种子抢去了，开春的地可怎么种啊？”

“这些土匪真没有人性啊，刘部长、苏主任你们要好好给我们做主啊，再不要让土匪来祸害我们了。”

王大伯和白大叔几乎带着哭音，诉说着土匪的罪恶，发泄着心中的愤怒。

刘部长拉着白大叔手内疚地说：“老白你别难过，是我们没有把工作做好，轻敌让匪徒钻了空子，我们一定要吸取教训，今后要提高警惕，严加防范，再不能让你们受苦了。”

这时，随着一阵阵由远而近的马蹄声，一支队伍越过新工坝，向西边的武装部驻地而来。前面骑白马黑马的是石志刚和杨日明，两人满头大汗，满脸通红。他们飞快下马，向前面的人群走去，后面战士们鹞子翻身纷纷下马，自然站成三排，威风凛冽，格外引人瞩目。

只见刘部长、苏河走上前去，简单问了情况，石志刚来到围观的人群中间，深情地望着大家。良久，他说：“老乡们，让大家受惊了，土匪欠下的血债我们一定要让他们偿还。从今天开始，县保安队驻守南湖乡，开荒种地，保境安民，后面还有大部队到。这次县上将给你们调集一些衣物、面粉，春耕时再补充一些牲畜和种子，帮你们渡过眼前的难关，请大家放心。”人群中一阵喧哗，王大伯感激地喊了一声：“共产党好、人民政府好！”现场山呼海应，一片欢腾。混在人群中的恶霸地主孙耀武的婆姨，见此阵势，低着头溜出了人群。

战士们纷纷从战马上卸下所带的衣物、面粉等物。刘部长、苏河与杨日明按早已列出的花名册，边喊名字边给大家一一发送。王大伯和白大叔分别领到一袋面和几件衣物，心里感到暖暖的。

领到衣物、面粉的乡亲们，有的高高兴兴地回家了，有的还站在那里看着，久久不忍离去。苏河招呼大家各回各的家，照顾好家人，该干啥的干啥去。这时，保安队的战士们有序地牵马进入武装部大院。一会儿，十多个保安队的战士在苏河的引领下，去村里巡逻，乡亲们望着眼前全副武装，生龙活虎的保安战士们，以前恐慌的心情渐渐地平静了下来。

武装部刘部长的办公室在大院内西侧，坐北向南，陈设简单，一张方桌靠上墙中央而立，两条长条凳子左右对立，墙上挂着毛主席、朱总司令黑白画像。桌上摆着青花瓷茶壶、茶杯。刘部长让石志刚坐下，石志刚没坐。刘部长倒了一杯清茶，放在桌上。石志刚把茶杯轻轻一推，用手指着对面刘部长的眼窝吼了起来：“你是干什么吃的，上次提醒你土匪狡猾，你要留个心眼，你拍着胸膛说没问题，可结果怎么样？你这是渎职失职，你这是在犯罪啊！”刘部长早知这次让匪徒哗变抢劫自己失职，肯定没有好果子吃。面对石志刚劈头盖脸的严厉批评，他像一个犯了错误的小孩子在接受老师的无情批评一样，低着头站在那里，脸上火辣辣地一个烧，他真是感到无地自容，恨不得地下裂个缝子钻下去。他想起事变的来龙去脉，真是悔恨莫及。

其实，这次铁匪哗变，事先已有预兆。苏河及时给刘部长报告，但没有引起重视。

铁匪叛变的前三天，便开始在南湖群众中买马料，并偷偷向山里运粮食，始终未被察觉。有人报告铁匪开小会，也未引起刘部长的警惕。直到铁匪叛变的前三天，有人发现匪首毕善禄将接应铁有才叛变的沙拉黑炭、莫汉莫提汗、米沙、巴义等80余名匪徒潜伏于南湖附近。这时，刘部长只是提醒大家提高警惕，没有采取有效防范措施，只派人连夜进城报信。

就在铁匪叛变的前一天晚上，一名青海籍士兵马尕蛋，冒死向农会主任苏河报告了次日铁匪叛变的消息。马尕蛋以前常去苏河家聊天，并倾诉了他被迫为匪，家中上有父母、下有妻室，无人照料的苦衷，苏对他的遭遇深表同情，并成为朋友。

苏河感到情况紧急，连夜去赵家庄，找到文书金银富，一起赶往唐家庄，向刘部长报告了情况，刘却将信将疑，不听大家劝阻，坚持仍回到政工人员住处达家庄。征粮工作组组长王三党说有危险，劝他不要去。但刘部长根本不听。刘部长到达家庄时，刚跨进门，即被守在房里的土匪把他和其他几位政工人员，一并扣了起来。

刘部长去后，王三党怎么也睡不着，便叫醒了已睡下的征粮工作组组员刘国光、大老刘和小张，与苏河共同研究了乡上现有武器的处理和防卫事宜。他们决定将两箱手榴弹埋掉，三支步枪由刘国光、李长林、大老刘各带一支；王三党、大老刘守上房，刘国光守西房，李长林守东房，金银福守东倒座，小张守西倒座。布防就绪，严阵以待。

次日凌晨5时许，约10余名匪徒窜到唐庄。在门外狂喊乱叫，要王三党等人缴枪，王三党坚决不答应。在上房和土匪对抗，一个土匪爬上房顶，踏穿了屋棚，欲向内开枪射击，被王三党一枪毙命。双方继续对抗，枪声不断，王三党扔出一颗手榴弹，炸死炸伤两名匪徒。这时，又有十几个匪徒向这边赶来。后因寡不敌众，匪徒破门而入，掳走了战士们，并搜出部分枪支……

接着，王三党等被关在达家庄，由两个天水籍士兵看管。经王三党再三交代党的政策，讲明是非前途，终于说服了这两位士兵，全部被关人员和这两位士兵一同脱离了现场。

石志刚当场宣布：刘部长轻敌麻痹，疏于防范，导致铁匪叛变阴谋得逞，给南湖人民造成莫大的损失，撤销刘部长的职务，降为政工人员，并写出书面检查，由副部长苗凯接替刘部长的职务。石志刚特别强调要发挥好地方农会和妇女、民兵的作用，筑起军民联防的钢铁长城。中午，保安队战士草草吃了些自带的干粮后，由苗部长安排了战士们的住处，稍事休整。晚上，保安队全部进入战备状态，分班巡逻，稳定人心。孙耀武在家中大门门缝中偷偷看到来往巡逻的战士，心里感到阵阵恐惧和不安。

连日来，石志刚与农会主席苏河商议成立妇委会、民兵治安队组织事宜。经苏河提议，群众通过，妇委会主任由兰花嫂担任，民兵治安队长由苏河兼任。农会、妇委会主要主内，维护好地方治安。民兵治安队由韩全、赵玉玺、李志科、白绪、殷兆义等20多个青壮年人组成。据后来殷兆义回忆，那时他才十五六岁，是民兵治安队里年龄最小的，但他一点也不拖后腿，事事总是争着往前跑。他们除搞好乡上的巡逻外，还要到边远的崔木土巡逻，保护农民正常生产。他们多次识破了匪特的阴谋。一次，他们在葫芦斯台两个南山客商的羊毛卷内发现了几支枪，当场将其抓获带往向乡上，经苗部长审讯，他们是毕善禄派的奸细，从南湖秘密窝点偷运窝藏的武器到南山。还有一次，他们发现了民兵治安队内一个被土匪引诱的动摇民兵的可疑行为，将计就计阻止了一次小股匪徒诱骗农户财物的企图，并生擒匪徒3名。

民兵治安队对维护南湖乡人民生命财产的安全，发挥了积极的作用，更加坚定了乡亲们防匪反特的信心，使匪特们在偏远的南湖乡不敢轻举妄动。

黄昏，夕阳映照下的阳关墩墩山烽燧犹如一幅沉静肃穆的油彩画，苍黄的烽燧与火红的晚霞相映生辉，蔚为壮观。石志刚携同苗凯部长、杨日明副大队长和苏河主席骑马巡游阳关，在墩墩山烽燧旁下马。石志刚指着饱经沧桑的阳关烽燧和远处沙海中的古董滩——阳关遗址，语重心长地对大家说："昔日的阳关县，今日的阳关乡，是敦煌的边远乡，是敦煌的西大门，也是土匪出没的地方。你们驻守南湖乡责任重大，要在做好保境安民和发展生产的同时，还要保护好阳关一带的文物。当地民谣唱道：'进了古董滩，双手不空还'，将来这都是我们的聚宝盆啊！"大家听了石志刚的话，脸上显得格外地严肃。

此刻，苗凯、杨日明、苏河才明白石志刚晚饭后约他们到阳关烽燧散散心的用意。苏河说这里的老乡祖祖辈辈对阳关有感情，对保护文物很重视。老吴和老马长期在这一带放牧，有事会随时报告的，从未出现过盗挖文物的事。石志刚点点头说："就害怕逃往南山的土匪下来，偷挖古董滩的文物，你们一定要多加小心，这里比较偏远。"

晚上，石志刚与苏河走了十几户人家，有王大伯、白大叔和兰花嫂家。石志刚鼓励他们安心生产，配合保安队维护好地方安全。王大伯、白大叔都是这里的老户，解放前就在南湖乡，对这里的山川地貌和风土人情都很熟。石志刚叮嘱他们平时多在乡亲们中间走走，消除人们的一些顾虑，有新情况及时向保安队反映。在兰花嫂家，石志刚对她们孤儿寡母深表同情，叮嘱苏河要多关心她们母子的生活。石志刚鼓励兰花嫂振作精神，组织妇女姐妹们积极投身到剿匪反特斗争中去，保卫好咱们的家园。兰花嫂感激地说，家里一切都能过去，我一定做好工作。听了兰花嫂简短朴实的话语，石志刚感到这是一个多么善良又要强的女人啊！石志刚回来已快 12 点，他毫无睡意，与苗凯、杨日明就开荒种地、防匪保边、军民团结、军地关系，执行三大纪律、八项注意的话题一直拉到深夜。

第二天一大早，东方欲晓，朝霞漫天，石志刚和警卫员小郭策马离开保安队驻地。当向北来到折东下坡转弯路段时，石志刚勒住马头向西南方向望去，视线和阳关墩墩山烽燧恰巧在一条直线上，阳关烽燧身披朝霞，轮廓清晰，更显沧桑、雄浑、壮美。此刻，他想到千年丝绸之路从这里贯通中西，阳关作为出入门户，发挥了重要的作用。今天望见它，心中总有一种历史的厚重感和时代的责任感，守护阳关、保卫敦煌，剿匪安民，为了人民，也离不开人民。良久，石志刚勒转马头，与小郭迎着冉冉升起的朝阳，向着敦煌城一路奔驰。

党河坡下阻击劫匪

马蹄嗒嗒，浮尘飘飘。石志刚与小郭一白一黑两只快马并驾齐驱，像两道黑白的闪电，越过山水沟，出了古塞墙，离了南湖乡境，来到党河大坡（现党河水库西大坡）卧佛山下。突然，小郭手指前方说："石县长，那边有情况。"石志刚立即勒住马缰绳细看，前面的沙漠中有羊群在移动，后面隐约有人的哭喊声。石志刚和小郭立即下马，隐蔽在一个沙丘下的红柳丛中。石志刚和小郭打开盒子枪的快慢机，做好战斗准备。

羊群和人影越来越近，已能清楚地看到，有羊二三十只，六七个人，其中有两名妇女，哭哭啼啼地被两个匪徒推搡着一步步向前。一名老汉以哀求的口气对前面的匪徒（头儿）说："羊群你们赶去就赶去吧，把她俩放了行不行，家里还要她们照顾呢。"那个匪徒不耐烦地说："老子在南山不见天日，你们倒老婆孩子热炕头，我们让谁照顾啊，让我们也享受享受。"老人苦苦哀求，土匪不理不睬。双方走走停停，撕撕扯扯，土匪不耐烦地把懒汉向后推推。就这样，羊群和人缓慢地走走停停。这时，走在前面的头儿对后面的两个匪徒说："让她们快点走，再不要哭喊了，到了南山有她们好受的。"匪徒们闻言用枪托敲着两名妇女的屁股和后背，淫笑个不止，妇女们一躲一闪，无可奈何地向前迈动着脚步。前面的土匪头儿和老汉依然骂骂咧咧，拉扯向前。

“快，放马。”石志刚突然对小郭说。“是！”机敏的小郭明白石志的意思，他立即用手掌猛拍两匹马的屁股，两匹马似知其意，双双跃出沙丘红柳丛，迈开四蹄一阵风地向羊群前方跑去，快接近羊群时又跑了个二回头。前面的匪徒头儿算是眼尖：“马，快追！”说着，他和后面的两个匪徒撒腿去追，这里只有一个匪徒看守羊群和人。就在匪徒们前去追马的当儿，石志刚和小郭抄近路埋伏在后面的山水沟内，待匪徒们牵着马路过时，出其不意地将头儿和一个匪徒击毙，将另一个匪徒活捉。石志刚让那个匪徒牵着两匹马走在前面，远远地向看护羊群和人的匪徒喊话：“放下羊群和人，赶快过来，解放军缴枪不杀。”那个匪徒还算聪明，听到喊话后乖乖地走了过来。

石志刚现场审问匪徒方知：这是毕善禄的流动土匪小分队，有好几拨，每拨人数四五个人，在边远地带抢劫牛羊、物资，以补充南山匪部军需之困。上个月，南湖乡粮站的郭站长进城送报表，就在党河大坡下遭到两名哈萨的袭击，抢走了马匹，并将其杀害。

另据那位秦大爷讲，他们是黑山嘴下秦家湾的农民，那里有十几户人家，地处偏远，信息闭塞，很少有外人进来。黑山嘴上风神庙的沙住持与土匪暗中通气，土匪不时抢劫牛羊和民女，让他们始终感到担惊受怕。他们一家在黑山嘴下的甘草沟给秦大户家放羊、看护甘草为生。这个地方有水有草，冬暖夏凉，根本少有人知。他和老婆、儿子、媳妇、孙子虽说不是很富裕，但也每天有饭吃，也就很不错了。南湖事件后，南山的匪徒不敢到有人烟的地方去，谁知竟盯上了这个地方，后来才知道是沙住持暗中牵的线。这倒应了这里的一句谚语：要吃泉中水，离不开地理鬼。那天儿子带着孙子去亲家湾走亲戚，幸免于难。

秦大爷非常感激地对石志刚说，今天多亏石县长及时赶到，救回了羊群不说，还救回了老伴和儿媳妇，不然他们到了南山会受什么罪呢？

石志刚安慰秦大爷以后小心点，有事勤和秦家湾民兵队沟通。石志刚特别告诉秦大爷，今天的事对任何人都不要讲，尤其不要让风神庙的沙住持知道。

石志刚和小郭押着两名匪徒，于天擦黑时赶回了县城。

巧防暗箭震慑明枪

当晚，石志刚向杜秉德汇报了南湖乡保安队驻防和党河大坡截击匪徒的情况，并就如何应对暗藏匪特进行了分析研究。

根据我方掌握和群众反映的情况，目前敦煌城中的沙州堂主赵先生，大佛寺的宏智法师（后证明是徒弟善道），雷音寺的何仙姑（清音），还有黑山嘴风神庙的沙住持，都是国民党青康专署在敦煌暗藏的匪特分子。据可靠情报，县保安队也有潜藏的匪特内线，但目前只锁定了两个怀疑对象，具体目标还未露出水面。

杜秉德冷静思考后说：现在黄新廷军长率领的剿匪大部队驻扎酒泉，正在肃清酒泉、金塔、玉门、安西一带的残匪，敦煌这边眼下还腾不出兵力，只有靠我们自己了。现在驻守城里的保安队、民兵只有100多人，显然力量显得比较紧张。我们必须采取相应的应急措施，通过加强军民联防、军民同装（就是让民兵穿上军装，与解放军一样以迷惑匪特）和宣传教育，大造声势，鼓舞人民，震慑敌人。

石志刚完全同意杜秉德的意见，并主动要求连夜去酒泉，让黄新廷军长支援一部分军装和武器以应急。接着，他们又商定了“三项系列”方略。

一、大造宣传舆论。制作反映我人民解放军剿匪战况，揭露当地地主恶霸、土匪罪行的系列宣传板（限于当时的条件，只能以文字、漫画的形式），并将剿匪反特、军民联防的故事编成敦煌曲子戏，在秦州户和火神庙进行集中展示、演出。

二、坚决打击邪教。通过专题专版漫画的形式，揭露匪特分子假借“一贯道”散布反动言论，蛊惑人心的阴谋。为了体现宣传效果，常书鸿、吕钟、任子宜等敦煌文化人分头在秦州户、火神庙现场进行讲解，这对大多数不识字的当地群众来说，真是一次形象直观的宣传教育。

三、巧对暗藏匪特。采取非常措施，从匪特内部渗透，将匪特的一举一动全盘置于有效监控之中，让其自然表演，自我暴露。

这些宣传画都出自千佛洞常书鸿、段文杰等人的手笔，文字则是吕钟、任子宜亲手所书，真是图文并茂，雅俗共赏。深得杜秉德、石志刚的好评。杜秉德在展览现场鼓励吕钟、任子宜说：“敦煌是个文化名城，将来文化教育的普及还需要你们带头。”吕钟回答道：“有杜书记、石县长这样的好领导，敦煌的文化教育一定会繁荣起来，我们愿尽绵薄之力。”

秦州户上，城乡群众络绎不绝地观看剿匪反霸漫画。在张二麻子欺压人民，打死长工，逃往通匪南山的漫画前，一位东地上的农民大叔感慨地说，以前听说张二麻子是个大善人，原来是假骨实，没想到他是这样地可恶，他身背血债，现在又逃到南山给土匪打下手继续作恶，真该抓住枪毙才对。漫画上马玉林、毕善禄土匪杀人放火，打家劫舍，抢劫边远乡村群众牛羊的暴行，更加激起群众的义愤：这些个没有人性的东西，千刀万剐都不为过；以前咱们怕他们，现在不怕了，解放军迟早会收拾他们的。……

火神庙下，敦煌著名民间艺人周碗儿脚踏快板，手弹三弦，激情演唱新编的敦煌剿匪曲子戏唱段——

1949年9月金风送爽，人民解放军解放了敦煌。

劳苦的大众笑开颜，感谢毛主席、感谢共产党。

张二麻子进南山，通匪反共罪滔天。

一贯道首陶尚义，扰乱人心真阴险。

马玉林、毕善禄，仁义救国军想翻天。

那真是泥鳅想翻大河的浪，白日做梦痴心妄想！

杜秉德、石志刚，毛主席派来的好领导。

领导咱剿匪反霸保家园，种下果树吃蜜桃。

敦煌父老听我言，剿匪反霸走在前。

维护治安人人有责，不让敌特分子把空子钻。

搞好生产大力支前，喜听剿匪凯歌传啊凯歌传！

“好、好、好！”随着声声叫好声，爆以经久不息的掌声。人们在轻松愉快的气氛中，爱恨情仇，油然而生。

敦煌曲子戏源于明清时期的民间俗曲，唱腔属联腔体，由众多的曲牌连缀而成，在发展过程中又吸取了秦腔、眉户的艺术成分，为喜闻乐见的独特地方戏曲。

敦煌曲子戏的演出形式有舞台演出和地摊坐唱两种，其中舞台演出俗称彩唱，有文武场和服装道具，道白用当地方言，表演要求旦角扭得欢，走得漂，舞蹈轻盈活泼，形象生动，丑角则需幽默诙谐，滑稽伶俐。地摊坐唱俗称清唱，不受演出场地的限制，不需服装道具，只要唱者嗓子好、唱调准、曲调多、板路稳就可以入座献唱，无拘无束。艺人怡然自得。听众心旷神怡，如醉如痴。曲子戏剧目题材广泛，多表现神话故事、历史传说及民间社会生活等。

敦煌曲子戏具有生生不息的生命力。清末至民国是敦煌曲子戏最为盛行的时期，村村都有自发组织的曲子戏班。解放后，敦煌曲子戏几经风雨，老树新花，大放光华，2014 年被列为国家非物质文化遗产项目。

“三项系列”方略，大长了人民的志气，大灭了匪特的威风。

东地上的一些群众积极提供新店庙、羊头庙匪特活动情报，帮助民兵抓获了潜藏的匪特分子。西地上有一位一贯道信徒幡然醒悟，感到自己以前受陶尚义的诱导上当受骗，真是太糊涂了。他当场揭露说，岷州庙就是宣传“一贯道”黑道观，陶尚义就是黑道首，强烈要求县保安队彻底捣毁黑道观，镇压陶尚义。

沙州堂赵大先生由我方眼线二丫盯梢，大佛寺由宏智法师信赖的香客田嫂应对。田嫂是东门外的香客，影响和带动十里八乡的男女香客为大佛寺上布施、做义工、修寺院，深得宏智法师的信赖。雷音寺的清音由尼姑内线妙道监视，以说服感化为主。黑山嘴风神庙实行宽松监视，仍作为匪徒联络点，由我方故意提供假情报以迷惑匪特。沙州堂赵先生在二丫的巧妙监视下，所谓“秘密”最终成了公开的“秘密”，使匪特的阴谋一次次失败。

田嫂通过实地细心观察，发现了宏智法师身边暗藏的奸细善道，还宏智法师一个清白，很好地贯彻了我党的民族宗教政策，使大佛寺香火日盛，直到“十年浩劫”中不幸被捣毁。现在，80 多岁的张仲老先生向人们指着体育场西北角的楼房说：“那就是大佛寺的遗址，当年香火旺盛，香客如云，是敦煌城最大的佛教场所。”雷音寺的尼姑清音，因丈夫早年在国民党骑五军当兵，后传言在河西战死，当时她万念俱灭身入佛门。敦煌解放前夕，匪徒中传言她丈夫没死，随“仁义救国军”进了南山。于是，清音早已熄灭的感情之火又死灰复燃。毕善禄通过这层关系派匪徒与清音接近，让她给他们提供食物和信息，待攻打敦煌城后，让他们夫妻破镜重圆。住持大德法师看出清音有心事，屡问清音，她总是以“身体不适”一带而过。当妙道向清音讲明这是土匪骗局时，清音恍然大悟：“阿弥陀佛。”从此静心佛门，忘淡红尘。

南山那边由以前给张二麻子拉骆驼的温占国继续往来，了解匪徒最新动态，传递我方消息，让匪徒产生动摇心理。这一招果然灵验。张二麻子托温占国给石县长捎话，如果政府不杀他，他愿把全部家产让给政府。石县长答应了张二麻子的要求，后来在毕善禄的淫威下，张二麻子将吐出来的话又吃了进去。至于隐藏于我保安队内部的奸细，杜秉德早有所察。不过他暂时未告诉石志刚，只是提醒他平时多点心眼，冷静观察，静观其变。

尤其是“军民同装”行动，真是演绎得惟妙惟肖，以假乱真。午夜时分，100 多名保安队员和民兵秘密在东门外 10 里处（现烈士陵园地段）集结，“军民同装”，全副武装。天刚麻麻亮，“军民同装”静悄悄地开进东城门，沿大街雄赳赳、气昂昂地向县政府开来。沿街的店铺、早起的行人，都目睹了这突如其来的“军阵”。天大亮后，人们纷纷议论：敦煌剿匪大部队来了。有的说有三四个连，有的说有两个营，有的说有两个团。几天后，这些消息添油加醋传到了南山，在匪徒中引起一片恐慌……

从敦煌解放，张献魁团长带领大部队进新疆，到敦煌县人民政权建立，从南湖事变到铁有才团叛变，匪徒们几次策划攻打敦煌城，都未轻举妄动。“军民同装”行动，在很长的一段时间里，更使匪徒们对敦煌望而生畏……

在地方巧妙地唱好文戏的同时，剿匪部队及时地唱好武戏，达到了震慑匪特，振奋人心的效果。1949年年底，我中国人民解放军骑兵团二连、三连和四连的一个骑兵排，在政委安骏的带领下，从高台县经酒泉、玉门、安西桥湾等地急行军11天，赶到马鬃山公婆泉、明水一带，接连打了四五个胜仗，打得国民党骑五军残部落花流水，逃至安西，又逃窜到南湖一带。在三军骑兵大队的配合下，消灭了一个团，另一个团无力抵抗，缴械投降。人们纷纷议论，黄新廷军长率领的三军，正向敦煌开进，南山的张二麻子、毕善禄残匪是秋后的蚂蚱，蹦跶不了几天了。尤其是那些暗藏的匪特分子，看了剿匪宣传后无不感到心虚后怕。从此，敦煌的父老乡亲记住了黄新廷和安骏。他们的故事，一直口口相传到今天。

敦煌的剿匪，主要以军事打击为主。县上开展政治攻势，是当时在不得已的情况下采取的以柔克刚的成功举措，直到今天仍鲜为人知。从敦煌剿匪开始到胜利，政治攻势就一直伴随着军事打击。后面的“三进南山劝匪首”，就是鲜活的例子，也是敦煌剿匪的精彩看点。

诗云：

莫高日出阴影藏，匪特猖狂人心慌。

杜秉德与石志刚，军民联防保敦煌。

第四章 南湖事变

古阳关下鱼水情

南湖乡（现阳关镇）是敦煌最西边也是最偏远的一个乡，地处大漠腹地的一片秀美绿洲，方圆百里没有人烟，被誉为“塞上江南”。汉武帝时期，这里曾设置阳关，与玉门关南北遥遥相望，是丝绸中路通往西域的重要门户。说起阳关、玉门关，使人不禁想起唐人“劝君更尽一杯酒，西出阳关无故人”“羌笛何须怨杨柳，春风不度玉门关”的千古绝唱。据史书记载，古人依水设关。阳关之所以设在南湖境内，是因为有渥洼池水源。渥洼池是传说汉代出天马的地方，曾引得汉武帝喜作《天马歌》，更增添了传奇神秘的色彩。千百年来，渥洼池水域开阔，碧波荡漾，清波长流，灌溉着一片富饶的绿洲。天晴之日，当你站在渥洼池畔向南远望：近处戈壁大漠无边无际，水气弥散；远处祁连雪峰辉映蓝天，爽心悦目。这里本是一片自然安详之地，渥洼池水源充足，又是沙质土壤，旱涝保收，如果没有土匪骚扰，人们在这里春种秋收，过着“世外桃源”的生活，倒也滋润。

王大伯和白大叔是这里的老住户，他们是雍正敦煌大移民的后裔，对这片大漠绿洲有着深厚的感情。他们说这里水土好，地域阔，人稀少，由于地势偏远，解放前曾是土匪藏身的地方。加之种大烟的，贩皮毛的，跑买卖的和外来避难的杂七五八的人等，总是不断，使这里成了一个鱼龙混杂的地方。现在政府不让种大烟了，但南来北往的人流还是比较杂的，让人心里总感到不安。比如国民党军统特务杨立德，1945年参加军统特务组织后，曾在新疆二处任中尉情报员、上尉助理员等职，积极从事反革命活动。1949年新疆解放后，畏罪潜逃到南湖乡，改名换姓、伪造历史、假装积极，土改中分得土地4亩，后混入南湖小学教书，给南山土匪卖情报，并多次奸淫幼女，实属罪大恶极，后被政府镇压。

自从县保安队驻扎南湖乡后，乡亲们真好像是吃了定心丸。他们白天安心生产，平田整地积肥，准备迎接春耕的到来；晚上不忘南山匪患，家家警惕，户户通气，村村联防，一有风吹草动互相及时通报。每天从鸡叫太阳升开始，保安队战士也好，乡亲们也好，只要太阳落山后南山方向没有动静，就算一天平安地过去了。深更半夜，保安队例行巡逻。对于外来人等，保安队严格掌控，来时登记，去时跟踪。几个月过去了，乡亲们倒也平安无事。

刘部长被降职为政工干部后，深刻反思了自己的过失，分管武装部的后勤和下拨农用物质的发放。他工作尽职尽责，也很到位（用现在的话来说，就是“最后一公里”落实到位），比如发放农用物资时必须亲自送到家中，保安队员的饭菜要让大家满意，受到苗部长和乡亲们的赞誉。

转眼间1950年的春耕时节到了，渥洼池下的田野里，杨柳垂丝，桃花吐艳，点缀着阳关烽燧，渥洼碧波，好一派阳春三月的塞上风光。在渥洼池下的殷家地湾，杨日明正和战士们在新开垦的亩荒地上摆粪，枪支都三五一丛搭架放在旁边。杨日明推着装满羊板粪的手推车，一车接一车地往地里倒，宽厚的额头上汗水湿润，他连擦也顾不上擦，一直多拉快跑，副排长贾延尚、班长战士范淳几次要替换他，他总是紧握手推车把不松手。

无奈，他们硬是从战士张进忠、赵功手中夺过手推车。一旁的王彦存、蒋志义挥动铁锨，三下五除二往车上上粪，只上得前溢后淌。贾延尚、范淳推起车子，追随前面的杨日明，一个个争先恐后。荒地上热火朝天，加油加油的喊声此起彼伏。昔日杂草丛生的荒原，正在焕发着新的生机。

一个上午的紧张“劳动竞赛”，堆在地边的一大堆羊板粪全部拉完，一块块新开垦的荒地上粪堆行行自然照应，就像小小的“坟堆”一样。大家稍事休息喝水后，杨日明擦了一把脸说：“你们看，老乡们听说我们荒地种麦子，担心地皮薄，从老远的地方给我们拉来优质羊板粪，解了我们的燃眉之急。现在荒地的粪基本都摆上了，还有两小块边角地按播种前摆上就行了，也用不上这么多人，一班二班就行了，其余人主要帮助群众搞好备耕。”

这次荒地摆粪劳动中，一辆手推车的挡板、两手推车的木轮被损坏了。杨日明叮嘱副排长贾延尚，回去后马上到尚木匠那里出钱修好，送还老乡并表歉意。

老乡给保安队拉羊板粪的事，还得从王大伯与白大叔说起。去冬今春，保安队花了两个多月的时间，在渥洼池下的殷家地湾开了 30 多亩荒地，全部是沙土地。老乡说第一年荒地要上足肥，才能保证有收成。当时杨排长想群众春耕肥料紧张，就荒地种撞田算了。那天，王大伯正好路过殷家地湾，看见杨排长正和战士们挥汗如雨地开荒。当他得知新开荒地缺肥准备种撞田时，随口对杨排长说，肥料的事你就别发愁了，老白家在西土沟放了十多年羊了，那里的羊板粪多的是，拉上十几车来就够了。再说荒地本来就薄，就像刚刚起身的小孩子一样，不给他加点营养就长不壮实。杨排长听了后，感到王大伯说的有理又有趣，就说现在群众的肥料都很紧张，再说粪场又在十里之外，拉运也不方便，就不给群众添麻烦了。王大叔一听显得不高兴地说，杨排长你这说的什么话啊，你不是说咱们军民一家嘛，自从部队到咱乡上，你们又是巡逻放哨，又是帮农户打扫院落、干地里活什么的，大家都很感激。给你们拉点粪也是应该的。王大伯越说越激动，再说了，拉粪时你们部队去人不就行了吗？说话间，王大伯右手掌拍着左手掌。杨排长被王大伯的一片诚心所感动，赶忙过去握着他的手说：好，我们听你的。

接下，杨日明派了范淳、张进忠带了十个战士，雇了老乡的5辆大轱辘车，花了四五天时间，拉来了几十车羊板粪，集中倒在荒地边攒成大堆。当时拉粪时就说好，由范淳记好车数儿，结束后三天内由车主拿着纸条到保安队驻地找刘部长结账。可是三天过去了，竟然没有人来结账，一周过去了，还是没有人来结账。范淳感到纳闷，就将此事告诉了杨排长。杨排长觉得此事有蹊跷，就让范淳亲自把五个车把式请过来。

一进门，杨日明说你们前几天为我们荒地拉羊板粪辛苦了！说着让他们落座，范淳提起桌上的竹皮暖瓶，给他们倒了一杯开水。杨排长招呼大家喝口水，杨万福、杨万绿、李多才、陈宝玉、宋应斗等五个车主吸溜吸溜喝了起来。少顷，杨日明笑着说，你们怎么没过来领工钱啊，都一周啦？听了杨日明的话，五个车户他望着你，你望着他，脸上笑嘻嘻的谁也不说一句话。范淳说，条子都给你们打了，你们怎么没过来？屋内气氛一阵沉寂，这时有一根针掉下去都会听到响声的。杨日明和范淳望着大家，大家看着杨日明和范淳，一片沉默！突然，杨日明突然发话了：“是不是嫌价格太低啦？”“不是、不是，是苏河和兰花嫂交代的，也是我们自觉自愿的。”杨日明微笑着长长地“噢”了一声。

事情原来是这样的：保安队驻扎南湖乡以来，严格执行三大纪律、八项注意，视驻地如故乡，待乡亲如亲人。战士赵功、王彦存、蒋志义，经常给兰花嫂和陈宝玉家打扫卫生、干地里活，有时忙得连一口水都不喝就走了。刘部长拿出自己的津贴给五保户张大爷买鸡蛋补身子，临终前亲自帮他穿衣收敛。李多才家的孙娃子半夜发高烧，卫生员小高闻讯后及时出诊……

说到这里，杨万福鼻子有点酸了，“你们部队没日没夜，不分你我地为我们操心，我们给你们拉几车粪又咋啦？这是乡亲们的一点心意嘛！”

见此情景，杨日明真是又感激又为难：“乡亲们的情意我领了，但部队有纪律，我们必须严格遵守，还请大家理解。”

最后，五位车户按原来一车一元的标准，愉快地结了工钱走了。

这件事后，乡亲们说起以前驻扎南湖的铁有才匪徒，无不咬牙切齿。土匪就是土匪，见财物就抢劫，见好吃的就索要，见妇女就欺负，简直是畜生，哪像咱们保安队战士，驻乡不扰民，帮忙不回报，不拿群众一针一线，真是和咱心连心啊！

南湖，这片大漠深处的美丽绿洲，人民在解放前曾饱受土匪的蹂躏，对当兵的心有余悸。在敦煌解放后，这里军爱民、民拥军（当时可能还没有这样的提法），军民关系就像那渥洼池中的鱼儿一样，互相依赖，情深意长。

孙耀武通匪

说起南湖，不能不说起“南湖事变”；说起“南湖事变”，不能不说起孙耀武。

孙耀武是地地道道的敦煌南湖人，从他爷爷辈起，就有上百亩土地，雇有好多个长工，是当地土地主。到他父亲这一辈，家大业大不断扩大，是当地四五户地主中的暴发户。他父亲主要靠租地、盗卖皮毛、放高利贷而发家。到了孙耀武这一辈，靠着祖父积攒的家业，他成了富甲一方的恶霸地主。

孙耀武弟兄两人，长兄孙耀文，识文断字，年轻时就在外谋事，并成家立业，好多年已没回来了。孙耀武虽识字不多，但脑瓜子贼奸贼奸的，心思都用在了贪财敛财、算计人上了。他家的孙家堡子，在殷家地湾西北方向，坐西向东，黄土夯筑，高墙大门，院内拔廊起脊，砖基土墙的上房、厅堂、厢房、客房、书房、倒座、磨坊、油坊、皮毛货栈、车马店等建筑前院后院，里外相连，大大小小，圈圈套套。他们家老婆、儿子、媳妇、亲戚，加上家丁、佣人总共二三十人，一人一间还绰绰有余。这让那些小家子地主马成、魏福真是不敢攀比，羡慕不已。

解放前，国民党、土匪、商贩到了南湖乡，都住他家，供吃供喝。他在肃北、阿克塞的皮毛生意，都是靠这些人照应打点的，再加上他的地租、高利贷收入，其他地主真是望尘莫及。

孙耀武为富不仁，心狠手辣，对租地的长工非常苛刻，他们一年打下的粮食除交租外，生活维持不了半年。无奈，只得向他借高利贷继续租种。这样，农民永远翻不了身。农苏河、兰花嫂家，深受其苦，苦不堪言。比如兰花嫂的丈夫白养民租了孙耀武的10亩地，连续三年借高利贷种地，最后三块大洋滚成了三十块大洋。人们溜了个口歌儿："白养民，白养民，干三年，一场空；三块大洋翻三十，黑驴打滚愁死人。"无奈，兰花嫂去给孙耀武家做饭顶债。其实，孙耀武早就看上了年轻美貌的兰花嫂，一直没有机会"亲近"，这次让他找了个借口。谁知兰花嫂个性刚烈，疾恶如仇，孙耀武几次深夜欲"亲近"她都未得手。刚做了一个月饭，她就不干回家了。可孙耀武三天两头派狗腿子来要账，夫妻俩没有办法，就托苏河去说情。结果，兰花嫂丈夫被派到百里外人都不愿去的西海子草原去放牧一年抵账。快到年满时，一场沙尘暴袭来，白养民去追失散的三只羊，就再也没有回来……在南湖乡，由于孙耀武家财大气粗，再加又有土匪做后台，农民只有眼睁睁地看着他们在乡上横行霸道，为非作歹。

敦煌解放前夕，孙耀武突然大发善心，说乡里乡亲的，今年的地租、借款可以适当减免、缓收，啥时宽余了再交都可以。大家暗地里都知道，敦煌就要解放了，人民政府要减租减息，没收地主的土财产，孙耀武心里贼尖着哩！当时张二麻子经南湖乡逃往南山时，胆小的地主马成、魏福相邀跟随进了山。孙耀武也想跑，最终还是没跑，后来被当地政府没收了部分土地、财产，他表面上对政府拥护，暗地里却对政府心怀不满。

敦煌解放不久，工作组与武装部进驻南湖乡，王组长和刘部长专门"拜访"了孙耀武，传达了党的政策，要他按规定减租减息，规规矩矩做人，老老实实做事，再不准和国民党散兵游勇、流窜土匪和不法商贩往来，以求政府宽大处理。孙耀武表面虽然表示一定照办，但心里还是很恐慌的，这些年他在南湖乡的所作所为，人们都记在心里，尤其是他暗地里给逃往南山的张二麻子送粮食的事，长工于二王三都是知道的。

俗话说狗改不了吃屎。又言江河易改，本性难移。像孙耀武这样的恶霸地主，其骨子里贪婪作恶和顽冥不化的基因已根深蒂固，与人民是不会水火相容的。孙耀武通匪害民，罪大恶极，最终没有逃脱人民的惩罚！

智取于进魁，斧劈布拉克

铁有才匪部叛逃时，尽管抢劫了一批粮食，由于南山匪徒多，仅仅一个冬天，已经所剩无几。1951 年春天，铁有才便派遣小股匪徒，分头出山抢粮，有的去了肃北马鬃山、有的去了安西桥子，有的去了敦煌南湖。据孙耀武暗报，自从保安队进驻南湖乡后，昼夜巡逻，防守严密，大队人马出动目标太大，容易招祸。狡猾的铁匪觉得有理，为保存实力，苟延残喘，命令匪徒化整为零，见机行事，能捞一把就捞，捞不着就溜。

三月的一天，匪连长于进魁带领 3 个匪兵，窜到南湖的边远山村崔木头沟伺机抢劫。该村离南湖 70 华里，为峡谷地带，分上沟、中沟、下沟，长约 18 华里。全村有耕地 180 亩，仅住着 11 户人家。这时，农民杨万禄正在崔木头沟照看春灌，恰巧遇上了于进魁窜到这里抢粮。于进魁是陕西人，与杨万禄的父亲曾认过同乡，随铁有才部驻南湖期间，曾与杨家常有来往，故与杨万福、杨万禄兄弟俩比较熟悉。

据孙耀武密报，这阵子杨万禄一直在崔木头沟，于匪便径直找到杨万禄。一搭上话，于匪便拿出一些“黄金”颗粒（其实砸碎的黄铜碎末），恩威并施地要杨万禄为其在南湖购一批粮食。杨万禄为施脱身计，便很痛快地答应下来。临行前，于匪和杨万禄约定，5 日内在崔木头沟取粮。

杨万禄一到家，便将情况告知其兄杨万福，又和杨万福一起到乡政府，把这一情况报告给了武装部长苗凯。苗部长一眼便识破了假“黄金”，遂决定将计就计，诱捕匪徒。他立即指定由杨万福负责，另选派了三人：一个是曾当过伪兵，颇有胆量的民兵陈宝玉；另一个是会几套拳脚，且力气过人的李多才；第三个是当过伪兵，以智谋见长的民兵宋应斗。

苗部长把大家召集在一起，议论如何擒敌的对策。杨万福早就了解于进魁兵痞出身、流氓成性，解放前曾拜何庄头为干父，并早与他的女儿、儿媳勾搭成奸，一直旧情未断。苗部长决定利用这一线索将计就计，挫败于匪抢粮图谋。遂找人讨要了其情妇为于进魁事先做好的牛鼻子鞋、绣花袜子和台儿门香烟。还议定了三套捕杀匪徒的方案：诱杀、突袭、智取。

次日一早，杨万福等一行4人离开南湖乡，当天下午便赶到了崔木头沟。可是土匪已离开崔木头沟，杨万福估计于匪一定会来取粮，只好等等，等了一周仍不见踪影，他还以为土匪中间变卦或察觉什么蛛丝马迹不敢来了，正在思谋如何办？这时，宋应斗因家中有事，便让其先回了南湖乡。杨万福又等了一日，于进魁终于来了。于匪一见杨万福急忙问：“你兄弟咋没来，说下的事情办妥了吗？”杨万福随口答道：“他感冒发烧，来不了了，东西他都给你准备好了，你就放心好了。”于匪一双三角眼直勾勾地盯着杨万福，心想他和杨的父亲是乡党关系，而且给了他“黄金”，相信杨万福的话不假。于匪嘿嘿嘿地一笑，拍着杨万福的肩膀说：“好好干，我是不会亏待你们的。”杨万福没有回答，只是顺从地连连点头。一会儿，杨万福仔细一看，于匪一行4人带着三长一短的武器，非常警惕狡猾。他们的枪一直不敢离手，与杨万福等人始终保持一段距离，鬼头鬼脑，左顾右盼，让人感到难办。尤其是布拉克，据说是铁有才的心腹保镖参谋，枪法极准，弹无虚发，他的鹰眼转来转去，诡秘难测。面对此情此景，看来原议定的方案，难以成功，杨万福心里暗暗思谋办法。乘着匪徒临时稍休解手的空隙，陈宝玉临时动议：必须尽快先除去布拉克，最好瞅准时机，以斧劈之。并且自告奋勇，愿当此任。这时，于匪解手过来，远远地挥手示意杨万福在前面带路。

于匪一行来到杨万福家的院中，已日色过午。喝了一杯茶后，于匪突然用手枪顶着杨万福的脑袋，恶狠狠地问购粮之事到底有没有着落？杨万福便神情自若，严肃认真地回答道："粮食早已购妥，全部运到河沿（渥洼池）存放着，你们随时可以去驮。"（其实无一粒粮食，这是事先定好的擒匪计谋）。于匪收回手枪，遂被让进房内。刚刚坐定，恰巧乡农会主席苏河到来，他也是奉苗部长之命，由南湖来执行同一任务的。苏河一进门，杨万福灵机一动，便趁机明知故问："你是刚从湖里来吗？"

"嗯！"苏河点点头。

"河沿上我们搁下的粮食在吗？"杨万福边使眼色边问。

苏河已心领神会，肯定地回答道："在呢！"

"你没有看到去湖里的人吧？"

"没有！"

这时，杨万福转而假意向于进魁献策道："你看咱们都是老乡，实话说我不瞒你。你们几个人蹲在一起怕是不好，万一走漏风声怎么办？是不是上去两个人，把沟口把住，以免出事！"于进魁一听，言之有理，便把两个匪徒打发到沟口放哨。杨万福假意挽留道：都晌午偏了，你们还没吃饭吧？还是吃过饭再进去！匪徒们早已饥肠辘辘，也就答应了。杨万福很快做了一顿拨疙瘩，拌着咸韭菜、红辣椒，就着甜面汤，倒把于匪4人吃了个美。饭后，于进魁拿出两只随身带的羊腿子给杨万福，说到晚上了煮了，犒劳犒劳大家。

两个匪徒走后，于进魁说他认识木匠尚元福，不知在不？他那里可有好茶啊！陈宝玉满口答应：在在在！便趁机建议，一起去尚木匠家喝茶。就在去尚家的路上，陈宝玉、杨万福、苏河、李多才 4 人急中生智，三言两语便制订了一个“斧劈布拉克，生擒于进魁”的新方案。具体分工是：陈宝玉、李多才对付布拉克，李搂腰、陈斧劈；杨万福、苏河对付于进魁，一个夺枪，一个抱人。

尚木匠以前也受到过于进魁的关照，就泡了一大铜壶浓浓的伏茶，于匪和布拉克美美地喝了一顿。喝完茶后，陈宝玉还趁机当着于进魁的面，向尚木匠借了一把长柄斧，声言晚上要劈柴煮肉。于匪根本没有觉察，一起回到杨万福家，进房后于就上了炕。杨万福、苏河两人，一先一后也上了炕，便一左一右坐在了于匪的两侧，陪他拉呱，尽量稳住他。老奸巨猾的布拉克没有上炕，只坐在了坑沿上。李多才靠近布拉克也坐在炕沿上，布拉克有意往边上挪了挪，以保持距离。布拉克面前是炉子，陈宝玉便在炉子上架上锅、添上水、续上火，摆开真的要煮肉吃的架势。人都各就各位后，杨万福便拿出了于匪的情妇带来的鞋、袜及香烟等物，并趁机添油加醋地说一些调情话。于匪听得神魂颠倒，忘乎所以。边吸烟，边眉飞色舞地向大家大谈特谈他以往男盗女娼的勾当。于匪越谈越起劲，有点乐不思蜀的样子，不觉已经夜半更深，有点迷糊了。杨万福等人由于任务在肩，时刻保持着旺盛的精神状态。布拉克可能是言语不通，感动无聊，加之鞍马劳顿，便慢慢地打起盹儿来。旁边的陈宝玉早已看在眼里，急在心里，认为下手的时机已到，便乘抱柴之机，将斧子也提到火炉跟前，便以目示知杨、苏二人准备行动。说时迟干时快，只见陈宝玉抡起大斧，向布克头皮狠命地砍下，随着一声咔嚓，布拉克还未醒来头就被劈成两半，黑血飞溅，倒在炕头。李多才眼疾手快夺枪在手，神脚快腿蓦地将尸体蹬下炕来。

几乎与此同时，杨万福、苏河两人身手麻利，遂将还在发呆的于进魁的枪夺下，三下五除二地把他捆了起来。从陈宝玉举斧，到于进魁被绑，仅仅用了5分钟，真是迅雷不及掩耳啊！

于进魁被擒后，恳求杨万福看在老乡的分上放他一马，他一定会重重报答他的。杨万福说你为匪作恶多端，打死南山放牧的老人，糟蹋了他的女儿，真是丧尽天良，我不会认你这样的老乡的，你就等着人民的审判吧！于进魁双眼一闭，瘫倒在地上，被驮在马上，由苏河押送南湖乡。随后，杨万福、陈宝玉、李多才三人拿着缴获的枪支，趁势去收拾两个放哨的匪徒。为了引诱匪徒，陈宝玉向沟口开了一枪。匪徒听到枪声，知道大势已去，像受惊的兔子一样，一前一后拔腿就跑，陈宝玉瞄准前面的匪徒，一枪就送他见了阎王。陈宝玉正要瞄准后面的匪徒，被杨万福阻止了。他们很快赶上苏河，一同押着于匪到了南湖乡。于匪是敦煌南山剿匪中生擒的第一个匪首，随解押解到敦煌，后与张二麻子、孙耀武等匪首一起在东门外乱坟岗（孤魂滩）被枪决了。

智取于进魁，斧劈布拉克后，杨万福、苏河、陈宝玉、李多才四人一下子成了传奇的英雄，甚至对他们战斗的经过添油加醋，不断发酵膨胀，在大人小孩儿中被传得神乎其神。

人们纷纷议论，苏河、杨万福以假乱真，假戏真做，瞒天过海，让于匪往套子里钻；李多才使了定身法，使布拉克身不由己；陈宝玉砍人头如砍鸡头，布拉克哪是对手；于进魁被喷血的人头吓傻了，浑身打战好像着了魔似的；那还不是蟹子遇上巴扎了，一物降一物，活该倒霉啊！哈哈哈哈哈哈……

再说逃回南山的那个匪徒周武，为了逃脱惩罚，对于进魁，布拉克的下落更是说得离奇传神。他俩负责外围放哨，于连长说沟里没有枪声就平安，听到枪声就让他们赶快撤离。于连长整到粮食后放在渥洼池边，本可以走脱，但他放不下相好小翠，二回头去过夜，结果赤身裸体地被活捉在了炕头。布拉克下山时带了些烟土，让何庄主换点沙金，去了崔木头沟找老杨。从此，去向不明。周武说自己和黄儿娃二人在沟外等着，一连三天无信息，就向沟内去探听虚实，快到沟底时，突然从树丛射出一颗枪弹，走在前面的黄儿娃一命呜呼。周武见势不妙，就撒欢跑了出来（其实，放那个匪徒逃生，是我方故意造成的假象，就是要让匪徒知道，偏远的崔木头沟现在也不是匪徒想来就来的地方）。

听了逃匪的“报告”，铁有才确信于进魁、布拉克已是在劫难逃，感到既气愤又惋惜！他们贪财贪色，真是活该。但二人作为他的心腹，与他多年苦撑危局，狼狈为奸，此时还真有点兔死狐悲的感觉。

这几天，马鬃山、安西抢劫的匪徒也是无功而返，令铁有才非常失望。铁有才隐隐约约地感到，南山也不是久留之地，他们的末日已经不远了。

苗部长在这次剿匪战斗总结大会上对大家说：“逃往南山的张二麻子、马玉林、毕善禄、铁有才等匪徒已是秋后的蚂蚱，蹦跶不了几天了，只要咱们军民联防，提高警惕，土匪就没有空子可钻。”苗部长最后特别提醒大家，这些土匪穷凶极恶，不讲人性，是群疯狗，疯狗急了还要跳墙呢，咱们万万不可掉以轻心，大人小孩日日夜夜要提高警惕。南湖乡是敦煌的西大门，我们守护好南湖就是守护好敦煌。

英雄的事迹，苗部长的讲话，像一阵春风吹拂心头，极大地鼓舞了南湖人民防匪保边的信心。

从此以后，杨万福、苏河、陈宝玉、李多才成为人们的精神寄托和主心骨。以前深夜小孩子哭时，大人就哄着说：“再不要哭了，土匪听到哭声要把你抓到南山去的。”孩子听到“土匪”二字，把头一下子缩进被窝，马上不哭了。现在不但大人壮了胆，连小孩子也有了胆："我偏就哭，土匪来了看杨万福大伯他们咋收拾他。"母亲摸着孩子的头，想着以前吓唬孩子的"谎话"，不由偷偷地笑了。

一段悲喜交集的爱情绝唱

说起南湖乡，那可是敦煌难得的水乡泽国。敦煌地处大漠深处，总面积 3.12 万平方公里，绿洲面积仅占 2.4%，干旱少雨，年平均降水量为 39.9 毫米，年平均蒸发总量为 2486 毫米，蒸发是降水的 60 倍还多，绿洲全赖党河水源灌溉。党河发源于祁连山中，靠冰川雪水补给，流域面积 16800 平方公里。经肃北流入党河全长 390 公里，年径流量 29700 万立方米。其见于史书记载的历史已有 2000 多年，汉为氐置水，唐称甘泉，宋叫都乡河，清代始党河，因流经肃北党城湾而得名。全县除南湖乡的 10 个乡镇（现合并为 8 个）的绿洲、人口，均依赖党河滋养，党河又称为敦煌的母亲河、生命河。南湖乡的水源充足，除渥洼池外，还有山水沟、西土沟水源。这里又属沙质土壤，只要有水，就有绿洲，就有收获，故为大漠深处名副其实的水乡泽国。

一方水土养一方人，一方人眷恋一方水土。敦煌、南湖，既是大自然赐予的一方宝地，又是世世代代人们赖以生存的家园。保护好这方水土是一代又一代人的责任，经营好这方水土是一代又一代人的使命。在保安队进驻南湖乡前，石志刚向大家讲了这样一席语重心长的话。话中既饱含着对保安队员的殷切嘱托，又流露出对敦煌南湖的满怀深情。

保安队在渥洼池下殷家地湾开垦的30亩荒地，春耕全部种上了麦子加豌豆。清明过后，荒地吐新苗，绿梦绕荒地，在微风的吹拂下茁壮成长，青葱喜人。杨排长和战士们适时锄草、浇水，一个春天过去了，麦子豌豆展枝舒叶，已有半人多高了。

这天上午，天空蓝蓝的，太阳亮亮的，照在身上已有些热辣。杨日明和两名战士把渠水引进殷家地湾麦地后，在地埂上边走边抚摸着青脆的麦子豌豆茎叶动情地说："咱们荒地的庄稼势头好，离不开这里的水土，离不开兰花嫂家的羊板粪。我们在南湖乡剿匪保边，更离不开群众的支持啊！"两名战士听了，连连说是啊是啊，我们一定要把群众当亲人一样对待，以报答他们的一片深情。

他们有说有笑向东上了渥洼池坝，望着眼前碧绿的湖水、戏水的天鹅，远处草原上的马群、祁连山的雪峰，杨日明不由想起他的家乡山西省阳高县大泉山下有一条小河，小时候每到春来春水荡漾，鹅鸭成群，他和伙伴们凫水追逐，其乐无穷。自从参加革命离开家乡后，已十多年未回家了。良久，杨日明沉思释然。对两个战士说，天气比较热，咱们下去洗个澡吧！他让两个战士先洗，他看着衣服和枪支，待他们上来他再下去，并叮嘱注意安全不要往湖中间去，在岸边游游就行了。两个战士脱去军装、衬衣，扑通扑通地跳入湖中。杨排长望着他们开心的样子，也开心地笑了。

"杨队长、杨队长！"杨队长循声转头一看，坡下兰花嫂正提着篮子和茶壶向坡上走来。杨日明见状不由自主地迎了过去，兰花嫂也大步向他走来。在坝沿下一棵大柳树下，他（她）们目的光对在了一起。兰花嫂剪发头，圆形脸，额头渗着清晰的汗粒。她身着蓝底白花的棉布上衣，青织布的裤子，脚蹬一双自做的脚面系带的青布便鞋，整个人显得干练、好看。杨日明浓眉大眼，目光有神，土黄布军装、白土布内衣、脚穿一双军用黄秋鞋，更是身体魁梧，令人喜爱。兰花嫂望着杨日明，有点羞涩的样子，一直不好意思开口。还是杨日明先发了话：“你看你走得满头大汗的，把东西放在地头我们一会儿就过去了。”“都大晌午了，你们还没有吃饭，地上没人我就送过来了。”兰花嫂放下茶壶，掀开盖在上面的白纱布，取出一个玉米面窝窝头递过去说：快吃吧！杨日明接过又放进篮子里说：等他们一块儿吃吧！兰花嫂就取出一个小黑瓷碗，倒了一碗还热乎乎的清茶凉叶子，他接过仰起脖子呼噜呼噜地一饮而尽，接着又倒了一碗。喝完后，杨日明用手背一抹嘴巴，连说这茶真好喝、真解渴。兰花嫂听了，心里真是美滋滋的。但她还是很拘谨，杨日明不问话她也不说话。杨日明就找话题问他家和孩子的情况。兰花搜说老人对她很好，孩子也离开脚手了，他在保安队做饭也很好，还可把妇女会的工作也带上，感谢你们了。

……

“好！上次我给你提出的事给老人说了吗？”杨日明直话直说。

“说是说来，老人说看我了，但我觉得不合适。”兰花嫂也实话实说。

“怎么不合适？”

“你还没有结婚，我是寡妇，拖儿带女的，对你的名声不好。”

“那有什么？我南征北战十多年，早就渴望有一个安定的家，现有一个现成的儿子那有多好啊！”

“我总觉对不起你！”

“我不会计较的！”

“让我再想想吧！”

“好！我等着你。”

这时，两个战士洗完澡已上了岸，一看不见杨日明的面，就随口大声喊：“杨队长，我们洗完了。”“在这儿呢，快下来吃饭。”两个战士循声向坝沿下一看，杨排长和兰花搜正等他们呢。

第一次召开军地联防会议时，杨日明认识了兰花嫂。那天她的剪发头、圆形脸，加上心直口快，平易近人，给他留下了第一好感。当他从苏河口中得知兰花嫂的遭遇后，更是深表同情。不久，保安队需要一个炊事员，他就通过苏河把她要了过来。

兰花嫂是乡上茶饭最好的几个妇女之一，人不仅干净、勤快，还与其他几个大师傅配合自然。范淳说兰花嫂到来后老张老王干活的积极性也高了，饭菜的味道也更香更美了。

杨日明平日工作忙，好多时候吃饭都不能准时。兰花嫂总是给他留着，热着。杨日明说太麻烦了，冷了就冷吃，这些年在外都习惯了。兰花嫂却说，以前你们在外面跑没个家，现在有家了就应该有个家的感觉。杨日明喝着兰花嫂热的稀饭、吃着窝头，心里感到“家”的温暖，好舒坦好舒坦。一次，杨日明感冒几天不过，一吃饭就打喷嚏。兰花嫂看在眼里，疼在心里。她立即熬了姜汤，让杨日明连喝三天，终于好利索了。每当夜深人静时，杨日明不禁想起兰花嫂……时间长了，老张老王看出兰花嫂对杨日明的“关爱”有加，曾多次提议把这个婆姨娶下算了，并开玩笑说你不下手我们可下手了。后来，杨日明把他的心思向苗部长说了，苗部长表示完全赞同。

一天晚饭后，兰花嫂给杨日明送开水，正好没有别人。杨日明就大胆地对她说，你以后有啥困难就给我说一声，咱们都是一家人嘛。兰花嫂认真地听着，只是微笑不说话。不久，苏河也给兰花嫂转达了杨日明的心思。其实，兰花嫂也很喜欢杨日明，但因为自己是寡妇，总觉得不合适。今天，听了杨日明“咱们都是一家人”的话语，感到春风入心般的温暖。这个朴实善良的农家妇女，已感到杨日明对她已爱在心里了，她不愿意伤他的心，就干脆地说，让我回去和老人商量一下再说。杨日明温情地望着兰花嫂，很欣慰地默默点头。

爱是人之常情，爱是一个人对一个人的理解和感动，有生可依，至死不渝。杨日明和兰花嫂的爱，是超越世俗偏见的人间真情，是军民鱼水深情的燃烧升华，是古阳关下的爱情绝唱，让人深受感动而又无限惋惜！

七烈士血染大漠

入夏以来，南湖乡的父老乡亲们抓紧田间管理，迎接夏收的到来。古阳关下，渥洼池畔，一片片青黄杂柔的麦田里，干壮粒饱，清香扑鼻。王大伯、白大叔逢人就说，敦煌解放了，南湖天晴了，托毛主席、共产党的福，今年夏粮肯定收成好。

6 月 12 日晚，保安队专门召开大会，决定将两个排战士除留炊事员、卫生员、病号看守营房外，其余全部去殷家地湾荒地劳动，赶在浇水之前锄完麦地的草。与此同时，恶霸孙耀武通过马立功在保安队的内线打听到这一消息，趁夜深人静时偷偷溜出后门，向距南湖乡 5 华里的上泉子（鄂博图）跑去。

孙耀武上气不接下气地跑到上泉子，被放哨的匪徒带了过去。只见土匪头子、“仁义救国军”师长毕善禄和 90 多名匪徒正乱嘈嘈地吃开锅羊肉、喝羊肉汤呢，孙耀武一见简直直流哈喇子。简单寒暄后，毕善禄递给孙耀武一大块羊骨头，他接过狼吞虎咽地啃个不停，接着又喝了一碗羊肉汤，用袖子抹了抹嘴，向毕善禄详细报告了保安队的情况：“毕师长，乡上部、部、部队，不不不，不是以前说的一个连，就是两个排 60 多人，明天去殷家地湾麦田锄草，你们天亮前就埋伏在那里，待他们劳动时突然袭击，看他们往哪里跑？”毕善禄贼眼一翻：“消息可靠吗？”孙耀武头像公鸡啄米连连点头说“可靠可靠，我愿拿性命担保！”毕善禄拍着孙耀武的肩膀说：“好好好，事成之后我不会亏待你。”孙耀武兴奋得贼眼眯成了一条缝缝。他不敢久留，马不歇蹄地连夜赶回了南湖。随即，毕善禄安排了明日兵分三路偷袭保安队的阴险计划：一路走黄水坝，与保安队正面交火，另两路走堡子和孙耀武的庄子，断我后路。

6 月 13 日天刚蒙蒙亮，兰花嫂和老张老王早早地备好了早饭：稀饭、馒头、煮土豆、咸萝卜，因为今天劳动量大，特意加了土豆。吃过早饭，杨日明出伙房门时对兰花嫂说，今天的早饭真香，我多吃了一个土豆。兰花嫂说那好，中午来了我给你们擀面条吃。旁边的范淳插话说，兰花嫂想得真周到啊！杨日明微笑地望着兰花嫂，随范淳出了门。保安队员离开营房约一袋烟的工夫，兰花嫂在洗碗时手一滑，把杨日明的洋瓷碗摔在了地下，她心里埋怨自己太冒失了，以前从来没有发生过这样的事情。老张在旁边望着，默默不说一句话。

太阳冒花花时，地面拉着一层薄雾。一会儿，杨日明和保安队员们已锄好了一块麦地里的草，转向另一块地。他们的武器有的集中架在地上，有的挂在树上。此时，哨兵也撤下来突击锄草。战士们分成 6 个小组，一组一当子，挥锄除草，脚下锄头出入土嚓嚓嚓的声音富有节奏，清晰入耳。锄在前面的杨日明暂停擦擦汗向后招呼说，锄深一些，尽量把草锄干净，不要伤着麦子和豌豆。大家不约而同地说知道了！锄草声此起彼伏，麦地里战士们争先恐后，挥汗如雨。

就在这时，大个子战士王成福猛一抬头，突然发现渥洼池坡上薄雾中隐隐约约有一群骑马的人朝锄草地上徐徐而来。王成福立即跑了过去，把这一情况报告给了杨日明。杨日明开始以为是渥洼边放牧的人，前几天就见过几个，他突然觉得有点蹊跷，抬头细看马队涌来，感到情况不妙。“快！有情况。”转瞬之间，匪骑兵已翻身下马，占据了前面的沙丘制高点，居高临下，向保安队猛烈射击。杨日明命令大家向放枪的地方匍匐撤退。这时，赵功、蒋志义、张万年、王存在后面掩护战士们撤退，由于手中没有武器，只能手示战士们快点快点，大家借着青纱帐的掩护，向放枪支的地段迅速撤退。突然，一颗子弹射中了赵功的胸膛，鲜血直流。蒋志义上前抱住赵功，要拖他一起走。赵功哽咽着说：别管我，快走，土匪马上就过来了，快去拿枪！说完，赵功就牺牲了。蒋志义放下赵功刚走了几步，被身后射来的枪弹击中倒地，血染麦地。对面土匪的子弹像雨点一样飞溅，麦豆叶片哗哗地响成一片。杨日明在前领着战士们一步步接近放枪的地方，张万年、王存在后面掩护收尾，呼啸的子弹像流星一样，一次次从他们的头顶耳边划过。就在杨排长他们撤出麦地，拿到武器并迅速转移到旁边的一条干水渠时，张万年、王存猫腰撤退时，被一阵排枪击中后背，英勇牺牲。这时，在附近庄上磨面的范淳听到激烈的枪声后，立即跑来参战，结果被叶合比带领的从孙耀武庄子过来的匪徒击中牺牲。

枪声大作，硝烟弥散，与薄雾融为一体，视线比较模糊。匪徒步步逼近……杨日明指挥战士们沉着应战，打退了匪徒的徒步进攻。杨日明传下命令，节省子弹，靠近了再打，子弹打光了就拼刺刀、用拳脚，坚决把土匪压下去，不能让乡亲们吃亏。此刻，杨日明不由想起了营房的兰花嫂……

短暂的沉寂后，薄雾渐渐地散去了，土匪又发起了第二次进攻。只见麦子地里黑压压的土匪在机枪的掩护下，像一群恶狼嗷嗷嗷地吼叫着向我方阵地扑来。这次，狡猾的匪徒，远远地就爬下了。忽然，孙耀武从麦地里站起，向我方阵地喊话：杨排长你们已经被包围了，再抵抗也是没用的，赶快投降吧！毕大师长说了，只要你过来，保证让你做老大。杨日明气愤地说：让你喊，去你娘的！说话间抬手一枪，子弹从孙耀武的耳根嗖地飞过，孙耀武身子一斜倒在了麦地（当时战士们还以为孙耀武已被击毙）。王成福说狗日的看你再叫唤不叫唤了。

此刻，毕善禄一看劝降无效，决定硬拼但又后怕。孙耀武献媚说，挖了黄水坝的坝，把水放到沙渠里，保安队的枪不就成了烧火棍，那时，他们个个成了落汤鸡，一个也跑不了。毕善禄说你这招还行啊！毕善禄把头一扬，示意马立功去挖坝。

一会儿，前面的一个战士说沙渠里怎么有水了，迅速传到杨日明耳朵里。王成福建议赶快撤出沙渠，杨日明说撤出沙渠，大家全部暴露在匪徒的枪口下送死。最后，杨日明命令：死守死拼，绝处逢生！

匪徒又发起了进攻，保安队战士被土匪的火力压在水渠里，浸湿了衣服弹药，处境极为险恶，无法给予匪徒有力的还击。这时，杨日明、贾延尚均已身负重伤，处于昏迷状态。虽然失去了指挥，战士们仍泡在水里互相依靠，顽强抵抗。突然间狂风大作，飞沙走石，天昏地暗，战士们睁不开双眼，被流淌的渠水冲得左右荡浮，枪弹全部被水泡湿，他们紧紧地抓住渠边的草木，努力使身体和枪支不被湍急的流水冲走。此时，我军虽无力还击，匪徒也不敢轻举妄动。趁着这阵子，前来接应的群众迅速将已昏迷不醒的杨日明和贾延尚转移到附近一家老乡家。这时，从堡子和孙耀武庄子过来的两股匪徒也悄悄地绕到了保安队的身后隐蔽了起来。

十几分钟后狂风过去了，三股匪徒小心翼翼地围了上来，战士们愤怒地开枪射击，但枪弹全部哑了。匪徒见此情景，呼地一拥而上包围了水渠，两名战士抡枪托而上，被土匪射击身受重伤倒地。前面的几个土匪吓得后退，被匪连长鸣枪示警。土匪层层围住保安队员，一一缴了枪。战士们被拖出水渠，水淋淋地站在一起，脸上冻得有点发青，有的还在打着冷战。

毕善禄却咧着长满黑胡子的大嘴嘿嘿地笑着说：“你们抵抗啊，‘仁义救国军’不是吃素的。”王成福气愤地说：“你使的什么阴招，一对一面对面的你来试试看！”战士们咬牙切齿，横眉怒对，毕善禄感到一阵惊惧，不由向后退了退。

匪徒将被俘的保安队战士集中到附近的一个牛棚里，周围的土匪荷枪实弹，如临大敌。毕善禄干咳两声向大家“训话”：“我们是仁义救国军，是奉台湾之命而来的。包布拉已奉命带3000人马去攻打敦煌，黄祖勋带1000人马去攻打安西，我们是来解决南湖的。现在这三个地方都归我们了，你们愿随我们去的，就跟着走，不想去的脱下军装就可回家去，我们决不为难。”人群里一阵骚动，甚至窃窃私语。突然间，王福成站出来对毕善禄说：“我们谁也不去！”说着带头脱下军装，其他战士也纷纷脱下军装，正要散去时。突然，孙耀武从匪群中出来急忙对毕善禄说：“杨队长和贾排长怎么不见了，是不是到老乡家养伤去啦？带到乡上去包扎一下。”说完嘿嘿一笑。此刻，保安队的战士们心中默语：这个疯狗怎么没死啊？！毕善禄贼眼珠子一翻，马上心领神会。随后在孙耀武的引领下，土匪将已被群众隐藏起来的杨日明、贾延尚搜了出来，立即带到了保安队驻地新工坝（今仍用此名）。

杨日明和贾延尚被放在一张门板上，杨的头部受了伤，额上的流血在左眼浸成了血污状，贾的胸脯上鲜血染红了衬衣，都已不省人事。匪徒大声喊醒了杨日明和贾延尚。毕善禄说：“杨队长受惊了，只要你们说声投降，我就放了你们。”杨日明、贾延尚视死如归，骂不绝口：“呸！要杀要剐随你的便，想让老子投降连门都没有！”“你等着，你们是逃不脱人民的惩罚的！”……毕善禄本想以杨、贾二人“投降”，一壮匪胆、二吓乡民，结果事与愿违。他恼羞成怒，示意叶合比、铁有才杀了杨日明和贾延尚。愤怒的群众几次围上前去救人，都被土匪用枪托和刺刀挡了回去。人群中老张老王拉着几次前扑兰花嫂的胳膊，硬是不让他冲出去。杨日明睁着一只眼，隐隐约约地看见了兰花嫂……

枪杀杨日明和贾延尚后，土匪冲进保安队驻地，将武器、弹药、被服、粮饷等军需物质折撅一空，并对南湖乡群众也大肆洗劫了一遍后，仓皇逃往南山。

土匪前脚刚走，群众就上前给杨日明和贾延尚收尸。兰花嫂用棉花蘸白酒轻轻擦去杨排长头上的血污，泣不成声……

南湖事变，敦煌剿匪的一段悲壮历史。

据《敦煌党史资料》记载：南湖事变中，我保安队官兵牺牲 7 人，重伤 4 人；损失步枪 39 支、轻机枪 2 挺、六〇炮一门、冲锋枪 2 支、连枪一支、军马 65 匹、步枪子弹 1800 发、机枪子弹 700 发、冲锋枪子弹 1800 发，炮弹 24 发、手榴弹 200 枚、枪榴弹 21 枚、被褥 65 床、军装 60 套、军帽 60 顶，还有人民币 1200 余元、公粮 5000 斤以及部分重要文件。

踏着烈士的足迹前进

7月7日，中共敦煌县工委在教育馆广场（今敦煌建设银行所在地）为南湖事变中光荣牺牲的七烈士举行了隆重的追悼会。会场上方的“南湖剿匪七烈士追悼大会”的横幅主题鲜明，两侧的“剿匪垦荒英雄洒热血，保境安民浩气贯长虹”的挽联格外引人瞩目，主席台中央放着7个洁白的花圈，分别代表着七个烈士，主席台两侧的木板上分别粘着“七烈士简介”白纸墨字的告示牌……整个会场显得庄严、沉静、肃穆……

上午8时，城乡参加追悼会的干部群众陆续来到会场。

上午9时，追悼大会正式开始。大会由县工委书记杜秉德主持，县长、敦煌剿匪总指挥石志刚致悼词。

杜秉德缓缓地走到主席台前（平地），首先提议大家向七烈士花圈三鞠躬，然后转身面对台前的干部群众，用低沉悲沉的语气宣布：“南湖剿匪七烈士追悼大会现在开始。下面，请县长、敦煌剿匪总指挥石志刚致悼词。”

石志刚仍以缓缓的步履走向主席台，向七烈士花圈三鞠躬后，开始致悼词。

各位干部群众：

今天，我们怀着无比悲痛的心情，沉痛哀悼在南湖事变中光荣牺牲的杨日明、贾延尚、范淳、张进忠、赵功、王彦存、蒋志义七位烈士。

“七位烈士”是为敦煌剿匪而光荣牺牲的，他们血洒大漠，豪气长存，是我们的光荣和骄傲！他们虽然走了，但他们的英名、他们的事迹、他们的精神是不会走的，将激励着我们化悲痛为力量，踏着烈士的足迹前进，剿匪保边，共建家园，以告慰他们的在天之灵！

“南湖剿匪七位烈士”永垂不朽！

石志刚饱含深情的悼词，极大地感染了台前干部群众的情绪。有人高呼：向“南湖七烈士学习”，“剿匪反霸，保卫敦煌，保卫胜利果实！”最后大家一起高呼：“毛主席万岁！共产党万岁！”

追悼会后，石志刚书记宣布了追认杨日明等七烈士的决定，并给烈士家庭颁发了烈士证和光荣榜。敦煌籍保安队战士范淳、张进忠、赵功的父亲胸戴大红花，走上主席台领取，他们脸上显得庄严，心里感到欣慰！全场顿时群情振奋，掌声雷动。这掌声既是对“七烈士”精神的赞扬，又是对“七烈士”父母的敬重！

会后，干部群众有序走向主席台两侧，敬读了“南湖剿匪七烈士事迹简介”——

杨日明：男，汉族，山西省阳高县人，1917年出生，中共党员，敦煌县保安大队副大队长……1950年6月13日在南湖事变中光荣牺牲。

贾延尚：男，汉族，山西人，出生年月不详，中共党员，敦煌县保安大队班长，……1950年6月13日在南湖事变中光荣牺牲。

范淳：男，汉族，甘肃省敦煌县沙州镇人，1932年出生，敦煌县保安大队副班长，……1950 年 6 月 13 日在南湖事变中光荣牺牲。

张进忠：原名张万年，男，汉族，甘肃省敦煌县三危乡甘家堡村人，1930 年出生，敦煌县保安大队战士，……1950 年 6 月 13 日在南湖事变中光荣牺牲。

赵功：男，汉族，甘肃省敦煌县杨家桥乡月牙泉村人，1925 年出生，敦煌县保安大队战士，……1950 年 6 月 13 日在南湖事变中光荣牺牲。

王彦存：男，汉族，1931 年出生，甘肃省高台县镇原乡人，1931 年出生……1950 年 6 月 13 日在南湖事变中光荣牺牲。

蒋志义：男，汉族，甘肃省高台县人，1927 年 5 月出生，敦煌县保安大队战士，……1950 年 6 月 13 日在南湖事变中光荣牺牲。

告示板前，张素兰饱含深情地讲解：南湖七烈士抗匪保边英勇牺牲，虽死犹荣，他们的精神将鼓舞活着的人们前赴后继，去夺取剿匪反霸斗争的最后胜利。

人们一拨接一拨地听着讲解、看着简介，对“南湖七烈士”更加崇敬。人们感到这位姑娘人年轻漂亮又有文化，一口流利的普通话让人听着亲切，不知是谁家的姑娘……

诗云：

南湖剿匪热血溅，渥注碧波话当年。

虽死犹荣七烈士，英风豪气壮阳关。

第五章

敦煌爱 民族情

石志刚敦煌萌情心

“报告。”

“进来。”

张素兰走进石志刚的办公室，将统计好的各区征粮统计单递给他，自己站在办公桌前听候指示。石志刚看着上面的内容，其他区征收任务基本完成，就是三区三乡（当时敦煌县政府根据地区分布，设立了5个区公署，24个乡政府，三区三乡即今七里镇杜家墩村一带）差得太多。石志刚放下统计单，抬头看见站在桌前的张素兰，留着整齐的剪发头，明亮的眼睛，白净的脸蛋，和善的表情，匀称的身材，再听一口听惯的流利的普通话，不由对她有一种好感。石志刚的眼睛盯着张素兰看了好一阵子，一言不发，张素兰也看着石志刚英俊的面容，脸上有点腼腆，不由低下了头。石志刚顿时感到自己的反常，赶忙招呼张素兰：“小张别老是站着，快坐下。”张素兰闻言，抬起头看了石志刚一眼，坐在了旁边的方凳上。

石志刚说：“小张，统计得比较详细，辛苦了。”张素兰回答说：“石县长，不辛苦，这都是妇委会刘黑女她们工作做得实。”石志刚听后自然地点了点头，然后把话题一转，问了张素兰最近工作忙不忙、生活习惯不习惯？张素兰看到平时一脸严肃，正儿八经地让她汇报完工作就出去的石志刚，今天突然显得有耐心，热情大方起来，也就放开了拘束说：“石县长你一天比我们忙，还关心我们办公室人员的工作，我们真该感谢你啊！”石志刚说：“那都是应该的，现在剿匪反霸工作紧，你们办公室人手虽然少，工作还是令人满意的。”听了石县长的赞语，张素兰心里感到很欣慰。

石志刚看着张素兰喜悦的神色，随和地说：“小张，以后有空到办公室随便聊聊。”张素兰微笑着回答：“石县长，我就怕打扰你的工作。”“那怕什么，忙中偷闲吗。”“那好，我一定来。”在一片融洽的气氛中，张素兰第一次感受到了石县长的男儿柔情。

张素兰问石志刚再有无事情？石志刚说没了。张素兰正想出去，不由起身。石志刚挥动右手招呼张素兰坐下，问她普通话说得流利，可不是本地人吧？张素兰先是一惊很快恢复平静，她欲言又止。石志刚见状，语气温和地说：“随便问问，你不想说也可以。”“我是本地人。”张素兰一言突发。石志刚也很快反应过来说：“没想到敦煌本地人，普通话说得这样好听！”

事已至此，张素兰只好对石志刚实话实说了：

“我是敦煌西门外张大户三房生的女儿，我母亲刘氏是一个普通农家女，人长得既漂亮又能干。母亲十六岁那年，经人介绍给张大户家做饭。一年后，张大户看上了她母亲，想娶她为小妾（三房）。后来，张大户托王保长向我爷爷提亲，一开始我爷爷说啥也不答应这门亲事，说咱祖祖辈辈都是庄稼人，与张大户门不当户不对，不是一条河里的王八。当时我母亲也坚决不同意，张大户个子看起来慈眉善脸的，但总觉有一种阴森森的感觉，心里有一种自然反感的心理。她常见张大户打骂长工，还克扣工钱，几次欲对她动手动脚，多亏张婶圆场。母亲在张家干了一个月就不想干了，但为了挣钱养家，只好忍气吞声熬了下来。后来张大户不择手段，软硬兼施。他派人传话，若不同意母亲续小，就把爷爷、奶奶及亲属赶出敦煌（爷爷、奶奶祖籍是雍正河州移民，张大户家有钱有势，是说得出做得到的），若同意母亲续小，可保家族平平安安。无奈，母亲只得嫁鸡随鸡，嫁狗随狗。村上的人有的赞成，有的耻笑，有的无奈。

母亲续小后，张大户喜新厌旧，冷落了大房、二房，打捶骂仗的事时有发生。张大户骂大房、二房是闲乳牛，生不出健牛仔（男孩儿），大房二房反骂他喜新厌旧，命中无后，再娶个七仙女也是白搭。张大户恼羞成怒，对她们不是脚踢就是拳打，家里哭喊声不断。在这样的环境中，母亲深受煎熬。但她不改勤快的本质，每天照常做饭，以求心灵的安慰。一年后，母亲生了我，取名淑燕。张大户感到非常失望，大房二房更是心中暗笑。我自小长得聪明伶俐，张大户也比较喜欢。淑琴、淑娥两个姐姐都是二妈所生，只上了个小学，待我念书时都已出嫁。私塾王先生看我聪慧伶俐，勤奋好学，对我关爱有加。小学毕业后，王先生几次说服张大户，让我到省城就读。之前，我母亲多次给我讲了她的身世，并鼓励我走出去，远离这个家。就在我在省城刚读完初中那年，母亲不幸暴病身亡。在省城她读完高中，被留校暂时工作，并改名素兰。我会讲普通话，也会唱歌。金城解放前，我在学校应征入伍，先到酒泉又到敦煌。”

“噢！原来是这样。你现在还和家里联系吗？”石志刚听后自言自语地说。

“我已好多年没和家里联系了，而且我已改名。到敦煌工作，我不愿让人知道我是张大户的女儿。”张素兰很难为情地解释道。

“一个人的家庭出身无法选择，但自己的道路完全可以选择。”

“石县长，我今天不该给你说这些。”

“说说也好，我对你更有了解。”

这时，杜秉德书记进来了。一看素兰在场，指着她说：“你的歌儿唱得好，保安队战士都夸你呢。”素兰连忙说：“谢谢了杜书记，我喜欢唱歌。”一看杜书记和石县长要谈工作，素兰就先告辞了。

杜书记是专为三区三乡一贯道的事来的。石志刚说一贯道太猖狂了，这次征粮该乡就受了明显的影响，应该采取措施了。石志刚要求他带队前去收拾，杜书记说县上的事还要你坐镇呢。最后商定，明天先派马振勤、刘黑女他们借征粮先摸摸底细，然后由他带队一举抓捕。

夜里，一轮明月跃上古城头，银辉满城。在这静静的夜里，石志刚怎么也睡不着。他突然觉得对张素兰有了点牵挂，她天资聪慧，善解人意，是一位令人喜爱的姑娘。敦煌解放三个月后，张素兰由酒泉保安处调往敦煌县政府，从事秘书室工作，当时这方面正缺人手，她真是来得太及时了。刚开始，他对小张只是当正常的工作人员来看待，每次到他办公室除了呈报表、传口信、送文件外，很少闲聊。可在最近，他突然发现小张是单位几个女同志中最活跃最漂亮的一个。据警卫员小郭讲，小张有文化，对同志们很热情，还打听他成没成家。经过昨天和她的一席交谈，他对小张真有了感情。但细细一想小张是当地臭名昭著的大地主张大户的女儿，心里又有点后怕，这能行吗？尽管如此，石志刚对小张总有一种割舍不断的爱。他想现在工作忙，待解决了三区三乡一贯道的事，他再向杜书记谈谈自己的想法……

这天晚上，面对皎洁的月光，张素兰也毫无睡意，翻来覆去。通过昨天的交谈，她看出石志刚心里已喜欢上了她，但她觉着这不可能！

那天晚上，杜秉德主持召开最近剿匪征粮情况汇报会。散会后，石志刚随杜秉德来到了办公室。杜秉德拧亮了桌上的罩子灯，在清亮灯光的映照下，露出了旧木匾桌面上糊的报纸。石志刚知道，这是国民党教育馆的一间旧房子，一张办公桌、一个书柜、几条方凳，摆设非常简陋。那个拼凑的桌子杜秉德白天用来办公，晚上用来睡觉。他看着过意不去，就让管理员去换一个新的。杜秉德立即拒绝说："现在剿匪反霸，群众生活都很艰苦，我们一切都要从简。"这件事对石志刚的教育很大，今天睹物思人，他不由对杜秉德油然而生感激和敬佩！

石志刚坐在桌前的凳子上，接过杜秉德递过的一杯白开水，边喝边和杜秉德说起了话。他先说这次捣毁一贯道多亏了杜书记，对群众教育很大。杜秉德说只要咱们发动好群众，敌人的阴谋就别想得逞。杜秉德知道公事会上都说了，石志刚这次来一定有私事。杜秉德轻轻地呷了一口水直截了当地说："志刚，有啥事你就直说无妨。"石志刚也就实话实说了："今天主要向你谈一下个人的婚事。""那好啊，你都三十岁的人了，这些年南征北战无暇顾及个人的事，现在主政敦煌是该考虑了，有啥想法你说。"杜秉德入情入理的一句话，使石志刚心里如同刚喝下去的温开水一样温馨舒服，他就大胆说了他与张素兰的事……

"小张倒是个好姑娘，有文化，人也聪明漂亮，和你岁数也般配，可是——"良久，杜秉德欲言又止。

石志刚听出杜秉德话中有难言之隐，就直言不讳地说："小张虽然是张大户的女儿，但她早已和家里断绝了关系，而且参加了革命，娶她为妻也不违犯组织规定的。"石志刚说话时情绪很激动。杜秉德认真地听着，一言不发。房间的气氛顿时凝固，一片寂静。

还是杜秉德先打破了寂静，亲切地望着石志刚说："这事还是认真考虑考虑，你想，敦煌刚刚解放，群众的觉悟还不高，现在正在剿匪反霸，你作为一个共产党员、人民县长，要取一个恶霸地主的女儿，会不会造成不良的影响？"

石志刚心中的后怕终于道破了，他闷闷不乐地说：“不管怎么说，我现在心里已有了小张，而且她已改了名”……

“改了名倒也不假，敦煌就这么大个地方，谁不知道她是张大户的女儿啊！你还是回去仔细地想想咱们再谈谈。”杜秉德以既提醒又安慰的口气对石志刚说。

后来，通过杜秉德和石志刚多次推心置腹的谈心沟通，石志刚终于心悦诚服地放弃了娶小张为妻的念头。不久，在杜秉德的撮合下，石志刚与敦煌城王家酒铺的女子王玉兰喜结良缘。他们风风雨雨，夫唱妇随，饱经沧桑，白头偕老。

石志刚通过这段敦煌的爱情，从内心感到杜秉德对自己兄长般的关爱之情，使他对杜秉德更加尊敬和信赖，自觉地以杜秉德为榜样，后来成为一名深受敦煌人民欢迎的好县长。

杜秉德还为解放前参加革命的15名“老光棍”找对象成家，特从公家结余款中拿出一部分钱，从接管旧政权时没收的布匹、棉花、清油中拿出一部分，以解决成家之用。工作人员也给杜秉德分了15元白洋，被他婉言谢绝，使机关党员干部深受教益。

捣毁一贯道

马振勤、刘黑女三进三区三乡，向群众宣传剿匪征粮的政策，并深入农户了解实情。一开始，一些群众用应付的口气说手头现时无粮，等几天有了就交。一天晚上，他们来到杜家庄杜大叔家。杜大叔向他们说了实话：陶尚义、马德昌夜深人静时常召集一贯道门徒，唆使他们抗粮不交，第二天让这些门徒在群众中做反宣传，拉了一些农户交粮的后腿。今晚，马德昌家就有活动。一连三天，马振勤、刘黑女暗中掌握了一贯道的活动规律，明天晚上他们在岷州庙将有聚会，他们及时回去向杜秉德书记做了汇报。

一贯道为中国民间秘密宗教之一。起源于明朝中叶，盛行于明末清代。最初称为罗教，由山东人罗清所创立，之后分化各种不同教派，如先天道、天理教等，一贯道是清末才兴起的一支。其渊源可溯至清末王觉一。他借用清代秘密宗教中《佛说皇极金丹九莲证性皈真宝卷》及《开示经》中的偈语，建立“东震堂”，接续罗教道统。奉罗教主神无生老母，标榜弥勒佛三阳信仰，并以儒家为中心，主张三教合一；在形式上，夹杂着中国古老的谶纬图说；在组织上，无出家之说，而由俗家信众求道后称为道亲。进入民国后，则又加入了基督教与伊斯兰教，变成五教合一说，无论三教五教，都是扯幌子唬人之举。

敦煌的一贯道传于清末，兴于民国。解放前由当地恶霸地主陶尚义、马德昌为道首，聚众 300 多人，主要活动在三区三乡。陶尚义作为国民党县政府水利会长，利用全县各乡跟水之便，向乡民传播一贯道主张：祈祷福安，慈悲为怀，本分做人，必有回报。当时一些不明真相的群众被糊弄入会。敦煌解放前夕，陶尚义、马德昌以一贯道为幌子，向会员宣传灌输反动言论：共产党、解放军进敦煌城大开杀戒，没收地主和富商土地财产，使敦煌永无宁日，城乡人等只有老老实实维护现状，和共产党、解放军作对，才能逢凶化吉，安居乐业如此，等等。一时间一些人被搞得人心惶惶，对解放军进城持观望态度。

陶尚义平时骑着高头大马，穿行于乡村间。他面容和善，举止文雅，人们都称他“陶会长”。谁知陶尚义表面上是令人尊敬的“正人君子”，在背地里却干着见不得人的勾当。敦煌刚解放，由于他假装积极，拥护政府，就被政府继续留用水利会长。当时，杜秉德书记就已了解到陶尚义与一贯道有关，图谋不轨。鉴于当时的形势，想给他一个改过自新的机会，找他谈话，提醒他拥护人民政府。谁知他竟阴一套阳一套，玩弄起两面派手法。马德昌犹如一个跟屁虫紧随其后，煽动一些不明真相的群众加入一贯道。

三区三乡是杜秉德书记的征粮试点单位，征粮搞得好坏，直接影响全县征粮工作的顺利进行。老奸巨猾的陶尚义想以此给杜秉德书记一个下马威，让他在全县威信扫地，真是何其毒也！

夜晚，县政府大院。

“立正”“稍息”“报数”：一、二、三、四、五、六、七、八、九……

马振勤跑步上前，报告杜书记：“今天侦缉队应到人数 13 人，实到

13人。”杜书记听完报告后斩钉截铁地说：“出发！”在马振勤和刘黑女的带领下，侦缉队披星戴月直奔城外的岷州庙。

朦胧的月光下，岷州庙黑色大门紧闭，两个青衣道士持立门边。杜书记和其他侦缉队隐蔽在树影下，马振勤和两名战士闪电般的扑了过去，用短刀对准两个青衣道士的喉咙：“不许说话！”面对突如其来寒光闪闪的锁喉短刀，他俩眼睛吓得只发蓝，身体在筛糠。杜书记和众队员呼地围了过去。杜书记低声严厉过问：“他们在哪里？”那个廋高个哆哆嗦嗦地说：“在、在、在，大、大殿后、后堂房。”两个队员用枪顶着两个青衣道士的后背，开庙门而入。杜书记和马振勤一行直奔大殿后堂房，里面亮着灯，大门紧闭。杜书记和马振勤贴窗静听，只听陶尚义在对门徒训话：“共产党的天下只有三年光景，南山毕善禄率“仁义救国军”就要打县城了，他们在敦煌也是秋后的蚂蚱蹦跶不了几天。眼下，他们正忙着筹集军粮，你们明天下去动员各乡群众表面上答应交，背地里能拖就拖，看他杜秉德有啥法子，跟老子叫板，我看他还是嫩了点！”

砰的一声，堂房的双扇门被踹开了，杜秉德大步跨了进去，气势威严地站在地上，与前面的陶尚义正好打了个照面。这时，旁边的马德昌突然拔枪向杜秉德射击，被随身的马振勤抬手一枪击中了手腕，一个战士急忙上前捡起了落地的枪。杜秉德指着陶尚义义愤填膺：“陶会长，动作可不小啊，原来三乡三区抗交军粮是你在挑唆。”刚才还在得意忘形的陶尚义，一下子傻了眼，双手合十连连说道：“杜书记、杜书记冤枉我了，我是在给他们训话，让他们响应政府号召明天就去交粮啊！”杜秉德厉声呵斥道：“陶会长，再别演戏了，收起你的鬼把戏吧！各位听着，一贯道是封建迷信、骗人害人，罪大恶极。只要你们脱离道会，安分守己，拥护政府，积极交粮，支援剿匪，政府对你们是会既往不咎的。”门徒中一阵骚动：“我们都是陶会长动员来的啊，他是水利会长、一贯道点传师，他的话我们不能不听，今后再也不跟他跑了。”这时，刘黑女也进来了，她指着陶尚义和马德昌说：“你们串通一气，在杜家庄借一贯道为名煽动群众不交军粮，今天在事实面前还想抵赖！”陶尚义满头冷汗，马德昌龇牙咧嘴。

这次，在杜秉德的带领下，以迅雷不及掩耳之势一举捣毁了一贯道，当场逮捕了陶尚义、马德昌等 7 名传道首恶分子，让被迷惑的道徒受到了深刻的思想教育，当场宣布退道。在短短的几天内，没有到场的道徒都向政府自首退道。

在全县取缔一贯道群众大会上，杜秉德书记明确指出，我们共产党、人民政府是尊重和保护宗教的，提倡宗教自由，但我们坚决反对邪教组织，假借传教之名蛊惑人心，扰乱社会秩序。城里的清真寺照常开放，方便穆斯林群众，并不像有人传言的那样要关闭，禁止一切正常活动。对于一贯道这样带有封建迷信色彩和反动性质的邪教，我们要远离它，坚决和它做斗争。对陶尚义、马德昌等传道首恶分子，我们一定要严惩不贷，对那些不明真相，受欺骗和蒙蔽者，我们一律给其悔过自新、重新做人的机会。

借此机会，杜秉德明确指出，莫高窟是佛教艺术宝库，我们一定要保护好，那些要捣毁大佛塑像、禁止庙会活动的传言，都是不可信的。杜秉德的讲话，引起与会群众的强烈共鸣，热烈的掌声三起三落，经久不息。

道高一尺，魔高一丈。邪不压正，正气浩然。在敦煌猖獗一时的“一贯道”活动很快被扫除了，有力地促进了全县各项工作的顺利开展。当时，有人编了一段敦煌曲子戏唱词，在群众中广为传唱：

陶尚义、陶尚义，

传邪教，不仗义。

马德昌、马德昌，

德不正，何德昌？

杜秉德，有胆量，

破邪教，人赞扬。

众乡亲，擦亮眼，

走正道，行良善。

反匪特，保家园，

红旗飘，笑开颜！

宗教在敦煌

宗教在敦煌，可以说有千年的历史。千佛洞（莫高窟）就是一个宗教艺术圣地，佛祖、菩萨的塑像和九色鹿等劝人向善的壁画故事，在敦煌父老乡亲心中已种下了深深的印象。古往今来，敦煌人民信佛、拜佛、护佛已成为一种时尚。早在唐代，因敦煌人民信佛向善，民风淳朴，被武则天封为“善国神乡”。解放前华尔纳二次来敦煌盗窃文物时，被新店子人民驱赶了出去。解放后敦煌人民自觉保护千佛洞，农历四月八庙会，人们扶老携幼住在千佛洞下，生火做饭，谁也不损坏洞里的壁画塑像，那时千佛洞没有门窗，全部向外敞开。据老人讲，一次，一个后生无意在洞窟口倒了半碗洗碗水，被认为是对佛祖的不尊，立即得到了大家的训斥。从此，人们自觉维护莫高窟的清净。

敦煌解放后，千佛洞回到了人民的怀抱。以莫高窟彩塑、壁画为代表的佛教艺术，理应受到保护和弘扬。党和政府顺应民意，认真贯彻执行党的民族宗教政策，保证以前民间在莫高窟的佛事活动不受干扰，正常进行。敦煌民间有个习俗，凡遇大事必须拜佛烧香（有的在寺庙，有的在家中），祈求佛祖保佑，出入平安。如王排长从德兴隆药店养伤重上前线后，刘黑女每月初一、十五夜深人静时，都要对着家中供奉的佛像默默祈祷，保佑王排长平安归来。今天，在莫高窟拜大佛，祈福求安，不仅是当地群众的意愿，也是外来游客的心愿。

在敦煌剿匪的紧张岁月里，父老乡亲通过向佛祈祷，表达了剿灭匪患，安居乐业的美好愿望。南关的王大娘，听到匪特散布的拜佛是迷信，共产党对拜佛者要惩罚的谣言后，吓得把祖祖辈辈供奉的佛像、香炉全部藏了起来。杜秉德闻听后，亲自上门为王大娘做解释安慰工作。

由于党的民族宗教政策的深入人心，城内一度冷清的火神庙、大佛寺、城隍庙、西云观的庙会、佛事活动全部正常开展了起来。梵音声声，香烟袅袅，佛国敦煌，名不虚传。

在清真寺，杜秉德专门拜访了回族教长马德海，向他宣传了党的民族宗教政策，了解了他们的实际困难，并现场答应县上在财政比较紧张的情况下，拨一些专款对清真寺进行必要的修缮。希望马教长管理好清真寺，使它成为穆斯林群众精神寄托的净土，全县民族团结的榜样。

后来，在马教长的领导下，清真寺的礼拜、诵经、斋月等活动正常开展，成为传递正能量的场所。潜伏在城中的匪特分子，多次企图通过清真寺建立秘密联络点，均被马教长严厉拒绝并报告杜秉德书记，使匪特分子的阴谋落空。那时，县上的剿匪宣传集会常在清真寺前举行，全县回族同胞及城乡群众上千人一起参加，群情激昂。清真寺成了宣传党的政策，鼓舞人民的场所。在这里举行的全县声援抗美援朝集会上，广大干部群众积极响应抗美援朝三大号召，订立爱国公约、优待烈军属，踊跃捐献飞机大炮。据《中共敦煌市党史大事记》记载：截至 1951 年 11 月 13 日，全县（敦煌县 1987 年撤县建市）捐款达 995282861 元（旧币），购买飞机大炮。在当时敦煌剿匪反特紧张的形势下，全县仍有 1118 名热血青年踊跃报名参军，经过审查、训练，有 208 名青年被批准参加中国人民志愿军。城关镇支前模范孙大娘，精心制作了十双鞋垫，特意在上面绣上了“抗美援朝，保国卫家”的字样，其情其爱，感人肺腑！

清真寺，见证了敦煌昨天一段令人难忘的历史。

今天，饱经沧桑的清真寺焕然一新，今非昔比。古朴典雅的民族特色建筑，高耸云天的半月形标志，与敦煌夜市和敦煌风情城焕然一体，蔚为壮观，成为一道亮丽的风景。入夜，繁星满天，彩灯闪烁，喷泉溅玉，半月悬空。游人逛敦煌夜市、感民俗风情，品美食赏歌舞，真是乐哉悠哉、快哉美哉！有诗云：

银河繁星落人间，光彩辉映喷玉泉。

孔雀开屏夜色美，游人络绎鼎声喧。

美食香茗饶有味，轻歌曼舞乐无边。

文化长街别样景，琳琅满目惹人怜。

新店湖畔蒙汉情

新店湖距敦煌县城20公里，湖畔是我的家乡新店子（现新店台村）。湖畔之阳两棵梧桐树地久天长，枝繁叶茂。今天，两棵梧桐树已成为人们熟悉的沧桑风景和古树瑰宝，并载入《敦煌市志》。

新店湖是一个草湖滩，东西自然走向，野草满湖绿，野花遍湖开，彩蝶蜜蜂在五颜六色的花丛间起起落落，嘤嘤嗡嗡，犹如变幻自如的万花筒，令人眼花缭乱。湖滩里一处处的清泉，一洼洼的沼泽，滋养着这一片戈壁大漠之间的绿洲草场。从两棵梧桐树向东到红柳泉，绵延10余公里，红柳、芦苇丛生，甘草、黑刺果、罗布麻繁衍。沙丘与林草间，黄羊、狐狸、野鸡、野兔自由穿行，湿地与湖泊间，天鹅、野鸭、水咋啦（一种水鸟）悠闲自得。这是大自然赐予敦煌的天然草场，人与自然和睦相处的乐园。

据村上的长者许大爷讲，古往今来，这里一直是敦煌的大牧场。敦煌十里八乡的牛羊都在这里放牧，从春天一直到秋天。我小的时候，每年暑假都要和小伙伴去湖滩里拾粪，在小溪边捉蝌蚪，在草地上追逐彩蝶蜜蜂。在我儿时的记忆里，新店湖是那样地美丽迷人，我感到它是敦煌最好最好的风景。

在新店湖，我听了牧羊人讲的说谎的孩子、新店子盐池和当年蒋经国视察敦煌在红柳泉汽车陷入沙漠，放牧的蒙古人和汉人帮助抬汽车的故事，在我童年中留下了清晰的记忆。特别是新店子汉族青年孙亮与蒙古族青年雪莲喜结良缘的故事，感到是那样地有滋有味。

敦煌解放后，毕善禄与“仁义救国军”的匪徒在敦煌南山、盐池湾一带抢劫蒙古族和哈萨克族的牛羊，使一些弱小的部落饱受摧残，无法在草原立足，纷纷背井离乡，逃到敦煌。当时，北湖、西湖和玉门关一带虽然有广阔的草场，但时有土匪出没骚扰，很不安全。故将这些流落敦煌的牧民暂时安置在新店湖一带，这里相对还是比较安全的。

最早到新店湖的是雪莲和她的父亲阿曼。雪莲家原在盐池湾一带，有固定的草场，上百头的牛羊，日子过得倒也不错。毕善禄的“仁义救国军”到盐池湾后，牧民的日子就开始不安稳了。毕善禄手下的团长铁有才看上了雪莲，就托人向雪莲的父亲求亲。铁有才的恶行，在盐池湾一带牧民中早已知晓。因此，雪莲说啥也不同意。

雪莲细高的个子，黑亮的头发，白净的皮肤，人又很善良，就像雪山的雪莲一样清纯美丽，真是名如其人。一次偶然，雪莲在草场初次见到铁有才，矮个子、罗圈腿、一张干瘪的葫芦脸，头顶长着稀疏的头发，两只眼睛贼眉鼠眼的，厚厚的嘴唇里露出发黑的牙齿。雪莲一见就像见到苍蝇一样恶心，更不要说嫁给他了。看看铁有才的长相，再瞧瞧雪莲的模样，牧人们心里在想，那真是癞蛤蟆想吃天鹅肉，简直是太自不量力了！

接下，铁有才以“仁义救国军”军需紧张，隔三岔五地向雪莲父亲索要牛羊，100 多头的牛羊圈，半年内已不足一半。此时，铁有才又托人上门放下狠话：若将雪莲许配给他，牛羊要多少有多少，草场随他想到哪里就到哪里去。若不答应，就请他家离开盐池湾一带，再也别想回来了。若让他在那里遇见，全家就别想活命了，而且给他 7 天考虑时间。雪莲母亲是个小心人，她听到这一可怕的消息后，一连几天吃不下饭，睡不着觉，竟休克了过去，三天后竟离开了人世。第七天铁有才带着十几个土匪来抢亲，雪莲的父亲气愤地骂铁有才没有人性，简直是畜生。铁有才嘿嘿一笑说，岳父大人别发火啊，你们先忙，我过几天再来拜访。

雪莲与父亲在周围几户牧民的帮助下，草草料理了母亲（妻子）的丧事。帮忙的牧民塔拉木说，看来铁有才是贼心不死的，你们父女在这里已无法待下去了，赶快到敦煌去找条生路吧，那儿毕竟是解放军的天下。哈拉木还嘱咐雪莲父亲，盐池湾看来是虎狼之地，让他前去探探路，情况好了他也随后去了。后来，塔拉木和 30 多户牧民先后流落敦煌，被安排到新店湖暂行放牧，直到敦煌蒙民乡成立。

一个伸手不见五指的夜晚，雪莲和父亲骑着两匹瘦马，偷偷地逃离了盐池湾，经南湖到了敦煌城。

杜秉德在城南沙梁蒙民临时安置所接待了雪莲父女，对他们的遭遇深表同情。一周后，雪莲父女被县上安置在了新店湖。

新店湖东边红柳泉北边的草场上，一个新的蒙古包落成了，与不远散落的蒙古包自然相望（可见以前这里就有放牧的蒙古人）。那些蒙古族牧民一看来了新伙伴，都过来打招呼，汉族牧羊人也过来打招呼。汉族牧民中有一个叫孙亮的小伙子，看上去二十出头的样子，中等清瘦的身材，乌黑的头发，紫红的半圆形脸上闪烁着一双明亮而机警的小眼睛，穿一身青织布大襟衣裤，脚踏一双牛皮包边的鞋子，显得干练而有精神。雪莲第一眼看到孙亮，不禁被他的长相和穿戴所吸引。她只是默默地站在一旁，看着孙亮跟父亲与牧人们说话。一个年长一些的蒙古牧人寒暄后指着孙亮对雪莲父亲说，这个小伙子叫孙亮，是新店子的人。在新店湖放牧已好多年了，他心眼儿好，帮了我们好多忙。孙亮一听微笑着说，阿力腾大叔，这都是应该的，咱们都在一个湖滩放牧，相互照顾是应该的。阿力腾大叔连忙说，小伙子你说得对。孙亮对雪莲父亲说，你们搭个羊圈啥的，尽管说好了，我们啥都顺便。听着孙亮顺心如意的话，再看看这个憨厚朴实的小伙子，雪莲父亲不由对他产生了好感。

孙亮和阿力腾大叔离开时，雪莲和阿爸一直把他们送到蒙古包外。雪莲微笑着目送孙亮离去，孙亮侧目看雪莲，身穿半旧的蓝袍子、头戴红色的尖尖帽、脚蹬牛皮靴子，白净的脸上闪烁着一对明亮的大眼睛，看上去既觉很怪又感好看。孙亮不由一停把脸转了过去，眼睛和雪莲的眼睛自然地投到了一起，真是目不转睛，默默无语。孙亮不好意思地低下了头，雪莲依然如故，微笑着望着孙亮。孙亮看阿力腾大叔已走远了，只好掉头而去。雪莲和阿爸一直站着，望着他们的背影离去。

在新店湖的那段日子里，雪莲和阿爸感到格外的自由和开心。这里既有阿力腾等蒙古族同胞，又有孙亮和汉族兄弟，你来我往，互相帮助，互相照顾。大家虽不是一家，却亲如一家。

雪莲和孙亮一起在新店湖、红柳泉骑马、放牧，渐渐地成了无话不谈的好朋友。雪莲性格比较开朗，孙亮比较拘谨。但他们之间没有隔阂，也能说到一起。一天下午牛羊收圈后，雪莲转悠到了孙亮的羊房子。这是用碱瓜瓜（碱泥结成的僵片）垒起墙壁，胡杨、芦苇搭顶的土房子，经长期风吹日晒，外表白瓜瓜的格外坚硬耐实。里边是一张胡杨木条绑成的睡床和桌子，一个石头垒起的灶火。孙亮正烧着红柳火下拨疙瘩吃。一看雪莲进来显得有点紧张，招呼她坐在床边说给她下拨疙瘩吃。雪莲说她和阿爸已吃过了，随便来转转，让他赶快吃。孙亮只好草草吃完了碗中的拨疙瘩，又喝了一碗面汤。孙亮欲收拾洗碗，雪莲说你歇着，让我来洗。孙亮端着碗不好意思让洗，雪莲却夺过了他手中的碗。雪莲要倒去锅里剩下的面汤，孙亮说倒在面盆里，凉了还可以喝。洗完了碗，二人无话可说，显得很不自在。雪莲就说这里太紧张了，你搬到我们包里去住，旁边的小包闲着，那里宽敞。孙亮说不去了，这里已经住习惯了。雪莲说咱们到外边去转转，孙亮说嗯！

夕阳下的新店湖草场，晚霞映照下的红柳泉红柳林，和煦的晚风摇曳着粉红的红柳花穗，犹如一片色彩缤纷的海洋。雪莲与孙亮徜徉其中，感到格外的温馨。雪莲问孙亮的身世，他坦诚地告诉她：他家原在河东，因交不起地主的高利贷，于民国二十八年随父母逃荒到河西，父母在高台染病再加饥饿过度，不幸先后身亡。母亲临终前拉着他的手有气无力地说，让他到敦煌新店子找族叔孙福仁。后来，他在高台、酒泉乞讨打工，于民国三十四年到达敦煌新店子族叔家，给族叔在新店湖放羊一直到现在。雪莲也给孙亮讲了自己的身世。孙亮一听她与自己的遭遇一样，于是对雪莲有了一种怜悯之情。

后来，他（她）们在新店湖畔那两棵高大壮美的梧桐树下，相互吐露了爱慕之情。孙亮给雪莲讲了两棵梧桐树的故事：

很久以前，一个外来的小伙子在新店湖放羊。一次他用碱瓜瓜围好羊圈时，门口需要两根木桩做门框绑圈门。正巧，一位姑娘背着一捆从北面东沙窝砍的梧桐树枝经过。这时天色已晚，小伙子想用那位姑娘背的那捆梧桐树枝晚上挡挡羊圈门，等度过今晚再说。小伙子一问姑娘，姑娘一看没有门的羊圈，就爽快地答应了。为了感谢姑娘，小伙子就给了她一筐干羊粪蛋蛋，让她带回去烧锅。姑娘走后，小伙子正要用那捆梧桐树枝堵圈门，发现有两根茶杯粗的长得很直爽，他就顺手栽在了空门两边，把其余的绑成把把，严严实实地堵好了羊圈门。一连八九天，小伙子早出晚归到新店湖放羊，每次回来圈羊时，才想起应该找两根粗一些的木桩做门框，但每次去时记着回来时就忘了。第十天一大早开门（梧桐把把）放羊时，小伙子突然发现两根梧桐树枝的叶子不仅没蔫，而且是旺实实的。他既高兴又惊奇，就没忍心拔出。后来，这两棵梧桐树枝奇迹般地活了，小伙子就作为天生的羊圈门框，并用红柳泉的红柳条编了一个柴门，用麻绳绑在成活的梧桐枝干上……于是，新店湖畔的碱滩上，就出现了两棵郁郁葱葱的梧桐树，东西相依，情深意长，就像一对情侣一样，风风雨雨，不离不弃。后来，小伙子与那位姑娘以梧桐树为媒，喜结良缘。他们早出晚归在新店湖放牧，给人们讲述两棵梧桐树的故事，留下了一段佳话（直到今天，两棵梧桐树的故事仍在当地流传）。

听了两棵梧桐树的传奇故事，雪莲感激地对孙亮说："愿我们的爱情像那两棵梧桐树一样，生生死死，永不分离。"孙亮深情地望着雪莲，只是默默地点头。

夜晚，明月当空，清风送爽。在新店湖畔牧场，雪莲父亲的马头琴弹奏的蒙古族祝词、赞词和民歌，孙亮的二胡自拉自唱的敦煌曲子戏，自然流畅，此起彼伏，欢声笑语，飘散夜空……

后来，孙亮与雪莲喜结良缘，成为民族团结的典范。

现在，孙亮和雪莲已90岁高龄，依然住在新店台村。他们先后从农业合作社社长、大队长和村妇联主任的位子上退下，家和事兴，安度晚年，共享天伦之乐。他们的两个儿子孙学文和孙学武，分别在市上纪检部门和乡下中学工作，都是敦煌人民的好儿女。现在，每当他们携家人和孩子回来看望父母时，都要去新店湖畔那两棵梧桐树下，教育孩子们饮水思源，不忘故土……

敦煌有了蒙民乡

在敦煌剿匪的那些年，不断有盐池湾和南山的蒙古族牧民因受土匪骚扰，背井离乡，流落敦煌，在新店湖放牧。1952 年初，这里已聚集牧民上百户、四五百名蒙古族群众。他们把新店湖当作第二故乡，与这里的汉族牧民朝夕相处，和睦友好，度过了一段难忘的美好时光。

到了 1952 年 4 月，随着敦煌剿匪的胜利，全县结合开展土改复查工作，决定成立蒙民乡，对新店湖的蒙牧民进行了统一安置。先后落脚新店湖的 127 户、586 名蒙古族群众，被集中安置在五区张家墩湾一带，开荒种地，安家创业。

杜秉德书记高度重视蒙民安置工作，他在全县干部大会上指出，蒙古族和汉族都是祖国大家庭的一员，是我们的民族兄弟。他们受到土匪的迫害流落到敦煌，敦煌作为近邻，应该收留他们、关心他们、支持他们。现在把他们安置在张家墩湾，由以前的放牧转换为开荒生产，肯定有很多不适应的地方，我们要群策群力地帮助他们，让他们成为这里的主人。

全县各区的干部群众积极响应杜秉德书记的讲话精神，发扬团结友爱的精神，积极为蒙民乡群众捐助生产生活资料。据《中共敦煌党史大事记》记载，全县为蒙民兄弟资助小麦 3 万斤、杂粮 1 万斤，犁、耧、耙、铁锨、锄头各种农具 64 件，羊 630 只、羊草 300 捆，修 15 座水闸的全部木料及柴草。

根据蒙民的请求，县上任命孙亮为蒙民乡乡长，阿力腾为副乡长，带领全体蒙古族同胞在张家墩湾民开荒种地，发展生产，开始了新的生活。

沉睡的张家墩湾沸腾了，荒芜土地开垦了！原来红柳芦苇丛生，高低不平的荒野，变成了一块块平展展的新田。15座新镶的水闸，把清凌凌的党河水引进一处处耕地。第一年秋天，荒地的麦苗金浪翻滚，取得了不错的收成。从第二年起，蒙民乡群众的生活基本上达到了自给自足。

在开荒种地的日子里，孙亮手把手地给蒙民群众教耕地、教施肥、教收割，一年下来，大家都适应了各种农活。雪莲更是夫唱妇随，家里地里丢下耙儿捞扫帚，成为孙亮的贤内助和好帮手。阿力腾高兴地说：“有孙亮这个乡长压阵，他这个副乡长心里感到踏踏实实的。”附近张家墩村的村民，也经常帮助蒙民群众料理农活，成为他们的好邻居、好兄弟、好姐妹。

第二年，孙亮和雪莲有了他们的爱情结晶，生了一个大胖小子。雪莲的父亲给他取名蒙根银（意为坚强有力），雪莲要让孙亮再起一个汉族名字，孙亮笑着说：“就叫墩墩吧，就是胖墩的意思，和蒙根银意思差不多。”孙亮又说：“墩墩还带了张家墩湾一个字，有个纪念意义。”雪莲和父亲听了孙亮的解释，都说：“好！”

中秋之夜，一轮皎洁的明月照耀着张家墩湾，照耀着蒙民乡，银辉满地，清光如水，是那样地宁静和安详。

在蒙民居民点的小广场上，中秋赏月娱乐活动正在进行。一张张桌子上摆满了锅盔、查干伊德（蒙古族奶食品酪旦子、奶皮子等）、西瓜、甜瓜、长把梨儿和马奶子酒。锅盔、瓜果是张家墩湾乡亲们做的，奶食品和马奶子酒是蒙民们专门为中秋节赶制的。今年的中秋节可以说是蒙古族兄弟在敦煌第二故乡过的第一个节日，也是汉蒙兄弟在一起过的第一个节日。

因此，具有特别的意义。

杜秉德书记、石志刚县长应邀参加，与民同乐，与民同欢。阿力腾大叔按照蒙古族的习俗，首先给杜秉德、石志刚和汉族群众进敬马奶子酒，接下杜秉德、石志刚分别给蒙古族群众让锅盔和水果，以表达汉族群众的心意。蒙古族和汉族群众互相礼让，品尝着食品和瓜果，其乐融融，喜气洋洋。真是汉蒙一家亲，欢乐度中秋。

娱乐活动开始了。随着阵阵悠扬马头琴的旋律，雪莲和姐妹们跳起了欢快的响铃舞，她们旋转身体，抖动双臂、双腿，响铃发出有节奏的、悦耳的声音，引起观众热烈的掌声。接下，几个蒙古族青年又跳起了鹰舞，他们平伸双臂，抖动手腕，屈膝碎步，惟妙惟肖地模仿着雄鹰的种种姿态，表现了雄鹰时而展翅飞翔、盘旋高空，时而敛翅回首、啄理羽毛，时而高居山岩、傲视苍野的情景和豪迈气势。精彩的表演，引起观众一片热烈的掌声。

随着欢快的锣鼓声，汉族群众的敦煌大秧歌上场了，队伍成行，彩绸飞舞，交叉分离，分离交叉，富有变化的表演，欢呼不断，掌声不断。接下来，孙亮的二胡如泣如诉，饱含深情。张家墩老艺人张三的《血泪仇》眉户选段，王嫂的敦煌曲子戏《夫妻观灯》选段，更是并情并茂，欢乐有趣。……

热闹欢快的中秋娱乐晚会，一直持续到月上中天，夜深人静。

张家墩湾的蒙民乡，是汉蒙民族团结，亲如一家的见证地。直到1955年肃北蒙古族自治县成立，才被撤销。其间，十多名蒙古族姑娘与汉族青年喜结良缘，在敦煌谱写了新的民族团结的佳话。

诗云：

敦煌城里爱情长，张家墩湾蒙民乡。

共度中秋欢歌舞，民族团结谱新章。

第六章

红旗猎猎向南山

美丽的敦煌南山

敦煌南山，分前南山和后南山。前南山指敦煌城南的三危山和鸣沙山，与莫高窟隔宕泉河东西遥遥相对。后南山指三危山和鸣沙山之南举目遥望的祁连山西向余脉和阿尔金山，又名党河南山。敦煌剿匪的故事，主要发生在后南山一带。

天晴之日，当你站在鸣沙山余脉党河口卧佛山下或阳关墩墩山烽燧旁放眼南望，祁连山雪峰在蓝天的映衬下，宛若一条玉龙悬卧晴空，静中寓动，气势壮观。此时尽管看不到阿尔金山的真容，但敦煌的老辈人都知道它就在祁连山下。

南山所属地区在今肃北蒙古族自治县和阿克塞哈萨克族自治县境内，为什么叫敦煌南山呢？这还得从西汉说起。当年汉武帝“列四郡、据两关”时，肃北、阿克塞一带属敦煌郡所辖六县之广至县和龙勒县辖区。后来，因祁连山和阿尔金山在敦煌郡之南，故称敦煌南山，又叫党河南山。说起敦煌南山，敦煌老辈人都知道所指，现在的年轻人就不一定知道了。

敦煌南山一带地域辽阔，地貌奇特，重峦叠嶂，沟壑纵横，有片片水草丰茂的牧场，也有浩瀚的沙漠和无垠的戈壁。盐池湾、梦柯冰川、海子草原、苏干湖、安南坝、柳城子、多坝沟等自然景观点缀其中。这样一个如梦似幻，如诗如画的地方，敦煌解放前后竟成了“仁义救国军”匪部和乌斯满残匪的藏身之处和作恶之地。

随着剿匪战斗的步步深入，敦煌南山将揭开其神秘的面纱，展示其神韵异彩。

要说敦煌南山的故事，还是村上的许进福大伯最能讲。许进福是敦煌新店子（现新店台村）的农民。当年他就是为张二麻子种大烟去南山的，亲眼见证了土匪在南山的暴行。他经常讲到他和何克文在南山为张二麻子种大烟的事。敦煌南山的博罗转井、燕丹图、安南坝、柳城子、多坝沟等地，土壤肥沃，水源充足，气候凉爽，很适应种植罂粟（大烟）。那时敦煌、安西、玉门和青海都兰等地的苦力、商贩，每年春天都来这里种植罂粟，秋天收割，从中获利。特别是秋季来这里打烙儿（就是用刀子割刮大烟）的人很多。

那时他们在燕丹图为张二麻子种大烟，从春天到秋天一直忙得不得适闲。到了秋天打烙儿时，更忙得一塌糊涂。张二麻子派人盯着打烙儿的人，防止他们私藏大烟。一次，一位青海人马尕娃趁人不注意时在裤腰内私藏了一小块大烟。谁知晚饭时被人告密，马尕娃被带到了张二麻子的窑洞，脱衣搜查，终于被查出了藏身的大烟。接着，马尕娃被毕善禄手下剥光衣服，绑在外面的拴马桩上，用蘸水的皮鞭打得遍体鳞伤，惨叫不止。三天后，马尕娃死活不见人影了，真令人感到恐惧！尽管如此，私藏大烟的行为还是时有发生……当解放军进军匪巢盐池湾前夕，土匪散布谣言，解放军将种大烟的和土匪一样论罪，抓住都没有好果子吃，让他们不要乱跑。最后，土匪把许进福、何克文等十几个苦力关在一口窑洞里，直到解放军消灭土匪才被解救回家。

海子草原的噩梦

毕善禄，回族，敦煌县人，土改时被定为地主。毕善禄原籍新疆吉木萨尔县。其父毕某曾在吉木萨尔县国民党某军任营长，哈萨克群众称他为毕老爷，称呼毕善禄为“毕少爷”。毕善禄从小游手好闲，吃喝嫖赌，危害乡民。敦煌解放时潜逃新疆，并收集一些地痞流氓和散兵游勇，组成武装叛乱集团，自封师长。后来毕善禄与叶合比（经名，回族，被封副师长）、铁有才（回族，马步芳骑五军散兵，被封团长）、毕学明（毕善禄长子，被封参谋长）率其部一路烧杀抢掠，流窜到敦煌南山、博罗转井、安南坝、花海子一带。当时，由于解放军忙于进疆军务，政府忙于建立政权、土改等事务，无力顾及南山。毕善禄趁此机会，借助党城湾地区、敦煌、安西、酒泉地主武装还乡团张凯、马应焦匪部之势，聚集从敦煌、安西和青海都兰逃窜深山的地主恶霸，国民党流窜单位散兵游勇，拉起近百人的反动武装。同时，胁迫在南山淘金的人和安南坝等地种鸦片的回汉青年为其部下，袭击南湖保安队，抢劫敦煌、安西和草原上蒙古族和哈萨克族的牲畜财物，强奸妇女，无恶不作。

毕善禄血洗南湖逃往南山后，与哈萨克族牧民木里克结为异族朋友，来往比较频繁。毕善禄经常在木里克毡房居住、吃喝。久而久之，毕善禄竟暗暗看上了木里克的小妾。

木里克原籍新疆巴里坤县人，1935 年流落到敦煌南山一带，1959 年去世。木里克离新疆入甘肃后，牛羊不多，部落势力较小，家境比较贫寒。1947 年，由于国民党敦煌县政府停止对南山哈萨克族牧民的粮食供应，并实行经济封锁，哈萨克牧民被迫各自寻找生路，通过各种关系筹备粮食、茶叶等生活必需品。当时，毕善禄多次为木里克提供粮食、茶叶等，木里克便和他结成了关系特铁的异族朋友。

作为异族朋友，毕善禄只是个幌子。他吹嘘自己如何如何厉害，谁和他过不去，他就让谁也不好过。他带领残匪出没于蒙古族、哈塞克族和汉人放牧的牧场，明目张胆地抢劫牛羊，欺负妇女，牧民们真是敢怒而不敢言。当时敦煌南山牧民中流传的一首歌谣，就是对毕善禄罪恶行径的真实写照：

毕少爷，坐南山，
抢民财，种大烟，
聚歹徒，自封官，
奸妇女，害良善，
鬼见愁，众人怨，
求我主，平匪患。

毕善禄在木里克部落为非作歹，吃喝嫖赌，引诱奸污部落里的哈萨克族妇女，并强行与木里克部落下的有夫之妇马哈太成亲。俗话说跟上苍蝇找厕所，跟上蜜蜂找花朵。毕善禄的部下上行下效，也跟着他沆瀣一气，恣意欺凌哈萨克族妇女。木里克对此非常气愤，深悔自己交友不慎，在草原引来一只恶狼。此时，毕善禄手里掌握着 100 多号人的武装，拥有马、骆驼、羊 500 余头，还开设贸易商店一处，可谓财大气粗，木里克部落的牧民们，对他真是敢怒而不敢言。

丧心病狂的毕善禄更加目中无人，恶性爆发。他竟然公开凌辱木里克部下的妇女，并扬言这里一切都是他的，包括妇女和全部财产。更令木里克不能容忍的是，毕善禄还想抢夺霸占他的爱妾。至此，木里克已到了忍无可忍的地步了，便暗暗联络部落里的青年牧民，展开反抗毕善禄匪徒暴行的活动。

木里克击毙毕善禄

自从南湖血案后，毕善禄深感罪恶累累，解放军进山剿匪是不会饶过他的。他虽在南山出没，东躲西藏，但也提心吊胆，惶惶不可终日。

盐池湾匪巢被捣毁后，毕善禄带领亲信随从来找木里克，说自己在南山已立不住脚了，想暂时到新疆躲一段时间，特请木里克带他去勘察路线，并再三保证决不会亏待自己的结拜兄弟。其实，毕善禄此行的真实目的是：在勘察道路的归途中干掉木里克，然后带着他的爱妾逃往国外。毕善禄的这一阴谋诡计，早已被木里克识破。他决定将计就计，计划在探路途中，伺机干掉毕善禄。

狡猾的毕善禄对外谎称，这次他要和结拜兄弟一同出去打几天猎，以备部落冬天食用。在出发前，木里克叮嘱自己的兄弟们：我若先回来，证明毕善禄已被我干掉；如果毕善禄先回来，说明我已经被他杀了，你们立即组织起来跟毕善禄干。

在探路的途中，毕善禄同他的随从始终将木里克夹在中间（毕善禄在前，克里木居中，随从压后），就是夜晚睡觉，也是这样，并且和衣抱枪而卧，警惕性很高。

第二天晚上，木里克假装拉肚子，夜间多次起夜。他借此一方面试探毕善禄的真实用心，另一方面麻痹毕善禄，为先下手干掉他创造机会。木里克频繁地起夜拉肚子，毕善禄和随从也只好陪着他。到了第三天晚上，毕善禄和随从就熬不住了，一躺下就呼呼大睡。半夜，木里克见毕善禄和随从沉沉酣睡，便悄悄起身观察见无动静，就摸到一块大石头砸向毕善禄的头。随从听到声音，翻起来端枪对准木里克，就在他开枪的瞬间，克里木急中生智大喊一声："你后面有人！"随从不知是计，刚转眼去看，被克里木抬手一枪毙命。

木里克干掉了毕善禄和随从，便连夜悄悄潜回安南坝。他先召集自己的兄弟们准备武器，后去找毕善禄的卫队长，谎称毕善禄在回家的路上打了好多猎，就在前面等着，让他们赶快组织马和骆驼去驮。卫队长信以为真，立即派十几个匪徒去草场上抓马拉骆驼。克里木趁十几个匪徒离去之时，突然拔出手枪将卫队长打死。匪徒们听见枪声惊慌失措，有的叫喊着向隔壁滩上跑，有的蒙头朝山沟里钻。克里木与弟兄们紧追不放，开枪射击，十几个匪徒，除了一个因天黑顺着山沟逃跑外，其余全部被打死。

第二天早上，木里克快马赶到安南坝，将击毙毕善禄的事告诉了敦煌剿匪部队侦察排王排长。王排长在木里克的带领下，很快侦察到了匪徒在多坝沟、柳城子、沙山沟、党河峡谷等地各自为营的窝点，但唯独漏掉了红柳沟。王排长及时将这一情报报告给在南湖坐镇的黄新廷军长，为部队分割围剿提供了依据。

三路大军聚南湖

一场大雪之后，敦煌大地披银，关山壮丽。远望南山，碧天银峰，更显明丽壮美。在南湖乡敦煌剿匪指挥部，我军骑兵大队和驼兵团与尹善荣带领的敦煌运粮队会合。

黄新廷军长下达作战命令：驼兵团由政委安骏带领（黄新廷军长与指挥所的小分队随同前进），在肃北马鬃山、盐池湾一带边侦察边歼灭分散活动的土匪，重点摸清盐池湾匪巢的具体方位。骑兵大队由团长李文彭带领，王排长的侦察排随同前往，追歼阿克塞海子一带的窜匪，摸清他们的活动规律（为适应敦煌剿匪的需要，我军将骑兵大队和驼兵团组成一个剿匪团，分别由李文彭和安骏任团长、政委）。剿匪运粮队兵分两路，一路由队长尹善荣带领，负责骑兵团的供给；一路由副队长吕玉带领，负责驼兵团的供给。南湖剿匪指挥部留两个排驻守，主要是协助乡保安队维护好地方治安，随时传达上级及县上的最新情况。这样，南湖乡就成了敦煌剿匪除敦煌城外第二个大本营。

这天晚饭后，文化教员孔庆云在驻地给战士们进行文化教育例课。前面的小黑板上写着“热爱祖国、热爱人民、热爱社会主义”的粉笔字，笔画到位，工整大方。战士们坐在地上，膝盖上垫一块小木板，对着黑板边写边念，就像小学生在课堂跟老师学认字写字一样认真。孔庆云走过去逐个检查，感到比较满意。当他走到炊事员刘华林跟前时，看到"爱"字写得不规范，就停下给他纠正："'爱'先有心，心下才实，心与下面的结构要笔画清楚，连贯自然（因为是繁体'爱'字）。"刘华林以前对学文化不太重视，认为自己是个炊事员，把饭菜做好就行了，识不识字关系不大。孔庆云就给他讲识字的好处，可以了解饭菜的文化意义，把饭菜做得更好，还可用文字把制作过程记录下来，宣传推广。从此，刘华林对识字感到像做饭一样有滋有味。孔庆云边走边看，战士宋兴、黄银娃、朱仓生在通信员段生茂的指点下，字写得都很到位。后来，段生茂、宋兴、黄银娃、朱仓生等真是文武双全，独当一面，与孔庆云一起生擒了土匪头子乌斯满，成为名传一时的传奇英雄。

这里，让读者朋友认识一下孔庆云这个传奇英雄。

孔庆云，祖籍河南孟津，1927 年 12 月出生于甘州一个商人家庭。父亲孔宪序，字峨山，年轻时逃难至甘州。其为人正直善良，吃苦耐劳，经营布料生意，抗战时为商界著名人物，被推为商会会长。

孔庆云兄弟姐妹 8 人，排行老大，1944 年毕业于张掖中学初中部。之后在兰州志果中学、西北中学就读。1949 年农历正月被国民党抓壮丁。1949 年 8 月 26 日兰州解放，不久所在部队起义，被编入三军骑兵团任文书，文化教员。1950 年赴玉门、安西、敦煌剿匪，因活捉乌斯满成为剿匪英雄。1951 年 5 月，三军在敦煌召开英模表彰大会，孔庆云被评为全军特等战斗英雄，授予军功章，并经西北军区批准，记特等功，由西北军政委员会授予"人民功臣"光荣称号。之后，他先后任骑兵二师四团政治处副主任，师政治部宣传科科长，陆军第二十师政治部宣传科科长。20 世纪 60 年代他在白银工作时因车祸受伤，1982 年因病离休，回故乡甘州定居。

2009年9月下旬因病去世，享年82岁。

我剿匪部队离开南湖，向南山、海子草原挺进。在南山一个沙山沟的营地帐篷，孔庆云仍给战士们进行文化例课。这次，学写的是“敦煌剿匪、建设祖国、保卫祖国”几个字。战士们学得认真，写得顺手，孔庆云心里很满意。这时，黄新廷军长走进了帐篷，随手看了刘华林写的字，感到真不错。又看了战士刘勇在“敦煌剿匪、建设祖国、保卫祖国”几个字下，还写了几行话：“敦煌剿匪，流血牺牲，建设祖国，贡献力量，保卫祖国，紧握钢枪。”黄新廷觉得挺有意思，就拿起来念了起来。念毕，黄新廷满怀激情地说：“刘勇学习文化大有长进，还写起了诗。真不简单啊！”刘勇一听黄军长夸奖，又说“诗”，真是又高兴又惊讶，因为他还不知道什么是“诗”？战士们听了黄军长的话，目光不由自主地投向刘勇。

接着，黄新廷给战士们讲了当前全国的形势，随着敦煌剿匪的胜利，大家将要专业到地方，参加火热的社会主义建设，成为新中国的劳动者和建设者。从兰州战役后，上级就指示各部队指战员要加强学习文化，目的就是这个。黄新廷最后说：“尽管我们剿匪战斗比较紧张，战士们利用战斗空隙学习文化，虽然暂时是辛苦的，但将来是甜美的。大家说是不是？”“是！”战士们异口同声地响亮地回答。

课后，刘勇问孔庆云：“什么是诗？”孔庆云回答：“就是用精练的句子，分行表达你心里想要说的话，比如你今天写的就是。”刘勇听了很高兴，说：“自咱们部队剿匪以来，我也写了好多‘诗’。”孔庆云鼓励他坚持写下去，待剿匪胜利后可整理传阅。可惜刘勇在敦煌剿匪胜利前夕牺牲，长眠于雪山草原，他的“诗作”遗失，只有几首在战友们中传诵。诗云：

战马奔腾起尘烟，玉安金敦追杀遍。
神奇雄兵打胜仗，受害人民喜洋洋。
东巴桥子石堡城，杀猪宰羊表心声。
三年剿匪多艰难，人民支持过难关。
各族人民跟党走，努力建设新家园。

又

祁连马鬃戈壁滩，战马奔腾起尘烟。
清剿乌匪除民患，神奇雄士青春献。

又

风雪刺骨寒，南山剿匪忙。
为民除匪害，死了也光荣。

南山匪首感到末日来临

红旗猎猎，战马萧萧，我剿匪部队豪气如虹，经葫芦斯台，挺进南山，追歼包布拉、马玉林、毕善禄残匪。

在肃北盐池湾匪巢，解放军进军南山的消息早已不胫而走。面对我大军压境的态势，匪首包布拉、马玉林、毕善禄和张二麻子等感到盐池湾被攻破是迟早的事，他们表面上虽故作镇定，互相打气，心底里却各怀鬼胎，各打各的算盘。这时，匪首根据内线的消息，乌斯满将要逃往南山。他们又侥幸依仗巴特尔“大英雄”乌斯满的威势，以挽救其灭亡的命运，梦想东山再起。

包布拉作为蒙古族头人、伪国大代表，在肃北蒙古人心目中威望很高。包布拉原系新疆土尔扈特蒙古人，民国十二年（1923）起带领一些牧民进入马鬃山放牧。民国十五年（1926）秋，被当时的安西县政府委任为马鬃山保委团团长，民国二十二年（1933）后，曾先后担任敦煌、安西两县的防匪自卫队队长，民国二十九年（1940），被肃北设治局委任为蒙民自卫大队长。民国三十一年（1942），在酒泉参加了国民党中央训练委员会西北训练团边疆青年训练班；民国三十五年（1946），被委任为国民政府甘肃省府参议，并担任国大代表。同年11月，到南京参加了伪国民代表大会。

包布拉在担任部族头人期间，从经济上讲，是肃北蒙古人中的首富；从政治上讲，他是当时肃北蒙古人中社会地位最高的一名上层人士，在当时的甘、青、新边界地带具有一定的影响。根据老牧民的回忆，他虽然没有文化，但是具有很强的组织领导能力，能够把扶助贫困作为一种统治部落的手段自如运用。当时的肃北蒙古人大多数都十分贫困，许多人家没有马、骆驼等大牲畜，有的甚至没有粮食吃。他就把自己的一部分骆驼划给贫困户长期放牧使用，解决了这些牧民搬家、运送生产生活资料和打猎的困难。还把自己的粮食、衣服送给缺衣少食的人家。他还利用自己国大代表和保安队长的身份，经常向当时的七区（酒泉）公署反映和报告肃北牧民的实际困难，从政府得到一些生活补助费、粮食和打猎用的枪支弹药。

当时的社会极不安定，土匪横行，不仅危及蒙古族群众的生产生活，而且危及来往于绥新商道（自内蒙古包头到新疆哈密）的运货驼队。据《马鬃山调查报告书》记载，从马鬃山经过的绥新货运驼队，每年货运量达100多万，客观担负着新疆和内地之间农、畜产品以及人民生活必需品交换的任务。土匪的侵扰严重影响了新疆和内地的经济联系。包布拉担任保安队长期间，负责护送过往商队，基本保证了商队的人、财安全。据说包布拉枪法出众，英勇善战，在打土匪时讲究策略，善于利用地形，胜多负少。

1949年10月25日，在肃北蒙古人举行的第一次群众大会上，参加大会的蒙古族群众代表47人一致推选尕布曾为临时自治委员会副主席，把主席的位置留给了远在盐池湾的包布拉。后经酒泉专署批准肃北蒙民临时自治委员会为县级政权，并同意选举结果，任命包布拉为委员会主席，尕布曾为副主席，贡吉布等人为委员。

1949年12月，包布拉的儿子丹巴、牧民嘉木层格愣等十几人从盐池湾到敦煌驮运粮食，应敦煌县人民政府邀请开会，认真听了中国共产党的民族政策。丹巴代表父亲表达了接受共产党领导的意愿，1950年3月包布拉从青海塔尔寺朝佛进香归来，人民政府派来的代表阎保禄向他递交了刘文山专员的亲笔信，并向他讲述临时自治委员会成立的经过和共产党的民族政策，包布拉表示愿意接受党的领导，并同意阎保禄在他的部落里开展工作。这时，包布拉管辖下的牧民共有71户、453人，蒙古包75顶，各种枪支62支，各类牲畜8000多头。

4月上旬，酒泉专署和敦煌县政府先后写信给包布拉，邀请他到酒泉参加专署召开的民族联谊会。包布拉顾虑重重，推脱自己有病不能前去，只派了一名亲信参加。会上经过各族代表充分酝酿讨论，成立了酒泉专区民族事务委员会，安排包布拉为副主任委员。包布拉的亲信返回后，没有如实向其表达人民政府的诚意，致使包布拉迟迟下不了向人民政府靠拢的决心。

这时，匪首马玉林、毕善禄等盘踞盐池湾，拼凑成立了“仁义救国军”。在这伙人的威胁、利诱下，包布拉被推为军长，马玉林自任为副军长。他们纠集国民党残余部队和土匪570多人，各式武器260多件，扬言要夺取关外三县（指嘉峪关外的玉门、安西、敦煌三县）。包布拉徘徊于人民政府与国民党残匪之间，既怕国民党残匪知道他和共产党有联系，反咬一口，使自己和部落的牧民受到更大损失；又怕得罪了共产党，以后不好给共产党交代。他将人民政府的代表阎保禄秘密软禁达一个多月时间。此时“仁义救国军”残匪在南山地区猖狂活动，屡屡抢劫、挟裹牧民，给人民群众的生命财产带来了严重损失。

包布拉在强烈的负罪感支配下，再次拒绝接受人民政府团结他的一片诚意，但他不愿意跟马玉林、毕善禄一路走到底，借故离开了他们。1950年6月21日我军一举端掉盐池湾匪巢后，人民政府派人到处找他回来参加新政权的建设时，他却带领20多名（一说38名）亲信和家属逃往青海。8月中旬，包布拉又陷入被人民解放军击溃的尧乐博斯匪帮之中。11月初，他在谋图通过西藏进入印度时，被西藏地方政府所阻。1951年4月，包布拉无奈返回青海，在流亡到诺木洪地方时，被青海公安机关捕获。由于他左右惶顾，耽误了自己的前程，在监狱中度过了余生。

马玉林、毕善禄之流，匪性难改，出尔反尔，顽固地与政府和人民为敌，在敦煌、肃北、阿克塞烧杀抢掠，民愤极大。他们感到自己所做的一切，政府和人民是不可饶恕的，杀他们一百次都不为过。于是，他们只有抱成一团，负隅顽抗，反正是豁出去了。

马玉林解放前为敦煌青红帮头子，解放后入南山为匪，匪性残暴，烧杀抢掠，恶贯满盈，被百姓称为“马魔王”。他为了夺取南湖乡弥陀寺的小金佛，残暴地将烧红的犁铧尖套在何主持的头上，将其面部致残。在燕丹图他为了搜取烟土，残忍地将3名烟贩截肢破膛，真是惨不忍睹。他还在千佛洞抢去羊只，不顾常书鸿等人的死活。当时在敦煌城乡，说起马玉林人们无不谈“马”色变，孩子晚上哭时，大人就说再哭“马魔王”就来了，孩子一听马上就不敢哭了。

敦煌解放后，为了维护地方稳定，政府对逃往南山的土匪采取说服教育。我方侦查人员李源、马福成带着粮食、白酒、牛羊肉等深入南山匪穴，与马玉林进行谈判。马玉林收下食物后答应三天后到敦煌城投诚，结果三天后不但没来，又干起了抢劫害命的事。后来，李源只身深入匪巢，在沙山沟密营智擒马玉林并押往敦煌城。马玉林向政府表示这次一定金盆洗手，弃恶从善，并召回南山匪徒20多人，归还了抢去的千佛洞的200只羊。政府不计前嫌，以观后效，仍以宽大为怀，让他去千佛洞、月牙泉参观。不久又送马玉林在酒泉监所学习改造，一月后又让他回到了敦煌，作为民兵协助保安队维护县城秩序。马玉林明里对政府服服帖帖，暗里则继续与南山土匪串联，偷运面粉。后来，他又逃回南山，继续为非作歹。事到如今，马玉林深知罪恶累累，只好破罐子破摔了，结果是躲过了初一却没有躲过十五。

毕善禄如前所述，由于他作恶多端，不知廉耻，被哈萨克族牧民所深恶痛绝，最终被“异族朋友”木里克击毙于海子草原。

张二麻子，原名张维秀，据老年人讲，他中等身材，黑性目样，圆形的脸上点缀着好多麻子，人们都习惯叫他张二麻子，倒把他的真名张维秀给忘了。张二麻子是和平乡窦家墩村人（今莫高镇窦家墩村人），东门外张家堡子是他的庄园。他家势力很大，县城东门外都是他家的田产，家中雇有长工和佣人数十，在城里开有油房、酒房、烟馆、钱庄，是富甲一方的恶霸地主。他还在南山种大烟，与土匪称兄道弟。可谓财大气粗，狗仗人势，让人敬畏三分。张二麻子性格暴烈，横行乡里，鱼肉人民。他私设公堂，草菅人命，打死长工 3 人，是人们憎恨的地方大地主、大恶霸。张二麻子虽然是个土鳖，家里却挂有于右任、张大千、常书鸿的字画，看起来还有点附庸风雅。他的名字张维秀也很文雅，但这一点也掩饰不了其伪善凶恶的本质。敦煌解放前夕，张二麻子逃往南山，为马玉林、毕善禄“仁义救国军”匪部提供军需，被封军需处长，与政府对抗，与人民为敌，成为当地臭名昭著的反动人物的代表。据说他也曾有过出南山、回敦煌自首的想法，但最终还是放弃了。他深知自己罪大恶极，血债在身，民愤极大，横竖都是一个死，只有死心塌地地认贼作父，一条道走到黑，最终没有逃脱人民的审判。

还有恶霸地主阎万有、张楷、赵恭等，在地方欺压百姓，罪大恶极。敦煌解放前，他们随张二麻子逃往南山苟延残喘，早已闻听解放军进山剿匪的消息，更是惶惶不可终日，最终也没有逃脱覆灭的下场。赵恭曾私下流露回敦煌自首的意思，结果被他们一一拒绝了。最后，赵恭一人偷偷跑回了敦煌，主动向政府自首，得到了宽大处理。

捣毁毕匪军需窝点

我大军压境，直逼南山，在戈壁、草原和山谷（沟壑）与“仁义救国军”残匪周旋，一路三战两捷。残匪虽然只有招架之功，没有还手之力，但由于他们分散行动避我大军锋芒，总让我军顾此失彼。

我军首战沙山沟，由于情报准确，在沟口事先设伏，全歼毕善禄黑马队精英30余人，我军只有5人轻伤。但在追击惯匪张继元率领的残匪时，由于没有向导，地理不熟，竟让30多名匪徒躲进党河大峡谷灌木丛，与我剿匪部队擦肩而过，从我们眼前逃跑了。

在袭击毕善禄匪部红柳沟军需窝点时，我骑兵大队吸取教训，变大部队进剿为小部队突袭。在哈萨克族牧民阿肯大叔的引领下，闪电般的端掉了沟中乌匪一个非常隐秘的军需窝点（临时军需物资转运点）。这个窝点在红柳沟的一个偏沟转弯处，沟口长满一人高的红柳和灌木，和周围的植被自然映衬，只有一块很不起眼的灰石头紧贴沟底，很不容易被发现。穿过能容纳一人的树丛，里面是一条宽约3米、长约20米的沙沟，沟沿长满灌木，沟底长满甘草芦苇，尽头是一个平缓约30亩地的洼地，有种地的痕迹，上面是半圆的锈沙石台，台上有四五间破旧的房屋和牛棚，还有场地，周围长满红柳、胡杨，台下有一口车头锅大的自然泉水，常年自流渗入沟底，滋润着满沟绿荫。据阿肯大叔讲，这里是解放前敦煌一逃难的李姓农民开垦的荒地，天然泉水灌溉，当年庄稼长势良好。后来，这位李姓农民就在这里安家落户，娶妻生子，过起了“世外桃源”的生活。解放后，这位李姓农民的住处被政府派人费心打听到，安排在敦煌北地上务农为生。他常常给人们讲起红柳沟“李家荒地”救了他们一家，是一块风水宝地，而且他的口头禅“三十亩地一头牛，老婆娃娃热炕头”，便成为当地的俗语流传开来。后来，他多次去找这个地方，犹如晋人寻桃花源一样不复出现。这样，红柳沟“李家荒地”就成了一个谜。

据红柳沟一带放牧的牧民讲，有人偶然见过此地，觉得景致很不错，也歇过夜，但回头去找，怎么也找不着了。传说有一位哈萨克牧民知道此地，但谁也没有见过，只是传说而已。谁知毕匪是怎样知道这个地方的？剿匪部队又是怎样找到那个哈萨克牧民的？

那天是月夜，时有阴云遮月，天空忽明忽暗。王排长带领了两个排的战士，前去袭击红柳沟毕匪军需库。根据阿肯大叔侄子哈宾的透漏，这个地方原来很少有人知道，现专门为毕匪存储调拨从敦煌过来黑货（张二麻子提供的军需物资）。黑货放在废弃并修整的房子内，防守的 20 多人分居在房子两边的四个帐篷内，都是跟随毕匪的死硬分子。每晚前半夜和后半夜有两个匪徒在洼口巡逻，时间长了，接班前都很精神，接班后都打瞌睡去了。这天前半夜，是阿肯大叔的侄子哈宾和另一名哈萨克匪徒放哨。

凌晨时分，王排长带的两个排先潜伏到沟口，自己带了小王等三个战士，在阿肯大叔的引领下先去洼口收拾匪哨。他们神不知鬼不觉地摸到洼口灌木丛中，阿肯大叔哼了三声猫头鹰叫（这里夜间常有猫头鹰叫声），坐在前面的哈宾推了一下崖壁土窑内（临时岗位）呼噜正酣的哈匪，哈匪继续鼾声大作。在透出云层月光下，哈宾一招手，小王和两个战士一跃而上，小王手起刀落，让哈匪在梦中一命呜呼。这时，沟口潜伏的战士也一一身轻如燕地聚集到洼地前的灌木丛中。哈宾对王排长说，换岗还有一个小时，赶快行动。

根据事先安排，袭击帐篷的战士共分三组，每组三人，解决一个帐篷，一人掀门帘，一人用枪警告，一人进去摘枪，负隅顽抗，当场击毙。其余战士在蒙古包周围严阵以待，随机应变。

战斗前后不到十分钟，四顶帐篷内的20多名毕匪残余，一半负隅顽抗被当场击毙，一半被束手被擒。当胳膊负伤的黑鹰（此处看守头目黑大汉的绰号）被战士们押出帐篷时，哈宾欲开枪报仇，被王排长阻止了。黑鹰一看满眼怒气的哈宾，知道了今夜的缘由，恶狠狠地瞪了哈宾一眼。哈宾怒目以对，毫无畏惧。原来黑鹰随乌斯满逃窜到海子草原后，穷凶极恶地抢劫牧民的牛羊，还逼迫他叔阿肯说出了红柳沟“李家荒地”的位置，强拉他加入匪伙，并作为人质防守军需窝点。一旦哈宾反水，就杀了他叔和他们全家。这次剿匪部队捣此窝点，他们叔侄总算跳出了火坑，故对解放军非常感激。

袭毕善禄匪部军需库成功后，阿肯和哈宾建议保守秘密，伺机歼灭前来转运粮食的匪徒。王排长婉言说，如果匪徒前来取粮，那倒可狠狠地教训一下。不过昨夜枪声大作，料想毕善禄早已觉察，咱们不能守株待兔，要主动出击，不给逃匪有喘息之机。战士们纷纷表示要一鼓作气，乘胜追击残匪。

随后，尹善荣带领的运粮大队将毕匪军需库的物质全部转运，为我所用，这是毕善禄当时想也想不到的。之后，红柳沟中的“李家荒地”又无人问津了。

一连三天，王排长与阿肯叔侄四处寻找毕善禄的下落，却没有任何线索。这时，阿肯叔侄感到王排长那天的判断是正确的。阿肯风趣地说，看来狡猾毕匪想用山大沟深的地理，和我们玩猫捉老鼠的游戏啊！王排长笑着答道：让他们玩吧，有你们的密切配合，狐狸再狡猾，也斗不过好猎手啊！阿肯叔侄听了，感到解放军对他们非常的信任，心里感到暖融融的。

接着，不幸的事情发生了。那天黄昏，战士小王和小刘从南湖骑马送信经过沙山沟时，小刘在不远的草丛拉肚子时，被两名流窜的残匪残忍地用石头砸死了，并夺去了随身带的驳壳枪。小王长等短等不见小刘回来，知道情况不妙。他们举枪向小刘拉肚的草丛走去，小刘被害了，匪徒也溜了。小王抱着小刘的遗体，捶胸顿足，悲痛不已。

小王是侦察排一名机智勇敢的小战士，刚刚 20 岁。侦察排有“二王”（排长王永刚和战士王小二），战士们平时都叫他们王排长和小王。

血溅梧桐沟

梧桐沟是多坝沟境内的一条沙山沟，因沟沿及山坡长满梧桐树故名。沟内芦苇、甘草随处可见，一条溪水缓缓流淌，颇有几分诗情画意。多坝沟的牧民常在那里放牧，他们都叫它梧桐峡。

1950 年 8 月，乌斯满率 1000 多名残匪刚逃到南山时，为解决给养，苟延残喘，就以这里作为临时军需转运处。他在这里留了 100 多号人，大部队住在海子一带。他把这里作为第一行营，北可据敦煌，南可退南山。当时，通过敦煌秘密过来的物资（粮食、肉食、茶叶等），都在这里聚集，然后通过红柳沟、柳城子，运往南山。老奸巨猾的乌斯满虽不在多坝沟，但通过心腹传达他的旨意，让部下暂时收敛其凶残狰狞的面目，通过利诱和欺骗的伎俩，收买人心，稳定地方。他让匪徒给困难哈萨克族牧民分给牲畜，对那里种地的汉族群众解决耕作畜力，他扬言不久第三次世界大战就要爆发，他的部下在这里等待时机配合反攻，将来他要带领大家一起到国外去享清福。乌斯满的假仁假义，通过心腹的一番蛊惑，一时得到了人们对这位“大英雄”的崇敬之情，也蒙蔽了一些哈萨克和汉族群众。

当时，我剿匪部队就预料到这里有部分乌斯满匪徒聚集。为摸清虚实，派王排长化成商贩实地侦查。那些被乌匪蒙蔽的哈萨克和汉族长者，都说乌斯满如何如何好，他的部下刚从新疆过来时在这里住过几天，现在早进南山了，他们早已断绝了了联系。其实，这里的匪徒听到风声后，全部隐藏到了梧桐沟。王排长和两名商贩待了三天，觉得无异常情况，也就返回了南湖乡。根据王排长的侦察反馈，何连长认为，现在乌匪分散行动，主力在南山腹地，安南坝一带是小股匪徒，为迷惑乌匪可暂时不要打扰，集中力量向柳城子一带侦察，发现残匪主力及时合围剿灭。

一天傍晚，汉族青年王宝骑马从多坝沟赶到南湖乡，上气不接下气地向何连长报告了乌斯满、毕善禄正在那里大肆抢劫，请求解放军赶快去解救。何连长听后有点疑惑，就说："那里的匪徒不是进南山了吗？再说匪徒抢劫你是怎么出来的。"王宝就如是说，上次说匪徒进南山真是假话，是老人们编的，土匪明在多坝沟，暗在梧桐沟。这几天匪徒不知听到了什么风声，一连几天晚上都往南山偷运聚集的物资。今天，30多个匪徒一改往日的和善态度，毫无人情地把农牧民的牲畜、被褥甚至锅灶用具也抢了。我爹和哈萨克哈利大叔质问毕善禄为什么乌斯满说话不算数，祸害帮过他的多坝沟人。谁知毕善禄把眼珠一瞪说，现在管不了那么多了，乌斯满大英雄现在南山日子不好过，大家也得多担待点。我爹一听此言，突然认清了乌斯满凶残虚假的面目。趁着混乱让我赶紧骑马报信，你们要快点去啊！这时，何连长恍然大悟，紧紧地握着王宝的手说："错怪你了，我们马上派部队过去，你给我们带路好吗？"王宝连连点头。

何连长带领60多人，在王宝的带领下，抄近路直奔多坝沟。经过一个多小时的急行军赶到多坝沟时，土匪已押着抢去的物资和人质逃跑了。王大叔和哈利老人见到解放军来了，迎上去握着何连长的手，想起以前轻信土匪谣言的事，真是感到悔恨莫及啊！

根据王大叔和哈利老人提供的线索，毕善禄率匪徒去了梧桐沟。何连长立即组织部队在王宝的带领下，火速逼近梧桐沟。

部队到达梧桐沟口，沟内静悄悄的。何连长问王宝，匪徒真的进了梧桐沟吗？王宝肯定地说，一定，再无路可走。何连长一马当先，大部队紧随其后。追到沟底时，还是不见人影，何连长觉得不对，命令战士们下马分散隐蔽。突然，前面的灌木丛中射出一排子弹，有三名战士当场牺牲。嗒嗒嗒……我战士奋起反击，密集的弹雨直射灌木丛，顷刻压倒了那里的枪声，十几名战士包抄过去，发现 7 名匪徒全部毙命。

此刻，部队拉开距离，继续向梧桐沟纵深逼近。“看！前面有情况。”随着王宝轻声的话语，何连长发现在朦胧月光下，前面二三十米处有人和牲畜的影子，还夹杂着哭声。何连长命令战士，迅速向前靠近。

“站住，缴枪不杀！”随着一声声呼喊，我 50 余名战士已包围了前面的匪徒和牲畜。一共有 10 多名匪徒，押着 20 多头牲畜和一些锅灶用具什么的。8 名被挟持的哈塞克族牧民被匪徒用枪顶着脑袋，显得格外恐惧，一人还在抽泣着。沟上的沙坡上，4 个匪徒押着另外两个人质居高临下地站着。何连长向前对眼前的匪徒大声说：“赶快放开他们，他们是无辜的，有事和我们说！”突然，砰的一声枪响，一个牧民倒下了。那个大个子匪徒举着冒烟的盒子炮恶狠狠地对何连长说：“快退过去，不然我就不客气了！”说话间，他把枪口对准那个抽泣的牧民，做出欲扣扳机的样子。见此情景，何连不由后退三步。

双方僵持了 10 分钟。最后，达成协议：沟底的匪徒押解 8 名牧民到梧桐沟上的沙山坡，然后放了所有的牧民，如果我方不执行，他们就与牧民同归于尽。何连长表示同意，因为这些惯匪都是些亡命之徒，今天到了穷途末路，是会狗急跳墙的，为了解救哈萨克族同胞，只能姑且如此了。

沟中，狡猾的匪徒排成一队，人质居中，缓缓地向沙坡退去，与上面的匪徒会合。最后，9 名牧民全部安全返回。他们一齐跪下向何连长和战士们叩首，立即让战士们拉了起来。牧民们说他们真糊涂，受了毕匪的欺骗，不相信解放军，真是该死！何连长解释说没什么，你们安全回来就好。

何连长吩咐战士们带着匪徒丢弃的东西，向梧桐沟口走去。

何连长问身边的牧民，30 多个匪徒，怎么只有 20 多个，也没见匪首毕善禄？一个老成的牧民说，毕善禄和他的几个亲信未进沟就溜了，他们害怕被解放军全歼。

这次梧桐沟事件，是我军进军南山剿匪一次惨痛的失利。何连长由于轻敌，指挥不利受到了军纪处分。王排长由于侦察不细致也受到了处分。后来，何连长在南山剿匪中冲锋陷阵，壮烈牺牲。

诗云：

红旗猎猎向南山，剿匪周旋战犹酣。

三军军长黄新廷，威震敌胆美名传。

第七章 保卫敦煌城

土匪扬言攻打敦煌城

这些天来，在敦煌城小北街的习家酒店，前来喝酒的人接连不断。大堂的四五张桌子上，人们三三两两，虽凑不齐“八仙桌”，但也没白闲着。靠里的那张桌上，三个骆驼客一边吃着酱驴肉，一边品着高粱烧。一位年长的一碗酒下肚，无奈地说：唉！从敦煌到哈密本来就路途遥远，星星峡最近闹土匪，土匪又要攻打敦煌城，这以后的生意可怎么做啊！师傅，别想那么多了，还是凭运气，喝咱们的酒吧。瘦高个的徒弟安慰师傅道。

靠门的桌上，两个从南山过来捣羊毛的蒙古客商，也说土匪团长铁有才要攻打敦煌城，上次在南湖他尝到了甜头，这次乘我大部队进山的机会，再来一次“南湖事变”。

旁边几个吃凉粉的当地人（习家凉粉在敦煌很有名），问两个蒙古的客商，你们怎么知道土匪要攻打敦煌城？两个客商回答：你们是不是真不知道，我们从南湖那边过来，外面到处都在传言。这时，酒店习掌柜走过来说，咱们只管喝酒，不管球那些，如果土匪要来，也没有好果子吃的，石县长早已给他们准备好了“龙门阵”。两位蒙古客商一听大眼张风，面面相觑。这时，进来了两个巡逻的保安队战士。问习掌柜生意可好，最近有没有可疑来人？习掌柜说生意刁刁搭搭还算可以，也没有发现可疑人。

就在保安战士和掌柜说话间，那两个蒙古客商提起褡裢溜出了店门。习掌柜立即悄悄地告诉保安战士小郭，那两个蒙古客商比较可疑。小郭听后点了点头。

在县政府大院，石志刚县长正为保安队和民兵上晨会：最近巡逻要加紧，四个城门，尤其是东门、西门和北门，来往行人多，每天要盯紧点，既要盘查细致，又要保证正常出行。北门直通哈密，更不能掉以轻心。要告诉群众，县政府有决心、有信心，保卫好敦煌城，让土匪有来无回。接着，保安大队队长马振勤汇报：最近巡逻正常，但土匪攻打敦煌城的传言使一些群众人心惶惶。石县长说知道了，继续做好“应对”工作，兵来将挡，水来土掩，习家庄那边一定要把戏唱好，并叮咛小郭多留点神。

在张家皮毛商行，那两蒙古客商一边向店小二问皮毛行情，一边说他们最近路过南湖乡，那里到处传言匪徒最近攻打敦煌城。扬言毕善禄、铁有才如何如何厉害，这次他们要对分了张二麻子财产的给点厉害看看，还试探敦煌城能否抵挡住？店小二听后冷笑一声说：那又能怎么样呢，上次南湖由于孙耀武告密，咱们部队才吃了个冷不防，现在全民皆兵，全城严防。别说进敦煌城了，城西的习家庄就够他们喝一葫芦了。两个蒙古客商问习家庄的情况，店小二说他长不出门，还是让他们自己实地去看。喂！二毛，不专心照料生意胡说些什么呢？里屋的张老板大声吼道。店小二会心地一笑：没说什么，知道了。接着，两位蒙古客商胡乱地问了一些皮毛行情，没趣地离开了商行。

那天傍晚，两个蒙古客商进了东街沙州堂，与赵先生见面。在大堂二丫想这两个不速之客，跑到药店不谈药材的生意，尽说些模棱两可的话，什么货好找吗？进货渠道畅通吗？油水大吗（原来这些都是土匪黑话）？感到怪怪的，后来他们去了堂房，听起大话炮天，好久不出来。二丫悄悄地溜到堂屋窗前，贴耳静听。隐隐约约地听到他们说，敦煌城盘查紧，卖货恐怕不行，现在山里缺货，张大人（张二麻子）又断了货路，眼下只有去城外的刁家庄试试，那里多年来只有家丁护院，外人（土匪）也没有光顾过，也让人摸不着深浅。还说刁老农逞能，从包头低价购进跌打损伤药，把他的生意也搅黄了，也应该让他放放血。不会亏待你们的。放心、放心！二丫听到茶壶倒水的声音，就悄悄地离开堂屋，快步溜出药店，向不远沙家酿皮摊的内线沙嫂转达了情况。

等二丫返回药店，正好赵先生送客出门。一看二丫急急忙忙地从外边进来，赵先生阴冷地问这么晚了，不睡觉跑哪儿去了？二丫说肚子有点饿，去沙嫂那儿吃了盘酿皮子。谁知赵先生眼睛阴森森地盯着二丫反驳道：这么晚了，还有酿皮子啊！二丫一阵紧张，脸上很不自在。

晚上，据我方内线跟踪，两个蒙古客人住进了城东黄家车马店。

深夜，石志刚派人通知刁家庄刁老农，按照原计划，如此如此。

习家庄抗匪传佳话

清晨，敦煌城西门前，大门敞开，出入自由。城墙上的沙袋、垒石（卵石堆）、滚木历历在目。城墙下十多名保安队战士严阵以待、盘问巡逻。两个蒙古客商在例行正常的检查后，骑马匆匆出了西门。大约走了二十里地，迎面驶来了一辆驴勒车，上面装着一车白菜，一位六十岁模样的老汉赶着车。两位蒙古客商招呼停车，问习家庄？老汉向前一指：前面那棵大柳树下，沿路向西北一直走下去，那座高大的土墙大院就是。他们又问老汉去城里卖菜吗？老汉说给县保安大队送。他们又问保安队有多少人，这点菜能够吗？老汉说多少人他也说不上，反正每天送菜得十几车，除了他们河州堡，还有西地、东地和沙山湾的，县上给的价格好，再说也利索。两个蒙古客商又问：您老人家怎么不歇着，让年轻人来送啊？老汉随口答道：年轻人忙生产，剿匪反特，这些轻活，咱老汉也就顺手干了。说完，老汉抬头嘿嘿一笑，扬鞭一甩：嘚儿驾！灰色的小毛驴四蹄一扬，车轮碾尘奔驰向前。

顺着大柳树指示的方位，两个蒙古客商骑马来到了习家庄前。习家庄在习滩村（现七里镇习滩村），和当年白彦虎攻打的习家堡不是一个地方。不过庄主是习氏家族后裔（人们仍叫他“习老农”），祖上尚武遗风代代相传。

这是一座坐北向南的坞堡式大庄园，院墙黄土版筑，高大厚实，开南北两门，四周的墙角设有望楼，方圆五里尽收眼底。进入刁家庄，分前中后三院，曲曲套套，里里外外，高高低低，明明暗暗，真让人摸不着东南西北。两个肃北客商在四名家丁的引领下，糊里糊涂地转了一圈，感到格外地惊讶！但他们还是故作镇定地夸赞说，庄园有气派，非常高大坚固，真没见过。最后，两个肃北客商见到了庄主刁老农，说他们是那边（敦煌把南山来的商家都称为那边）的皮毛商，在敦煌城做完生意后听人说刁家庄的大名，顺便路过开开眼界，他们长期在山里，也算见识见识。刁老农把他俩细细地端详了一番，表示热烈欢迎，并留他们吃饭，还上了酒。席间，那两个蒙古客商自然离不开皮毛生意，刁老农说只要成色好，他一定有多少收多少。闲谈中，刁老农说庄园储存有大量陈年的粮食，可以与那边以物易物。两个蒙古客商诡秘地说，听说土匪要攻打敦煌城，这里安全吗？刁老农很难为情地说，这怎么说呢，这里就十几个家丁，就是看家护院，如果抵挡一二十个土匪还可以，多了可就难办了……

两个蒙古客商催马连夜赶往南湖乡，和刘二接头，大五更直奔葫芦台斯，中午赶往安南坝，向驻守在这里的毕善禄、铁有才报告“敦煌见闻”。

两个蒙古客商想赵先生让去刁家庄试试，他们这次也只有顺着杆杆往上爬。因为吃了人家的嘴软，拿了人家的手短。再说，往后他俩在敦煌城做生意，还要仰仗赵先生呢。于是，他们就如实地报告了敦煌城和刁家庄的情况。其实，毕善禄、铁有才攻打敦煌城是虚张声势，他们是以此扰乱人心，趁机在外大捞一把，补充给养，鼓舞士气，维持残局。毕善禄、铁有才认为这是一个好机会。可派30名黑马队惯匪（毕匪团的编制，100匹黑马配人组成，铁有才任团长，重大抢劫都由黑马队实施），出其不意包围习家庄，干掉守院家丁，抢一些粮食衣物以度南山冬季之困。兵贵神速，毕匪决定今晚准备，明晚突袭习家庄。

我南湖乡的内线得知情报后，连夜策马敦煌城报信。

这边，公安局长李成华部署保卫敦煌城战斗：马振勤、吕玉、小郭、刘黑女兵分四路，与30名保安队员、300多民兵分头守好东西南北四座城门，严阵以待。万一匪徒势大，胆敢攻城，即退却合围，坚守城中心鼓楼制高点，如鼓楼失陷，最后撤至北台制高点固守，誓与北台共存亡。那边，习老农、李精武与100名拳棒手全部隐蔽到位，随时准备全歼来犯之敌。一切行动，均于今晚进入实战状态，与毕匪的计划真是针锋相对啊！

三天过去了，不见土匪的行动。杜秉德书记和石志刚县长分析，有三种可能：要么土匪觉察到了实情，感到没有把握，取消了行动；要么在等待时机内外策应，采取突然袭击；要么土匪采取缓兵之计，又有什么新的打算。

分析完全正确。毕善禄当时信心很大，就在匪徒一切准备就绪出发的前一个小时，心腹张继元突然告诉毕善禄，他昨夜做了一个梦，黑马队在卧佛山下全漂在党河水上，恐怕不是个好兆头，是不是南湖乡早有埋伏？毕善禄听后思谋了好一阵子，心里也觉得不踏实，也只能暂时取消行动。但铁有才不信这个邪，说水是个好兆头，此举一定马到成功。为稳妥起见，毕善禄决定缓行三天。经探子打听，南湖乡全力防匪固本土，卧佛山下也没有埋伏。

第三天晚上，土匪开始行动。10点前，30名黑马队惯匪全部集结于葫芦台斯附近的行营。12时通过卧佛山下直扑习家庄。银白的月光下，清一色的黑马犹如一道幽灵，飞快地融入大漠夜色中。这一次狡猾的毕匪确实做了精心准备，每人除枪外，还携带登墙的铁挂钩（绳）和大刀，乘夜深人静越墙而入，尽量肉搏不开枪，以免引来城里部队的追歼。

凌晨两点，毕匪的黑马队已悄悄地包围了习家庄。银白的月光下，习家庄大门紧闭，显得很平静。高大厚实的堡墙、哨楼上，家丁们早已嗅到敌情，悄悄地撤离地面。北门的堡墙外，随着嗖嗖铁挂钩嵌入墙体的声音，十几个黑影跃上墙头，身随滑绳闪电般的飞入院内，还未等他们站稳脚跟，习老农的八节鞭、李精武的六环锤已甩得闪响，犹如风驰电掣，一下子放倒了一大片。蓦地，十几个家丁们一拥而上，在习老农和匪徒外行成了一道包围圈，剩下的匪徒急忙挥舞起大刀，拼命地胡乱砍杀，但甩不开手脚。只见习老农八节鞭上下翻飞，让人眼花缭乱，李精武六环锤左右旋舞，更是风卷残云，众家丁长矛棍棒步步进逼，所向披靡。面对此点水不漏，环套互绕的招数，惯匪们纵是有日天的本事，也只有招架之式，哪有还手之力。经过一阵紧张而又激烈的搏杀，三下五除二，三一三剩一，越墙而入的十几名惯匪，犹如秋风扫落叶，纷纷躺了一地，月光下一片狼藉。

习老农、李精武迅速引领家丁有序疏散，接着打开了庄院西门。门外的毕匪以为院内得手，让铁有才带领黑马队后续队挥舞大刀，杀啊杀啊地直扑院内……突然，习家庄堡墙及院内的灯全部点亮，与银白的月光交相辉映，把庄院内外照得一片亮堂。铁有才的黑马队涌进大院，只见匪徒尸体横陈。铁有才气得朝天连放数枪，恶狠狠地对众匪说，非血洗习家庄不可！说时迟那时快，霎时间只见庄院北大门哗地关闭，院内的大小门也哧地一起关闭。铁有才拉着马缰绳院内慌乱绕行，无路可通，气得原地转磨。突然，院内套院开了一道门，铁匪不顾一切地带头冲了进去，众匪紧随其后，当匪徒刚入套院，突然堡墙飞下一道连体栅栏，将进门严严堵死，堡墙上的擂石如冰雹般猛烈泻下，匪徒们有的脑浆迸裂，有的头颅开花，有的鼻青脸肿，有的手足伤裂，死伤过半，惨不忍睹，哎呀、妈呀地叫个不停。乱石中铁匪落马，被纷乱的马蹄踏成了肉饼。残匪无首，顿时乱成一团。一看套院内又开一门，残匪们更是慌不择路，结果又被呼啸如矢的弩机穿喉入体，一一毙命。整个战斗从开始到结束，闪电般的只用了20分钟。毕善禄和张继元在外接应，看到堡上堡下灯火通亮，黑马队有进无出，知道大事不妙，只得落荒而逃。至此，毕善禄黑马队的“精英”们命丧习家庄。后来，黑马队就很少出现了。人们有的传言说，黑马队习家庄大捷后元气大伤全部解散了，有的传言说，那是匪徒的救命符，留下压箱底了，不到关键时刻不会出来的。

银白的月光，从安详自如的卧佛山顶的天空，照耀着浩瀚的戈壁绿洲，照耀着一片安宁的敦煌古城，照耀着固若金汤的习家庄。

次日，当漫天红霞像飞天仙子的飘带轻拂敦煌城上空时，习家庄抗匪大捷的消息已传遍全城。

连日来，人们奔走相告，群情振奋。有歌谣唱道：“安西城是跑马的（积沙和城墙等高），习家庄（堡）是铁打的，敦煌城不咋的。”这里把习家堡改为习家庄，赋予了敦煌剿匪新的内容。习家堡在敦煌城北三十余里处，同治年间，匪徒白彦虎围堡，被习老农率乡勇击败（详见第十章“三进南山劝匪首”之“自古匪患扰敦煌”）。从此，“前有习家堡，后有习家庄”便在民间传为佳话。

王排长看上了刘黑女

习家庄抗匪大捷，极大地鼓舞了人心，全城秩序井然，人们对抗匪保家充满信心。习家酒店、福盛园饭馆、德兴隆药店、茂源商号、德作本货栈和杨俊德的红柳烤羊肉正常营业。敦煌城门四开，出入自由。

这天一大早，县保安大队队长马振勤带领一个班的队员在城中巡视。但见四个城门楼上沙袋高垒，卵石堆积，民兵们站岗放哨，严阵以待。西门下的校场上，敦煌民间拳棒手李精武正训练民兵。在李精武的统一指挥下，100多号各乡挑选的民兵骨干红缨枪前后冲刺，五尺棍左右轮舞，动作熟练，步调整齐。马振勤在旁边观看，待一轮训练程序结束后，他走到了李精武跟前，对训练表示满意。李精武说，西门是防匪的要地，所以训练要更高一些。这时，只见尹善荣带领的运粮队来到了城下。马振勤和李精武走上前去。只见担架上抬着一个人，一开始他们还以为是挂彩的运粮民兵，但发现穿着军装。还是马振勤眼尖，这不是王排长吗？王排长睁开眼望着马振勤，微微地一笑。尹善荣说王排长大腿膝盖处子弹未取出，南山高寒，不利治疗，故抬回敦煌城，让刘神手治疗取子弹，慢慢调养。马振勤揭开盖着的军大衣一摸，王排长的左腿冰冰，肿得很厉害。恰巧，刘黑女从习家庄征粮路过，她不由自主地走到担架前，正好和王排长打了个照面。王排长也是对刘黑女微微地一笑，刘黑女轻轻地点了点头。这时，尹善荣说，正好，就让刘黑女陪王排长去吧！刘黑女一时还没有磨过账来，惊奇地道：啊！马振勤急忙插嘴说，王排长腿受了伤，让你陪他去你爷爷哪儿去治疗。噢！刘黑女莞尔一笑。

王排长被两个民兵抬着，随刘黑女来到了县政府大院。晚上，被两个民兵秘密转移到城东秦州户对面的德兴隆药店，在刘神仙（刘黑女的爷爷，因在本县接骨妙手回春，被誉为“刘神仙”）的引领下，被抬进了大堂后的一间收拾得很整齐的客房，带蚊帐的黑漆木床，方桌、太师椅、半躺的活动椅（床），一一俱有。王排长由刘黑女和两个民兵搀扶，先躺在活动椅上。由刘黑女端来一盆温热的洗脸水，并为他洗手、擦脸。王排长有点不好意思，连连说让他自己来。刘黑女说你行动不便，还是让她来。刘大师也说，都是自家人，你为敦煌剿匪受了伤，我们照顾是应该的。接着，又用盐水为王排长洗了伤口烫了脚。这时，马振勤陪同石志刚县长也来到了。石志刚感谢刘大师和刘黑女对王排长的照料，并叮嘱说，伤筋动骨一百天，要王排长好好养伤，一定要听刘大师的话。说完，让马振勤留下生活及医疗费用，刘大师说啥也不肯收。石志刚解释说这是纪律，不可违反。无奈，刘大师只得收下。石志刚和刘大师研究了治疗方案。刘大师说子弹在膝盖骨缝，待消肿后想法取出。石志刚说问题大吗？刘神仙说取子弹比较费劲，他尽力而为。最后，石志刚留下小郭照应王排长。刘黑女说她可以照应。石志刚说你还有征粮的事，有时可能顾不上，就让小郭留下来，你可做个帮手。那也行。刘黑女爽快地答道。一切安排妥后，石志刚和马振勤与两个民兵有事先走了。

一周来，刘神仙给王排长反复换了祖传的治枪伤药，伤口渐渐地消肿。小郭忙前忙后，陪着王排长，王排长倒也不寂寞。每天晚上，刘黑女忙完县上的事，再晚也要来看王排长一眼。她协助爷爷给王排长擦洗、换药、端茶、喂药，使王排长心里感激不尽。自从那天在城门口的担架上，刘黑女看到王排长对她微微地一笑，心里就有一种说不出的好感，回想在王排长随剿匪部队进南山时，她和乡亲们在县政府大院送行时，站在前排的王排长对她也是微微地一笑。那天王排长由于腿上受伤，加上长途跋涉，青黑的脸上带着痛苦而又顽强的神色。一周间，王排长脸色变得红润起来，人也精神了许多。每次来，刘黑女边服侍王排长，边给他讲县上征粮支前的事，还勉励王排长好好养伤，简直就像亲兄妹一样。看着他们那个亲热劲，小郭心里也是甜蜜蜜的。他想王排长有刘黑女这样的小妹妹疼爱，伤一定会早日康复的。

有一天晚上，小郭由于县上有事没有来。刘黑女一直陪伴王排长到很晚。刘黑女走了两次，王排长都说再蹲一会儿，眼中含着期待。后来，住在隔壁的刘神仙担心黑女第二天工作，就进屋来说时间不早了。刘黑女走时，王排长还叮嘱她路上多加小心。其实，刘黑女的家与秦州户只有一街之隔。

十天之后，王排长的伤腿完全消肿，今天要取子弹了。这天天刚蒙蒙亮，刘黑女就为王排长做好了鸡蛋小米粥，还有刚出笼的四个雪白暄腾的馒头。她看着王排长喝完一晚粥后，吃了两个馒头。还要让王排长再吃一个，说取子弹消耗时间长，要保持体力。王排长感激地说，你做的早点真好吃，我也想多吃一点，但已经吃饱了，你也快去吃点。好的。刘黑女边点头边说。说完，将剩下的两个馒头端进了伙房。谁知这是专门为王排长做的“病号餐”，她怎么舍得吃啊！

太阳跳出了三危山梁，照耀着敦煌城，新的一天开始了。在熹微的晨光中，刘神手开始为王排长取子弹，刘黑女和小郭为他搭下手。刘神手先让王排长喝了一碗熬制的土麻药。半个小时后，王排长好像入睡了，脸上露出安祥的微笑，刘黑女望着酣睡中的王排长，心里感到自然的快慰。刘神手轻轻脱去王排长的睡裤，放平双腿，在受伤的左腿膝盖骨下，用双手做挤压状，反反复复十余次，但子弹头动静不大，他的额头渗出晶莹的汗珠，刘黑女用毛巾轻轻地为他擦拭。这时，刘神手长出了一口气，坐在了床边的太师椅上，自言自语说怎么这么麻缠啊！因为以前他也多次为人取过腿里的子弹，在伤口处反复挤压就出来了。这次由于王排长子弹在骨肉深处，祖传的秘方咋就不灵啦？刘黑女看着爷爷无奈的表情，就安慰说，爷爷你慢慢来，别着急！小郭也同样安慰刘神手。少顷，刘神手又反复挤压，听到咯吧咯吧子弹与骨头摩擦的声音，再反复挤压，子弹好像出了一截，再挤压却又不动了。这时，麻药药效已过，王排长已睁开了甜美的睡眼。问子弹取出来了吗？刘神手说就出来了。看到刘黑女站在旁边焦急的样子，他又是微微地一笑，刘黑女也会以微微地一笑。这时，刘神手果断地决定，用“刀劈骨肉”绝招。可是，王排长已醒来，喝麻药汤还得半个时辰。王排长知情后，坚持不喝药现在就做。刘神手担心王排长挺不住，王排长却执意已决。刘黑女也为王排长担心，王排长安慰她放心，没事的。接下，刘神手用特制“手术刀”，巧妙地剖开王排长要害部位的皮肉，动作真如庖丁解牛，游刃有余，那刀割皮肉、刃刮骨头的清晰声音犹能耳闻，刘黑女和小郭真是惊呆了！鲜血不时渗出王排长的大腿膝盖处，王排长口嚼桃木段，脸上渗出黄豆大的颗颗汗珠，但这个坚强的陕北汉子，连哼都不哼一声，大有关云长刮骨疗毒时的大丈夫气概。最后，刘神手真是大显身手，用“神刀”挑出了深藏的子弹头，放在铝制小方盘内让王排长一睹为快。王排长感激地向大家微微一笑，刘神手长长地出了一口气，刘黑女、小郭悬吊的心终于落下。小郭把这一好消息告诉石志刚县长后，石志刚高兴地说，刘老先生不愧是神手一把抓，敦煌的父老乡亲真是太好了！从此，王排长留下了“排长关公”的美名，刘神仙更是名不虚传。

一个月后，王排长的伤口恢复很快，他已能拄着拐子在院中独立行走。王排长几次提出到县政府大院休养，刘神仙就是不同意，刘黑女更是不答应。石志刚县长知情后，亲自前来安慰王排长：你就是不愿意麻烦刘老先生和刘黑女，这我心里明白。县委大院一天人多事杂，不利于安静养伤。再说住在县里，刘老先生给你定期按摩调理身体也多有不便，你就耐心待在这里，直到完全康复为止。王排长感激地说，好！石县长，我就听你的话。这不就对了吗！石志刚随口答道。就是嘛！刘神仙、刘黑女也随声附和。笑声回荡满屋，王排长还是微微地一笑以示回报。

这些天刘黑女下乡忙剿匪和发展生产的事，已有一周没照料王排长了。一大早，王排长就拄着拐子在院中锻炼，小郭前来搀扶他，他用手示意“不”。吃早点时，王排长特意问小郭，这几天小刘咋没见来？小郭就告诉他刘黑女带工作组下乡的事。王排长自言自语道：小刘也够辛苦了，可别太累着了。小郭解释说，不要紧，小刘看起来瘦麻秆儿的，但人很皮实。她到哪个村不仅工作开展顺利，而且深受乡亲们的欢迎。几位好心的大娘有意给她物色对象，但她总是说眼下忙剿匪，先不考虑对象问题。王排长听后连连说那就好、那就好！

十多天后，刘黑女从乡下来到了县城。石志刚县长让她休息一下午。因为这一段刘黑女确实很忙，这次利用休息可顺便看一下王排长。石志刚县长从小郭口中得知，王排长对刘黑女挺有感情的。其实，刘黑女也是敦煌姑娘群中出类拔萃的，让他们多交流沟通，剿匪英雄配敦煌美女，那也是件好事啊！

刘黑女听了石志刚县长的安排，心里自然高兴。中午，她和母亲专门包了鸡蛋韭菜水饺，乘着热气就给王排长送了过去。王排长正躺在躺椅上晒太阳，突然看见刘黑女用青布提着白瓷青花盖盆，大汗淋漓地走进了小院。王排长真是喜出望外，他霍地从躺椅上坐起，连拐子也没有拄，小郭连忙搀住他。只见王排长两眼直直地望着刘黑女，就像见到了久别的亲人似的。刘黑女也被他痴情的目光所吸引，也直直地盯着王排长。良久，王排长情不自禁地说："妹子，我想你！"刘黑女也直言不讳地说："大哥，我——"但后面的话没有说出口。接着，她说，你还是坐下吧，伤口刚有起色。不要紧，站起来活动活动也好。王排长解释说。小郭连忙搬出小桌，刘黑女摆上还冒着热气的饺子……

月牙泉边诉衷情

夜里，月光明素盘，悬挂城东南。在这皎洁静美的月夜里，王排长和刘黑女也沉浸在清爽的月光之中。她和王排长分别骑一匹枣红马和雪青马，穿过桃红柳绿的绣壤田野，翻过连绵起伏的鸣沙山湾，来到了鸣沙怀抱的月牙泉畔。他们骑马绕泉并行，周而复始。王排长一边欣赏着碧波荡漾，美若婵娟的月牙泉，一边听着刘黑女给他讲着从她爷爷那里听来的七星草、铁背鱼、五色沙、沙岭晴雷、瑶池仙境、月泉仙子的故事。王排长被月牙泉优美的景色和观音宝瓶甘露化灵泉的传奇故事所吸引和陶醉。在四面沙山包围之中，一湾清泉清波荡漾，沙填不满，是那样地清纯美丽，与众不同。七星草、铁背鱼、五色沙、沙岭晴雷、瑶池仙境、月泉仙子的故事是那样地美丽动人。月泉仙子为救人间干旱，甘愿化作一片祥云，普降甘霖，最后化作美丽的月牙泉，情归大漠，与鸣沙山朝夕相处，千年相伴。王排长感到敦煌不仅有美丽迷人的景色，更有像月泉仙子一样心灵美丽的人民。他们虽处在大漠深处，但不畏风沙，不惧干旱，用生命和热血呵护着敦煌这片美丽的绿洲，造福子孙后代。正因为有了他们的无私大爱的支持，敦煌的剿匪工作才得以顺利进行。眼前的刘黑女不就是美丽的月泉仙子，不就是千千万万敦煌优秀儿女的化身吗？她身处大漠，常年风里来雨里去，皮肤有点黑，但人很忠厚。乡亲们叫她刘黑女没有丝毫的贬义，而是对她朴实性格的厚爱。他觉得眼前的刘黑女真是冰清玉洁，自然高雅，给人以朴实无华的美感。他愿做那高耸雄奇的鸣沙山，守护清秀亮丽的月牙泉。此生若能够和她在一起，是他前世的造化和人生最大的幸福！

面对皎洁的明月，面对梦幻般的月牙泉。王排长郑重地对刘黑女表示：如果他这次重返南山剿匪大难不死，他决定留在敦煌，娶刘黑女为妻，如果他光荣牺牲了，就算他报答了敦煌人民的父母之情，让刘黑女另选他人。刘黑女先是一怔，很快平静了下来。她说她配不上王排长，泼皮胆大，没有姑娘的温柔乖顺。王排长说他就喜欢她的泼皮大胆，像男子汉一样的性格。二人下马，沿月牙泉畔步行，双方一时无语。良久，王排长实在憋不住了，就直截了当对刘黑女说："有啥你就说出来，对象不成咱们还是革命战友吗！"听着王排长诚恳语气掏心窝子的表白，刘黑女也大胆地对王排长表白："只要你不嫌弃我，我就……"接着，她也对王排长说出了掏心窝子的话：她表示一定要做好本职工作，支援好剿匪工作。她不要王排长死，要他戴着大红花立功回来，她一定要等他回来，不见不散！

皎洁的月光，把鸣沙山、月牙泉辉映得淡雅肃静，如诗如画，如梦如幻。一个革命军人，一个敦煌姑娘，两只手紧紧地握在一起，两只眼紧紧地聚焦在一起，两颗心紧紧地贴在一起，让皎洁的明月，让美丽的月牙泉，让高峻的鸣沙山，见证他们纯洁而高尚的大爱真情！

刘黑女用手巾包了一撮五色沙，送给王排长作为信物。她叮嘱王排长看见了五色沙就看见了她，她祈祷五色沙保佑王排长平平安安，顺顺利利，她盼望王排长剿匪胜利而归，带着五色沙，在月牙泉畔再相会……

两只马并驾齐驱，放开四蹄，驰骋田野，飘然如梦……

王排长不辞而别

俗话说伤筋动骨一百天。就是说你若骨肉创伤，必须静养一百天才能恢复正常，这是当地人几辈辈传下的理儿。这不，王排长觉得腿伤已经好利索了，每天自己在院中转腾自如。刘神仙看着也高兴，刘黑女看着更高兴。当时有人说王排长的腿暂时虽然好了，但必定落下后遗症。那年冬天，南山拉骆的胡三回家时从骆驼上摔下，破膝盖撞在石头上骨折，刘神仙给他捏拿复位，绑夹板恢复，整整休养了100天，后来还是走路一瘸一拐的。何况王排长受的是枪伤，劈骨取子弹呢。对于这一切，刘神仙和黑女虽然笑在脸上，但也愁在心里。

刚过了一个多月，王排长觉得腿伤完全好了，几次要离开德兴隆药店，去县上报到。刘神仙也再三劝阻说，伤筋动骨一百天，你这才一个多月啊，要是留下个后遗症可怎么办啊！刘黑女也劝他说，再耐心待一两周，腿好利索了去了，我们心里也感到放心啊！说话间，黑女眼睛有些湿润了，王排长也看在眼里，一时无语，满屋一片寂静。

良久，王排长才慢慢地说：你们的好心我都理解，也很感激，但我待不住啊！部队进南山剿匪，每天经历着生死、严寒和饥饿的考验。南山山大沟深，地形复杂。他作为侦察排长，肩上的责任重大。一次他们在沙山沟侦察时，一名战士肚子不舒服在草丛拉大便时，被暗藏的土匪用石头击中头部毙命，并抢走了枪支弹药，直到现在，他都一直在自责。一次几天断粮断水，伤员靠喝马尿解渴，大家吃雪和草籽充饥，有两个伤员牺牲了，至今还埋在雪地。刘先生你一天到晚为我忙来忙去，也挺辛苦的。再说黑女在县上事情也多，还抽空来看我，我心里真是过意不去啊！这有什么啊，你为敦煌人民剿匪负伤，我们照顾是应该的。刘神仙和黑女不约而同地说。

听了王排长发自肺腑的一席话，使刘神仙和黑女感到入情入理。王排长提前要走，他们虽表示理解，但心里还是放心不下。最后经过他们协商，王排长同意再休养一周，刘神仙说好好给他特殊调理一下。黑女说给他做一双防寒的驼毛护膝，到时亲自给他戴上。

那天一大早，王排长到县上去找石县长道别，不巧石县长下乡检查工作，他就向保安大队马振勤队长和办公室主任周勤说明了来意。马队长说不急，等石县长回来了再说。王排长说不等了，石县长来了你说一声就行了。中午，正巧县运粮队进山运粮，王排长便随行而去。

晚上，石县长听了周勤的通报后，既非常惋惜，又无可奈何地说，我早就知道王排长心里着急，待不住的，他心里想着部队和战友啊！

再说刘黑女从三乡征粮回来后，天也擦黑了。她直奔德兴隆药店，一看爷爷闷闷不乐地坐在堂房，知道事情不妙。当得知王排长已走的消息后，她简直急得要哭了，惋惜而又关心地说，不是说一周之后走嘛，怎么连个招呼也不打就走了！他能挺得住吗？驼毛护膝带了吗？爷爷说运粮队进山，他顺路走了。王排长说驼毛护膝很好，见了它就像你在他身边一样。刘黑女听了，心里才有些许安慰。

刘黑女担心地问爷爷，他没蹲够一百天，伤腿能留下后遗症吗？爷爷说，人和人不一样，他身体棒，毅力又很强，这是非常人所能比的。如果不出意外，他的腿伤不会有大的问题的，就看他的造化啊！刘黑女听了默默无语，眼泪像断线的珍珠溢出了眼眶。

刘黑女走进王排长住的房间，看见屋里空荡荡的，床上空荡荡的，她的心里顿感空荡荡的……

两地月夜情

一轮明月，高高地悬挂在乌蓝乌蓝的天空，远处的祁连雪峰清晰可见，如一条横卧的玉蟒银龙，东西舒展，蜿蜒自如，雄奇悠远而又静美近前。月光下的草原，白亮白亮的好似清水洗过一样，时有清风吹拂，泛起层层涟漪，犹如轻盈的丝绸一样飘飘悠悠，四周一片寂静，多么美丽而又宁静的草原月夜啊！

连日来的紧张行军侦察作战，难得让王排长和战士有消停的机会。今夜在南山下山沟间的草原上，三顶帐篷里战士们出出进进，帐篷前的两架吊杆上两口铁锅里冒着热气，热气中夹杂着沙葱的清香味儿。下面的牛粪火燃烧得格外通红，在月光的衬托下，好像两团刚刚烧铸的铁块，给秋夜的草原带来融融的暖意。这时，帐篷前的王排长，望着草原上皎洁的月光，不由转身向着敦煌的方向，掏出怀中包着的五色沙……

一会儿晚餐开始了。王排长亲自掌勺，给战士们打饭（其实是沙葱菜汤）。一个个洋瓷碗上，一层层青青的水煮沙葱浮在上面，下面是少许汤水。战士们吃一口沙葱喝一口热汤，是那样地津津有味。旁边还有两个被捕的土匪也在狼吞虎咽地吸溜吸溜着。几天来，战士们在南山深处侦察匪情，由于没有向导迷了路，几天没有转悠出来。今天中午，幸亏遇到了一位哈萨克牧民，才算转悠了出来，战士们随身所带的干粮也吃光了。在前面一片沙滩上，出现了密密麻麻的“青草”。哈萨克牧民一见高兴地喊了起来：“沙葱、沙葱，快来拔！”王排长不解地问：“拔青草干什么，又不能吃。”哈萨克牧民笑着说：“不是青草，是沙葱，怎么不能吃呢，好吃极了！”王排长立即招呼战士们拔沙葱。战士们有的用手拔，有的用刀割。好在这里的沙葱长得很肥胖，一会儿每人拔了一大捧。战士们抓起几根往嘴里一嚼，微微苦涩中带有家葱的味道。战士们一上午已经没吃饭了，这时肚子已经很饿了，纷纷吃沙葱聊以充饥。哈萨克族牧民劝大家少吃点，煮汤吃更有味。……突然，前面的沙山沟传来马和牛羊的叫声。王排长觉得有情况，立即命令战士们上马。

原来这是五六个土匪抢了南山哈萨克牧民的一批牛羊，正要往匪巢赶。王排长和战士们出其不意，击毙匪徒 4 名，活捉 2 名。王排长让两个战士随哈萨克牧民，将缴获的牛羊送往大鄂博图我剿匪部队驻地。他和战士们由两个土匪带路，向土匪押送牛羊的窝点前去侦察（土匪军需物资集散地），并摸清了具体位置，后被我剿匪部队摧毁。

王排长和战士们侦察回来，已到黄昏。到搭好帐篷，埋锅造饭，已到月上东南。

此时此刻，王排长坐在帐篷外，在月光如水的草滩上，不由又掏出了怀中的五色沙包，并徐徐打开。望着清爽熟悉的五色沙，摸着膝盖上的驼绒护膝，思绪伴随溶溶的月光，飞向敦煌、飞向鸣沙山、飞向刘黑女的身边……

今晚，敦煌的月光也是格外地明亮，高高地浮现在鸣沙山顶，犹如从月牙泉捞出的水晶球，亮晶晶、湿润润的。望着似乎向她眨眼的明月白云，刘黑女的心思情不自禁地飞向敦煌南山、飞向王排长的身边……

今晚，刘黑女下乡征粮，直到天黑下来才结束一天的工作。由于明早还有工作，村主任特意安排她住在骆驼客温占国家中，与女儿秀兰、玉兰睡在一起。温大嫂是一个菩萨般心肠的农村妇女，对刘黑女简直像亲闺女一样，又是给他烙汤面油饼子，又是给她熬稀饭。刘黑女心里真是过意不去，非要温大嫂和秀兰、玉兰两个姐妹一起她才吃。温大嫂一共烙了3张汤面油饼子，本没有秀兰、玉兰的份儿。黑女这样一说，倒让她为难了起来。最后，刘黑女提议3张饼子大家分着吃，大家皆大欢喜，亲如一家。

吃过晚饭，秀兰、玉兰都睡了。刘黑女怎么也睡不着，一看温大嫂屋中的灯还亮着，就出去和温大娘拉起了家常。月光洒满小院，一片银亮；月光透过纸糊的牛肋巴窗户，满屋一阵清爽。刘黑女说温大嫂真热情，待她像亲闺女一样。还说温大哥在县上拉骆驼很在行，深受石县长的赏识。秀兰、玉兰两个姐妹人实诚，心眼好，帮助她们征粮、开会，她很喜欢她们。温大嫂听了满心高兴，说你一个女儿家，为剿匪一天走东串西的不得适闲，还把秀兰、玉兰也带好了，真是个好闺女。

月上中天，夜深人静。刘黑女和温大嫂家长里短，越来越长。黑女问温嫂，温大哥最近回来过吗？温嫂说还是一个月前回来过一次，说南山山大沟深，土匪的行脚又来去不定，有时和部队几天跟不上脚，一直在追赶部队。黑女一听，心里不由惦记起王排长，想起在德兴隆药铺养伤的时光，想起月牙泉畔的月夜……黑女眼含泪花问温嫂，王排长腿伤刚好，在外能不能挺住？温嫂看着黑女的表情心里顿时明白她的心思，以宽慰亲切的口气说放心吧，我每天让菩萨保佑他！黑女望着菩萨般慈祥的温嫂，不由扑进她宽厚慈爱的怀抱。

回到屋里，黑女还是睡不着，怕影响秀兰、玉兰，她只能悄悄地躺着，静静地想着。王排长今夜住在什么地方？他的腿脚在沙山深沟行走方便吗？

他戴驼毛护膝了吗？他今晚吃饭了吗？五色沙他带在身上吗？……

窗外，月光如水。刘黑女的思绪也如月牙泉的清波一样，伴随溶溶的月光，溢出心海，流向南山……

诗云：

土匪扬言打敦煌，黑马队败习家庄。

王排长与刘黑女，烽火爱情佳话长。

第八章

敦煌剿匪大本营

尹善荣与剿匪运粮队

黄新廷军长率剿匪部队进南山剿匪，在戈壁草原、群山沟壑和冰天雪地中先后与马玉林、毕善禄和乌斯满残匪周旋作战，军需供应必须随时跟进。为了保证我剿匪部队在南山剿匪的顺利进行，敦煌县工委接到上级的命令后，立即成立了运粮队，把这一艰巨的任务交给了尹善荣。

尹善荣同志于 1919 年 7 月 1 日（农历）出生在山西省平鲁县下水头村一个贫苦农民家庭。父亲尹殿鳌是个老实憨厚的农民，母亲贺氏是个勤俭持家的农妇，他们终年辛苦，还不能维持一家人的温饱。因生活所迫，尹善荣从七八岁起就跟着祖父放牛、割草，给地主拉长工、打短工，挑起了家庭生活的重担，品尝了人间的艰辛，从而使他磨炼出了坚忍沉毅、吃苦耐劳的良好品德。

1938 年初，尹善荣的家乡来了日本兵，房子被烧，田地被践踏，昔日的沃土良田被日军糟蹋得满目疮痍，遍地废墟。就在这家乡沦丧，民族危亡的关键时刻，十九岁的尹善荣怀着国仇家恨毅然决然地参加了共产党领导下的平鲁县抗日游击队，踏上了抗日救国的革命征程。

在革命队伍里，尹善荣同志在党的培育下，思想觉悟提高很快。他手握土枪，冲杀在前，退却在后，英勇作战，屡建战功，从一名普通战士成为平鲁县游击三大队班长、排长，晋绥分区三大队特务连排长，后晋绥分区三大队特务连编入中国人民解放军第一野战军第三军九师二十七团特务连，任副排长、排长。1947 年 12 月 19 日，尹善荣光荣地加入了中国共产党。

1949 年 7 月，尹善荣同志跟随所在部队进军甘肃。由于我人民解放军英勇善战，沿途敌军闻风丧胆，纷纷缴械投诚。随着解放战争的节节胜利，各地急需大批干部留下来开展地方工作。尹善荣同志根据组织决定，于 1949 年 9 月在张掖从部队转业地方。10 月 5 日，中共酒泉地委、酒泉军管会派尹善荣等 21 名同志前来接管新解放区敦煌县，历任剿匪运粮队队长、区长、区工委书记、组织部长、监委书记、副县长等职，为敦煌的革命和建设做出了一定的贡献。1980 年，尹善荣响应党的号召离休在家安度晚年（已逝世，未详）。

在我军进山前的誓师大会上，剿匪运粮队队长尹善荣当场表示：“剿匪部队在哪里，就要把粮食送到哪里。”黄新廷军长紧紧握着尹善荣手感激地说：“谢谢！有剿匪运粮队做军需保障，有敦煌人民为坚强后盾，战士们就有旺盛的士气，勇往直前，多打胜仗，早日消灭乌斯满残匪，让人民安居乐业。”黄新廷话音刚落，台下立即响起一片热烈的掌声。

主席台右侧，由 60 多峰骆驼和十几个民兵组成的运粮队全副武装，整装待命。黄新廷随尹善荣一一检查，频频点头。驼背架子上驮满面粉、大米、干粮、炒面、大蒜、辣椒、白酒等军需品。黄新廷用手轻轻地拍着，感到准备得真是太充分了。敦煌刚解放，县里粮食并不富足，但对剿匪部队是全力支持，这里无不饱含着敦煌父老乡亲对剿匪部队官兵的一片深情啊！

黄新廷拍着骆驼队长温占国的肩膀问："小伙子你叫什么名字？今年多大啦？拉骆驼多少年啦？这次进年山剿匪，要辛苦你们了！"温占国开始有点紧张，一看黄新廷和善的表情，就大声说："我叫温占国，今年36岁，拉骆驼已十来个年头了。部队剿匪为了我们，辛苦点没啥。"听了温占国的回答，黄新廷非常满意。就问："你看起来年轻，拉骆驼都十多年了，很不错啊！"接着，温占国就给黄新廷讲了他的拉骆驼生涯：他家在高台南华乡，十五岁起跟族叔在高台、酒泉、敦煌一带为人拉骆驼混饭吃。20岁在敦煌落脚成家，一直给张二麻子家拉骆驼运货物。解放后，由于他是苦出身，政府就把他安排在县驮运队工作。这次又把他选在了剿匪运粮队，他心里也乐意。黄新廷高兴地说："那好啊，以前你是地主的长工，现在你是人民的驼工，成了主人啊，好好干。"温占国觉得黄新廷的话说到他心坎上去了，激动得连说："嗯嗯嗯。"

尹善荣边走边指着给黄新廷介绍"这是吕玉""这是郭刚""这是习小勇""他们都是各乡挑选的骨干民兵和民间武师。""这是"……

这里要说说郭刚，他是东门外甘家堡村的一个农家后生，身体健壮，做事勤快，被村上推选为剿匪运粮队民兵，在冰天雪地里为剿匪部队送给养时冻坏了双脚，落下了终身残疾。

听了尹善荣的介绍，黄新廷满意地说："你们运粮队的人真是精挑细选，一个个身强力壮，独当一面，比我想得还周到啊！"尹善荣回答说："杜书记、石县长专门安顿过，运粮队任务光荣而艰巨，人不但能吃苦，还要会打枪，以应对匪特袭扰。习小勇就是习家庄习武后生。"黄新廷满意地点头，对全体运粮队员致以亲切的军礼。

红旗飘飘，铁流滚滚。我剿匪部队势不可挡开往南山，运粮大队紧随其后……

剿匪部队在哪里，就要把粮食送到哪里

茫茫戈壁草原、重重山谷沟壑间，一支驼队远离敦煌，长途跋涉，日夜兼程，将给养及时送到剿匪部队驻地。

在肃北境内一条沙山沟里，东线部队的战士们架好帐篷，炊事员架锅煮饭。与此同时，在阿克塞安南坝一座山崖下，西线部队也在安营扎寨，准备晚餐。

一会儿，炊事员刘华林给战士们做好了牛肉羹。说是牛肉羹，其实是炒面糊糊加切碎的牛肉干，洒一把盐，这在野外已是稀罕的美味了。由于经常在戈壁草原行军打仗，战士们体力消耗大，加之高原反应，一些南方战士总觉头晕心里发呕，不想吃干硬食品。今天，一大锅热腾腾的牛肉羹开锅了，刘华林和孔庆云给战士们一勺一勺地盛，战士们吸溜吸溜喝得津津有味。

黄新廷军长一边喝着牛肉羹，一边满怀深情地说："今天，我们能够喝到美味可口的牛肉羹，还得感谢敦煌人民啊！这都是他们省吃俭用，从牙缝里挤出来的。"黄新廷还给大家讲了南湖乡的兰花嫂，自己和孩子们吃粗粮，硬是把几斤白面让给伤员们吃。说到这里，黄新廷声音有些哽咽了。战士们不由咽下噙在口中的牛肉羹，不约而同地望着黄新廷，心里既

难受又舒服。此时此刻，敦煌人民的深情大爱，已默默地化作他们剿匪的无声动力。

这边，东线部队的李团长和战士们，正在民兵郭刚的指点下，搅面糊、下拨疙瘩。沸腾的汤锅上，一个个大小薄厚不一的面鱼，随着有节奏的筷子来回挥动，从洋瓷碗里翩翩飞出，在沸腾的水面漂浮旋转，现场有说有笑，气氛非常热烈。有的战士们用筷子拨，有的学着郭刚用红柳棍棍拨。一会儿，郭刚用红柳棍棍一拨汤锅，说拔疙瘩熟了。炊事员老候在锅内撒了些盐面子，用勺子搅了几下，招呼："战士们开饭了。"尽管是白水煮白鱼，战士们汤汤水水的，吃得很舒心。由于白天追击残匪行军作战忙，吃饭都是啃一口干粮，喝一口凉水。只有夜晚宿营，才能吃一口热乎乎的饭菜，这里只有一道菜，就是晾干的红辣椒。热汤热疙瘩，就着干辣椒，也是一道独特的美味。对此，战士都感到很奢侈了，因为它来之不易啊！

李团长问郭刚，拨疙瘩很简单也很实惠，是敦煌的家常饭吧？郭刚说是家常饭，也是懒汉饭。李团长对"懒汉饭"有点不解，郭刚就给他讲了红柳拨疙瘩的故事。

很久以前，敦煌城门上一位张老汉在新店湖牧羊。新店湖离县城 40 华里，是一片天然的草滩，春秋时节地下水潮湿，水草丰茂，小泉眼随处可见。东边的东沙窝沙漠，长着红柳、芦苇、甘草和锁阳，里面有黄羊、狐狸和野兔。一次，七八只羊进入东沙窝，一连三天不见影（以前也有跑入东沙窝的羊只，早上出去，晚上归圈时都自然回来）。张老汉很焦急，他决定早上东沙窝去找。这时，张老汉带的口粮（面粉几乎没了）。他提起面袋向下抖了几抖，抖了半洋瓷碗面粉。张老汉看着想，做拉条子显然不够。这时，他看见了灶旁烧火的红柳，随手折了两根小拇指粗细直率的，在面碗倒入冷水，用"红柳筷"来回搅拌，将面糊搅成黏稠状，用"红柳筷”一点一点地拨着，下入沸水中。谁知，一碗黏稠面，竟下出了两碗面疙瘩（拨疙瘩）。张老汉将面疙瘩拌上鲜韭菜油泼辣子，吃了个马瞎子摸不着庙门，又喝了一碗面汤，觉得心里实沉沉、舒坦坦的。张老汉一抹嘴，在太阳丈高时进入了东沙窝，中午就全部找回了失散的羊只。后来，面疙瘩就成了张老汉的家常饭，并在牧羊人中自然传开。由于面疙瘩做起工序简单，没有做拉条子那样复杂，人们就叫它“懒汉饭”，后来才有“拨疙瘩”“红柳拨疙瘩”“敦煌拨疙瘩”的名字。

李团长听后情不自禁地说：“真是太有趣了，这是敦煌老乡创造的美食，今天我们也在野外吃到了！”

战士们听了，也感到非常有趣和开心。一锅面汤，也被战士们喝了个精光。大家心里感到美滋滋、暖融融的。

商会踊跃支前忙

我剿匪部队进南山后，县工商科长李万祥立即在山西会馆（现北街小学地址）组织召开全县商会代表参加的支前委例会（根据县上的安排，支前委例会每月 5 号、15 号、30 号分别召开，主要协商筹备剿匪物资准备事宜）。

会上，李万祥首先代表县上对各商号前一阶段积极筹备剿匪物资的举动表示感谢，希望大家今后一如既往地支持搞好这项工作。

李万祥接着安排最近支前事宜：部队南山剿匪，大米、盐巴、棉纱、医药是紧俏品，现在就要及早着手准备。由于目前县上财力有限，只能以进价收购，希望诸位予以理解。

接下，支前委主任刘黑女通报了乡下筹粮的情况：总体情况是好的，群众都能省吃俭用支援部队剿匪，但也有少数恶霸地主制造谣言，扰乱人心，影响一些群众交粮，她们已采取了必要的措施，保证不耽误剿匪部队的军粮需求。

“李科长、刘主任，听了你们的汇报，我们都能理解，啥都不要说了。剿匪安民是县上当前的头等大事，也是我们商号的头等大事。土匪不剿灭，周边环境不安定，我们也静不下心来做生意。我们山西会馆表示，今后的棉纱、大米、盐巴、药材等紧缺用品，我们可匀出一半支援剿匪部队。”

山西会馆馆主黄老板一席肺腑之言，引起会场一片共鸣声。

“我们刁家酒店愿以成本价给部队提供御寒疗伤的白酒。”

“我们德兴隆、义生和药铺愿免费给剿匪部队提供药材。”

“我们福生永、德作本、沙州粮行也愿以成本价给部队提供所需用品及粮食。”

“我们……”

各位商号掌柜真诚恳切的表态，深深地感动了李万祥：各位掌柜、商家，大家对剿匪部队的一片深情，我代表县工商科表示诚挚的谢意。解放军严格遵守“三大纪律、八项注意”，白拿你们的东西，他们肯定不答应。暂时就按成本价，待剿匪后县上财政有所好转，我们一定给大家适当的补偿。

精明的黄老板说：“好吧！咱们就按李科长说的办。”

大家异口同声地说：“行，就这么办！”

连日来，山西商号福泰和、福德隆、三顺魁、福盛祥，陕西商号复成永和敦煌商号德兴隆、福生永、福兴源、德作本等10多家，送来的日用品、大米和药材，源源不断地汇集到县剿匪运粮队驻地。经过工作人员认真造册登记，随时调运剿匪前线。

沙州堂的赵先生最后送来了几包专治跌打、创伤的祖传黑药膏，以表对剿匪部队的一点心意。他还埋怨李万祥科长把他当外人看，连通知都不通知一声，他是听德兴隆药铺的刘老板说才来的，所以到了最后，还望多多包涵。

李万祥解释说：“赵先生你别介意，考虑到面太大会给商户们增加负担，就代表性地通知了十几户，你闻听主动上门送祖传药膏，真让我深受感动。”

“哪里哪里，剿匪安民是我等应尽的义务，今后就不必客气了。”

“好的，我记住了，今后还会多有打扰，谢谢您！”

沙州堂主赵大先生

沙州堂是敦煌城一家老字号药铺，据传在清代就很有名气。堂主赵先生早晚亲自坐堂瞧病，十里八乡的患者真是踏破了门槛。人们只知道他叫赵老先生，不知道他叫什么名字。到了民国时期，赵老先生年事已高，回河南南阳老家女儿女婿处养老，就让其侄子赵福堂和侄女二丫（以前敦煌城的族亲）打理药铺。听人们传言，赵福堂是国民党军队的军医，医术很高。为了继承叔父家业，专门从重庆国民党军中辞职而来。

赵福堂看上去四十岁左右的样子，中等身材，留着小平头，一双浓眉大眼上戴一副浅茶色石头眼镜，显得斯斯文文的。无论春夏秋冬，他经常抱一把很精致的金色水烟枪，一天到晚吸溜吸溜吸个不停，悠悠的水烟香气让瞧病的人也感到心里自然舒畅。

人们开始叫赵福堂为赵先生或小赵先生，以与赵老先生有所区别。时间长了，人们干脆叫他赵大先生。赵福堂听了也很高兴，他说有老才有大，再说我也快奔五十的人了，也老大不小了。闲谈时，人们问赵大先生有无妻室。赵大先生吸一口水烟好平静地说，有啊有啊，糟糠在河南南阳，儿女都在南京上大学。过几天有人闲谈时随口又问此事，他这次说儿女在北平上大学，下次又说在西安上大学。人们感到赵大先生说话不靠谱，又不好细问，只好听听而已。这些年，人们从来没有见到赵大先生的妻子和儿女来过。只有一个从河南来的侄女二丫，帮他打点铺面。时间长了，人们觉得赵大先生是个“水蛋”（嘴里没实话），也是一个让人摸不透的人。

说起赵大先生的医术，听起来头头是道，但病人觉得吃药见效太慢，不如德兴隆、实心堂那样退病快。赵大先生总是满脸笑容解释道：猛药除病快，但除不了病根，慢药虽慢点，但能除去病根。加之沙州堂的药价又略低于其他药铺，一些患者只有“死鸡儿熬白菜”慢慢来了。

赵大先生一天除了坐堂瞧病，很少出去，也很少与人接触。他的熟人都是些老病友。他手下有二丫和另外两个十七八岁的本地小伙子，年龄和二丫差不多。平时他们晚上都回城里的家，只有二丫和他守店。人们发现，他常被请到县党部，为金在治专员瞧病。

敦煌解放前，二丫发现赵大先生显得很焦急，一天坐卧不安，给病人瞧病也心不在焉。夜深人静时，他的卧室（从来不让别人进去）不时发出嘀嘀嘀的声音，二丫感到奇怪。第二天问赵大先生，他不耐烦地解释说是留声机。敦煌解放后，一向不愿出头露面的赵大先生突然变得勤快起来。又是找石志刚县长表示他真心拥护人民政府，愿做一个本分的郎中，为邑人造福，又是对前来瞧病的人说他和石志刚县长是同乡，你们来沙州堂看病抓药，就是支持政府的工作。赵大先生的言传举动，真是前后判若两人。

人们发现，一些说共产党的江山长不了，毕善禄攻打敦煌城，识时务者为俊杰等扰乱人心的言论，又是从他的嘴里传出的。

沙州堂主赵大先生，真是一个让人琢磨不透的人……

敦煌城中的神秘电波

嘀嘀嘀、嘀嘀嘀……

最近一段时间，县政府机要室的小张，每周日晚上 12 点后，都监测到一个陌生的电台呼号，大概在敦煌城东南方向。令人奇怪的是，每当这个呼号出现后，第二天办公室的张素兰显得特别关注，问小张昨晚咱们的电台接收正常吗？有新情况我立即给石县长汇报。小张欲言又止，只好说，没有！有就及时告诉你。小张知道，凡上级来的重要电文，都是第一时间由他译出，让素兰姐直接送达石县长阅处。更令小张纳闷的是，以前素兰姐只管传送电文，根本不问其他事，现在每晚有电台呼号出现后，白天她总有意无意地询问昨晚有新情况吗？莫非她知道这个电台呼号？

小张原籍河北省高碑店人，二十岁出头的样子，解放战争时参加人民解放军。他高中时期特别喜欢物理，尤其是无线电。从军后小张在西北野战军通信处工作，兰州战役后，随石志刚一起接管敦煌解放事宜，并在县政府机要室工作，当时这方面的人才非常紧缺。虽然小张人很年轻，但也很机警。一开始他想把此事告诉素兰姐，然后一起去报告石县长。后来静静一想，还是先观察观察再说。

突然间，这个陌生的电台呼号消失了，一连十多天都没音讯。小张决定立即去报告石县长。他敲开石县长办公室的门，发现素兰姐正坐在里面和石县长谈工作，就先告退了。一会儿，素兰姐来到机要室对小张说：“情况我已经向石县长报告了，你就再不需要汇报了。”说完就急匆匆地出了机要室。小张真是丈二和尚摸不着头脑，报告啦？什么情况？电台信号的事？莫非她已经知道啦？一连串的问号，使小张百思不知其解，更感到一向表面文静善良的素兰姐，背后好像藏着一种神秘莫测的阴影。

一天晚上，张素兰走进了机要室。她态度突然温和地对小张说，前些天工作头绪多，还挨了批评，心情不好，所以对你很冷淡，请多原谅。小张说，素兰姐你说哪里去了，我就知道你可能工作忙，心情不好，根本没放心里去。素兰问最近有无“新情况”，还说以后发报时也让她学学，她也喜欢无线电。小张知道素兰姐所谓的“新情况”是什么，就随口说没有“新情况”。又说，发报有规定，得石县长同意才行。

“真是榆木疙瘩，一点不开窍。”素兰姐狠狠地撂下一句话走了。小张被愣在了那里。

自从那天后，那个神秘的电台呼号就再也没有出现过。张素兰照样收发电文，但对小张的态度没有以前那样热情了。以前她拿到电文后，总要打几声招呼，现在却很少说话了。小张静静思想，这究竟怎么啦？

全城突发“百日咳”

连日来，德兴隆、实心堂、沙州堂店铺门前，分别支了两三口大锅，熬煮中草药汤。沸汤滚滚，热气腾腾，苦中带香的气味悠悠扑鼻而来。人们像接受寺庙放舍饭一样排着长长的队伍次第递碗索取，大人们有的用嘴轻轻地吹着药汤冒着的热气，有的用手指头蘸着药汤吮吸，待经孩子们吸溜吸溜喝下后，他们才呼噜呼噜地喝下，场面非常热闹，犹如赶集一样。其间，已有十几个人因久咳不止死去。人群中不时有人传言：“这种咳嗽越传染越多，如果控制不住，全城人都要遭殃。”乡下的一些农民，闻言吓得连城都不敢进了。敌特分子也趁机造谣：“共产党的末日到了，人算不如天算啊！”一时间人心惶惶，令人担忧。

德兴隆的刘先生、实心堂的王先生、沙州堂的刘先生，亲自在大锅前掌勺舀汤，忙得满头大汗。他们边舀药汤边解释道：“咳嗽不可怕，热喝几碗药汤就好了。”“别挤别急，一个一个慢慢来，让老人娃娃先来！”“各位父老乡亲，今天就到这儿，明天继续。”

现场人头攒动，人声鼎沸。人们扶老携幼，自然散去。

话还得从头说起：入夏以来，人们明显地感到，今年的天气比往年都要热和干，嗓子感到又干又痒。一天下午，城西遥远的天空，突然升起一片黄雾，向东南方向徐徐移来。顷刻之间，黄雾铺天盖地，呼啸而至，笼罩了整个天空（其实就是今天所说的沙尘暴）。人们从来没有见过这样的整势，顿时感到干尘扑鼻，干气呛人，呼吸困难。一开始，黄雾比较淡薄，还可以看见眼前不远的景物，渐渐地，黄雾浓度不断加深加重，眼前的景物一片模糊。黄雾天气整整持续了一个下午，才慢慢放晴。随后让人感到天气焦热难耐，一直持续了六七天。

连日来，德兴隆、实心堂、沙州堂患咳嗽病人一天比一天多。渐渐地，城市居民中大人小孩一半都咳嗽不止。德兴隆、实心堂的刘先生和王先生感到不妙，可能是一种突发性的传染病。据载，清同治年间，敦煌白喉流行达十多年之久，死尸遍野，路断人稀，甚至焚户断源，实心堂在抢救人命中起了积极的作用。目前，敦煌城的病人只是发烧咳嗽，病因不明，传统治疗收效不大。他们认为沙州堂的赵大先生走南闯北，见多识广，就主动上门，商量如何应对才好。谁知赵先生一边慢悠悠地吸着水烟，一边漫不经心地说：“二位用茶、请用茶。夏日天热干燥，上火咳嗽是自然的。也不必大惊小怪，顺其自然就行了。”刘王二位先生一看赵大先生心不在焉，也就婉言告退了。刘王二位先生前脚刚迈出院门，赵大先生望着他们远去的背影，哼哼地一阵冷笑……

刘王二位先生从沙州堂出来，立即将这一情况报告了石志刚县长。此刻，石县长正为目前全县范围的咳嗽病情与县卫生院李瑶圃院长商量应对办法呢。李院长说医院人手少，而且西药数量有限。建议通知各药铺联手配置中草药熬汤集中分饮，方可全面控制。正在这时，刘王二位先生不请自到。石县长真是喜出望外：“话说曹操，曹操就到，你们真是及时雨啊！”刘王二位先生双手合十：“那里、那里，谢谢县长大人惦念。”

石志刚和李院长与赵王二位先生就防治全城“咳嗽”病情进行了商议。

李院长说，根据发病现象如此迅速，是一种新的传染病，经分析是呼吸道感染所致，也不是白喉。李院长建议，配置中草药熬汤，免费让患者饮用，尽快达到防治，防止再死人，以稳定人心。刘王二位先生也完全同意李院长的建议，他们说出了各自祖传专治呼吸道感染引起咳嗽症状的药方。李院长将二者优点融会贯通，又加入了他家传的治咳嗽秘方，三家荟萃，推陈出新，制定了一套专治咳嗽的“虫草金汤”。石志刚看后，同意试试。初步在德兴隆、实心堂试用，一周后若有效，立即在全县推广。通过药物控制全城咳嗽传染病，使敌特分子的谣言不攻自破。

一周后，“虫草金汤”果然很灵，服用的患者一个个初见成效。一位老伯咳嗽二十余日，在德兴隆服用三剂虫草药汤后基本止咳，就连他连咳数日的7岁孙子，也明显好转。其间，沙州堂赵大先生并不知内情，每天应付着稀稀拉拉前来瞧病的患者，有的说有咳嗽比以前有所减弱但不止，有的说怎么越咳越厉害了，到了半夜简直咳得人心都要弹出来似的。赵大先生一边慢悠悠地吸着水烟，一边慢腾腾地解释说，这是个慢性病，急不得，要熬够时间，就自然好了。几天过去了，赵大先生发现他这里的患者直往德兴隆、实心堂跑。一问一位老病号，才知他们配置了什么“虫草金汤”。赵大先生听后头一转，眼一瞪，嘴一噘：“噢！原来如此？”

当晚，接到通知，全县所有药店（诊所），从明日起，连续一月按“虫草金汤”规定中草药成分熬制汤汁，免费供应城乡患者。沙州堂赵大先生马上见风使舵，摇身一变，积极响应全县这一号召，立马熬制“虫草金汤”救治患者。

这样，各药铺免费供应“虫草金汤”一个月，咳嗽患者逐渐减少，再也没有发生死人的现象。为防止反弹，又延续了一个月。其实，这种全城普遍的咳嗽，就是“百日咳”，由于天气变黄（沙尘），气候干燥所致。

以前谁也没有见过这种病症，让人感到有点突然和害怕。

一场旷日持久的突发咳嗽病终于被控制了！城乡人心趋于稳定，一切水行磨转。

城西水磨剿匪情

一渠湍急的河水，一会儿浪花高旋，一会儿浪花回旋，拍打着渠旁三台水磨下的叶轮。水磨随激荡的河水旋转自如，磨盘下三四小伙子紧张地忙碌着，他们将一斗一斗的麦粒倒在磨盘上，堆积的麦粒顺着磨眼不停减少，又被不断增加。接着，几名妇女用簸箕将麦麸倒入前面木架吊着的大筛子里，四名小伙子来回筛着，只见麸皮留在筛子上，细面落在筛子下面的带沿子的长木板上。接着被装入帆布口袋内，抬到储藏间，待积攒够一马（牛）车后，统一运往城里的剿匪指挥部。

这是城郊西南总干渠水磨场，人们都叫它水磨。水磨按现在的话来说，就是环保的面粉加工设施，利用党河水流推动水磨，将小麦磨成面粉。当时乡下畜力比较紧缺，用水磨加工面粉，既节省了畜力，又减轻了农民的负担，真乃一举两得的好事，老百姓非常高兴！最初，这里只有一台水磨，由当地一名地主经营，加工附近农民的小麦，从中赚取麸皮（加工者不收加工费，用麸皮顶替）。敦煌解放后，水磨收归公有。由县水利部门管理，仍为当地农民加工面粉。

剿匪部队驻扎敦煌后，为了保证将乡下征集的小麦及时加工成面粉，以便集中储藏调运。工商科长李万祥建议在原磨场新增加两台水磨，日夜运转，加大磨面量，保证剿匪用粮。好在当时河水又不收费，又是天然动力（当时就是借助河水的便利，也没有这样的概念）。

水磨由于磨匠、周磨匠（锻磨石匠）管理维修，保证正常运转。于磨匠、周磨匠可是敦煌的远近闻名的老磨匠。他们打磨的石磨做工精细，质量可靠，上下磨盘旋转起来声音噌噌噌的，像闷雷隐隐传响。磨下的麦麸干洒、面粉精细，深得磨面者的赞誉。两扇磨盘磨面一段时间后，上下的槽子（纹路）就有点老了（秃了）。那时，就要把上面的磨盘卸下，用铁锤敲钢钎顺着槽子一道道打磨——锻磨，以增加厉性，使下次磨面时上下磨盘之间运转轻松自如。

这天下午，一台水磨的磨槽老了，于磨匠和周磨匠正挥动铁锤有节奏地敲着铁钎，铿锵铿锵地锻磨。这时，刘黑女和李万祥坐着马车来拉磨好的军粮。于磨匠和周磨匠暂停手中的伙计，起身向刘黑女和李万祥打招呼。刘黑女说于大伯、周大伯你们辛苦了，快歇会儿吧。于磨匠说不辛苦，昨天正好渠里停水，抓紧时间把磨锻一下，水来了不务磨面。李万祥对他们这种踏实守规（爱岗敬业）的精神，从内心深受感动：多么质朴可敬的敦煌父老乡亲啊，有他们这样操心，我们工作起来心里真感到踏实！

刘黑女、李万祥和车把式，从储藏间将磨好的20多帆布口袋面粉一一抬出，在于磨匠和周磨匠的搭手下全部装上了车。刘黑女打了条子，让于磨匠收着，明天给水磨队队长黄沙河。因这几天干渠没有灌溉任务临时停水，他和队员都回乡下去了。刘黑女和李万祥随拉粮车进城，于磨匠和周磨匠继续锻磨、照常守摊（值班）。

不久的一个晚上，由于干渠停水，周磨匠一人看场子。午夜时分，侯三等三名匪特分子突然而来，一名堵住他住的小屋门，两名破坏了水磨设施。匪特分子走后，一向胆小的周磨匠知道闯大祸了，就一头栽进了总干渠，尸体三天后在下游被打捞上来。当时，人们断定是周磨匠照应匪特分子干的。可黄沙河坚决不同意这种看法，他说他和周磨匠都是沙河乡人，周为人老实，胆小怕事，绝对不可能做出那样的事。就连于磨匠也不相信此事。后来他回到新店子，喧谎时常说老周死得太不明白了。由于当时忙于剿匪，到剿匪胜利这事也没个定论。加之周磨匠是一个光棍汉，也没有后人提及此事。年长日久，这事也就成了一个难解的谜。

城西水磨，为剿匪部队军粮加工做出了不可磨灭的贡献，也留下了一段谜一样的小小插曲。

南关粮仓稳如山

南关粮仓即清代粮仓，位于敦煌城东南沙梁（高地），原为清乾隆年间刘猛将军所建，共有72座仓廒，当地百姓习惯叫南关粮仓。说起南关粮仓，在敦煌民间还有一段故事呢。

清雍正四年，川陕总督岳钟琪巡边到沙州，看到自明朝嘉靖十八年“闭关绝贡”荒芜了200多年的敦煌绿洲，土地肥沃，水源充足，宜于垦荒，便上奏朝廷，建议从当时甘肃移民屯垦。准奏后从当时甘肃56州县移民2405户，开荒120250亩。清政府对移民实行优惠政策，沿途发给口粮、皮衣、盘费、移民到敦煌后又给耕牛农具、籽种及7个月的口粮，划给修房基地，拨给修房银两，每户又划给荒地50亩。大部分的移民，经过辛勤的劳动，连年五谷丰登，丰衣足食。

乾隆四十三年，朝廷派来了刘猛将军，在敦煌监修粮仓，储备军粮。刘猛是一位文武双全，具有丰富农业生产知识，才华出众、卓识远见的官员。他来敦煌看到当时的敦煌水源充足，地下水位较浅，县城到处是沼泽翻浆地带，在潮水聚集的低洼地方，还长满芦苇、蒲草成群的野鸭水鸟游来浮去。他也发现原来修建在内城的东粮仓、西粮仓、由于受地下水的侵蚀，底层厚厚的粮食变成红毛绿胡子的硬块，臭不可闻，损失严重，农民辛勤的汗水换来的金黄粮食如此糟蹋，心痛万分。当他察看完全城的地形之后，果断地把修建官府粮仓的地址选定在地势高，土质干燥的古河床之上的外城东南角，俗称沙梁的地方。刘猛不仅才华出众，而且办事清廉认真，他设计监修的粮仓，墙基宽在三尺以上，上顶架是用当地西湖产的胡杨木做梁、檩、椽的，又用红柳芭子铺顶，修成驴脊梁形状，每座粮仓都有用红柳条压成鸡毛层伞状的四个大天窗，既不受雀害、雨淋，又可通风透气。在他的日夜操劳下，带领民工，建成了一座四四方方，坚固，耐用的仓廒，经过以后的续建，成为敦煌有名的72座仓廒。

刘猛因修建“南关粮仓”威望越来越高，引起贪官的嫉妒。他们启奏朝廷，诬陷刘猛把粮仓修在外城的城角，是为他谋反叛乱做好军需准备，断了官府的用粮。朝廷听信谗言，就将刘猛处以死刑。事隔多年，人们发现刘猛监修的粮仓，储备的粮食，不用倒仓换库，多年不霉烂变质，不生虫害。这其中的奥妙在于粮仓坐落在古河床之上，地势高，底下是厚厚的清砂隔潮，粮仓干燥，不受潮湿。墙壁房顶又厚又结实，冬暖夏凉，夏天不受暴日的蒸晒，顶部通风透气，是一座极好的粮仓，免除了粮仓霉烂变质，保证了军需之用，减轻了人民的负担。后人认为刘猛把粮仓修在外城的沙梁上确实是为黎民百姓、官府朝廷办了一件好事，绝没有谋反之意，又将此事上报朝廷。经查证核实杀刘猛确实是一桩冤案，于是为他平反昭雪。

敦煌人民为了纪念这位清正廉洁的地方官，自发捐钱捐物捐工，在他亲自监修的粮仓大门东侧修起了一座四梁八柱、起脊拔廊、雕梁画栋的廒神庙，供起了刘猛大将军之神位的大牌位。每当夏收之后，上皇粮之日（农历七月二六）举办廒神会。在廒神庙前唱三天大戏，十里八乡的农民都赶来烧香献牲，以示纪念。

民国时期至敦煌解放后，这些仓廒一直在使用，并成为敦煌城最大的粮仓。今天，南关粮仓（清代粮仓）仍在使用，已被列为省级文物保护单位。当年敦煌剿匪期间，南关粮仓又成为军需粮秣重地，县上专门派两个班的保安队防守。匪特屡次企图破坏南关粮仓，以扰乱民心，但都未能得逞。

敦煌解放后，石志刚带领十几名军政兼工作人员接收旧政权，城内再没有武装力量，只好将原县政府保安队进行整编、扩充，组成由我党领导的县政府保安队，总共有30多人，一半维护社会秩序，一半保护南关粮仓。

当时，杜秉德书记和石志刚县长认真分析形势后决定，南关粮仓的粮食，不到万不得已的时候，一粒也不许动。这主要考虑到敦煌新政权刚刚建立，解放军进军新疆，敦煌土匪残余势力骚扰，人民生活和春耕生产诸多因素。这里的粮食，必须先保春耕生产和剿匪部队所需。逃往南山的恶霸地主和残匪，也知道此时此刻粮食的重要性。他们也策划过派小股匪徒烧毁清代粮仓，造成全城粮荒，以制造混乱，扰乱人心，拖延解放军围剿南山，为他们死里逃生赢得时间。对于这些，杜秉德和石志刚早已想到，故派两个班的兵力重点防守。

善于冒险的匪首毕善禄，也想在敦煌城突然杀个回马枪，再来一次“南湖事变”，为穷途末路的匪伙提神打气，垂死挣扎。但根据沙州堂赵大先生提供的情报（我方透漏）：这里有一个排的兵力守护（其实只有两个班），而且配有机枪和迫击炮（其实只有两挺机枪）。毕善禄感到有点后怕，只好取消了行动。但他们贼心不死，又通过城里潜伏的匪特，或暗中鼓动市民围堵粮仓，或伺机潜入破坏粮仓，以威胁政府和人民。

那天，十几个市民拎着口袋，聚集到南关粮仓大铁门前。几个妇女还领着孩子，哭喊着全家吃了上顿没下顿，实在过不下去了，请刘站长开开恩给他们发点救命粮。刘站长解释说，这里是军粮，不能随便分发，请她们回去。几个妇女哭喊着砸着铁门，说不给她们发粮她们就不走了。后面的几个大男子也随和着说，快给点救命粮吧，你们总不能见死不救啊！这时陈班长和几个战士隔着铁门做解释，但一个妇女还是砸着铁门哭闹不止。

“你们在闹什么呀？你们的口粮各大粮行每天都按人头兑现，怎么说吃了上顿没下顿啊？”那个妇女掉头一看是刘黑女，脸上不由露出紧张的神色。刘黑女走上前去，说：“王嫂，你在闹啥啊？前几天你反映没钱买粮，妇委会不是给你解决了吗？”一听这话，王嫂拉住一边发呆的孩子，不好意思地低下了头。刘黑女迎了上去，面对王嫂情绪有点激动地问：“王嫂，你到底为啥呀？”王嫂抬头看着一脸怒气的刘黑女，嘴唇嚅动着。刘黑女强忍怒气，说：“你到底为啥呀？多丢人现眼！”王嫂低头不语，蓦地，她手指站在同伙中的黑大个：“是他让我们来的，说回去后每人给一块大洋。”黑大个一听急了，一边摆手一边说：“不要听她胡说，我也是路过的。”这时，陈班长和两个战士已走出铁门，立即将黑大个逮了起来。其他人一看黑大个被抓，掉头想跑。被陈班长严厉制止：“一个也别想走，请到县政府去一趟，决不为难你们，说清情况就回去。”

在县保安队，马振勤队长、李源股长对这伙围堵粮仓者进行审讯后方知：这是一次由毕善禄策划的闹剧。头儿是潜伏匪特黑大个，由他组织城中闲散人员，尤其是妇女，以政府不管他们生活为借口，围堵粮仓，聚众闹事，扰乱人心。对每位参与者，每次给一块大洋。这些参与者，大都是以前地主家和商号被清除出来的无业游民及外来的闲散人员，他们好吃懒做，见钱眼开，经不起诱惑所为。

最后，黑大个被拘留，其余经批评教育并写保证书后被释放。

黑大个是个死硬分子，他只承认受山里指示，由他在城内组织这些人围堵粮仓，对城内的后台他一概不知。一月后，黑大个因越狱被哨兵击毙。

就在黑大个被击毙不久，又发生了潜伏匪特炸毁粮仓未遂事件。

那是一个月淡星稀的夜晚。根据骆驼客温占国以前的一个来敦煌的甘州拉驼伙伴透露，东门外黄家车马店最近从哈密来了两个皮毛商，听说他们明天天晚上三更要炸什么粮仓？那天下午，他正好去东门外看望温师傅，吃饭时无意中说了此事。傍晚时分，温占国随驼伴立即进城，把这一情况报告给了骆驼队队长东明亮。

县保安大队队长马振勤、公安局治安股长李源立即采取行动。他们一行 6 人扮作过路客，于掌灯时分住进了黄家车马店。悄悄摸清了哈密皮毛商的住房，偷偷地暗中监视着他们的一举一动。亥时（23 时许），采取突然袭击。就在两名哈密皮毛商刚迈出门时被当场抓获，缴获了炸药、导火索、手枪、匕首等物。在事实面前，他们不得不承认，今夜三更从墙外扔炸药包炸粮仓的图谋，并供出了指挥他们行动的大佛寺小和尚善道。马振清让两个战士将他们捆绑在椅子上，就地看押，避免走漏风声。他和三个战士火速赶到县政府，向杜秉德和石志刚报告紧急情况。与此同时，陈班长和两个班的战士在粮仓内部和周围加强警戒巡逻，不让匪特有可乘之机。

根据杜秉德、石志刚的指示，今晚就不要惊动大佛寺住持宏智法师，明早再去先向他讲明事情真相，再抓小和尚善道也不迟。石志刚吩咐马振勤、李源，在三更时分，将两名哈密皮毛商押回保安队，不要搞出任何动静。

第二天清晨，一轮金色的阳光照耀着古朴典雅，金碧辉煌的大佛寺。寺院内的大堂内香烟袅袅，木鱼声声，宏智法师正和弟子们做晨会。两名战士持枪站立寺院大门两侧，石志刚和李源着便装入内。他们在大堂前久久站立，一直等到宏智法师做完晨会，步出殿堂。宏智法师见石志刚在堂前等候，快步上前："阿弥陀佛，县长驾到，有失远迎，罪过罪过。"石志刚笑着说："不敢不敢，多有打扰，请多包涵。"

石志刚随宏智法师来到前面的客厅，让座并吩咐道童上茶。石志刚呷了一口茶，就直截了当地说了小和尚善道是潜伏的青藏公署匪特。宏智法师听后先是一惊，后便平静地说："阿弥陀佛，罪过罪过。"言毕，宏智法师传令小和尚善道前来客厅。宏智法师怒指小和尚善道："善道、善道，不行正道，佛门不幸、佛门不幸。"善道闻言，知道事已败露，连忙跪地叩首，请求师傅饶恕。宏智把手一挥："辱我佛门，罪不可恕！"

善道被两个战士押着，灰溜溜地出了大佛寺。

毕善禄等匪徒死心塌地与人民为敌，在我解放大军的追歼下逃往南山仍匪性难改；在我人民政权建立后仍心里不服，在山穷水尽时仍孤注一掷。真是："蚍蜉撼大树，可笑不自量。"

"捣乱、失败，再捣乱，再失败，直至灭亡——这就是帝国主义和世界上一切反动派对待人民事业的逻辑，他们绝不会违背这个逻辑的。"毛泽东同志的这段精辟论断，就是对他们反动本质最形象的讽刺和写照！

匪特奸细的下场

从敦煌解放一直到剿匪期间，敦煌城中和县政府机关，都有国民党青康专属安排的匪特和奸细，他们深藏不露，阴险毒辣，通匪报信，蛊惑群众，对我剿匪和维护地方稳定造成了好多危害。如赵先生、沙住持、张素兰等。同时，还有一些顽固不化的地主恶霸分子，他们对共产党坐天下，劳苦大众当家作主心怀不满，有的投靠土匪，有的暗中照应，提供我方情报，给土匪供给粮秣，幻想土匪卷土重来，东山再起。如张二麻子、陶尚义、孙耀武等。

杜秉德、石志刚主政敦煌后，深入群众，调查研究，摸清了这些匪特奸细的情况，并采取了一系列有效的防范措施，使这些匪特奸细有的被我掌控利用，有的被当场捕获，有的被教育转化，有的被逮捕镇压。

自从二丫发现赵先生暗藏电台后，及时报告保安大队长马振勤，马振勤暗中安排机要员小张，采取特别手段，对其电台进行监听、截获。由于毕善禄的一架电台电池出故障，基本被废弃。乌斯满在新疆被我军击溃时电台被炸，身边根本就没有电台。这样，赵先生虽有电台，但等于是聋子的耳朵。在盐池湾匪巢被端掉后，赵大先生感到大势已去，主动向政府自首，在狱中因突发头痛病（可能是今天说的脑溢血）身亡。

沙住持、侯三在我党“坦白从宽，抗拒从严”政策的感召下，表示改过自新，被政府宽大处理。沙住持继续在风神庙做住持，为我方传送情报。但他隐瞒了一个可怕的事实（“青康专署”残余潜伏此处），最终招致杀身之祸。侯三被安排在县手工联社工作，自食其力，再无恶行发生。

张素兰总想利用剿匪部队的电台与赵先生和匪徒联系，泄露我方情报，但在小张的严密监视下始终不能得手。最后，她欲施“美人计”拉小张下水。杜秉德当机立断，将计就计，立即采取“特别行动”。就在张素兰与小张约会，欲向南山匪徒发报时，被马振勤、李源、铁惠民和周谦当场抓获，并缴获了泄露的我剿匪部队作战部署情报。张素兰阴谋暴露后立即吞下预备的药片自杀身亡，被马振勤、铁惠民和周谦连夜秘密埋在北台城墙脚下，对外称她受命调往酒泉工作。直到敦煌剿匪胜利后，张素兰的去向仍是个谜。

参加这次“特别行动”的铁惠民、周谦是个新面孔（周谦前面虽已提名，但具体工作没有交代）。铁惠民是随杜秉德到敦煌的军队干部，参加过二万五千里长征，人很精干，原则性强，一直担任杜秉德的秘书，负责县委机关工作。周谦是敦煌解放后发展的第一名党员，年轻有为，政治可靠，一直从事保密工作。他和铁惠民是老搭档，在破获匪特情报，保守我方机密方面，做了大量具体而又细致的工作，深得杜秉德书记的赞誉。这些鲜为人知的事情，是我在采访当年石志刚的警卫员小郭（郭旭）时偶然听到，故在这里略做解释，以飨读者。通过这次“特别行动”，可以看出杜秉德稳健镇定、大智大勇的超人胆识。

在敦煌剿匪战斗中，谍战也是军事围剿中一个惊心动魄的插曲。来推夫、李万祥、王排长、温占国、许进福、二丫、田嫂、李源等，都是我方的谍战精英。

这里要说说温占国和许进福，他们都是朴实的农民，以前给张二麻子拉骆驼和种大烟，对张二麻子敬畏三分，胆小怕事。在我党的教育下振作精神，与匪特划清界限，成为新的公民。他们作为普通群众往返于我军和匪徒之间，成为令人信赖的谍战战士，为敦煌剿匪立下了汗马功劳。

尤其是李源，足智多谋，文武双全，深受杜秉德、石志刚的信赖。李源本是敦煌县吕家堡陇西桥村人，黄埔军校十九期毕业，为胡宗南部下。1944 至 1945 年在陕西潼关和河南郑州与日寇作战，1949 年 9 月在新疆响应陶峙岳通电起义，成为中国人民解放军。敦煌解放后不久，调往敦煌县公安局，任治安股股长，在公安局长李成华领导下工作。面对敦煌当时的形势，走南闯北，见多识广的李源建议虚实结合，以假乱真，震慑匪徒，维护地方安宁。保安队现有的两个排的兵力，一个排维护城内治安，一个排不定期到边远乡村（南湖、西湖、北湖）巡查，给匪特造成我军早有防范的感觉。他与李仁（保安队战士），参与远乡巡查。一次去南湖巡查途经秦家湾时，他们发现一个红柳丛中藏着两个人，叫起来一问回答是南山做生意的，累了在这里歇歇。李源眼睛一扫，发现一人裤腰下露出一块红布（他知道这是土匪包金银的做法，将金银包裹红布，贴身以图吉利），取出一看包的是全是金银，一个匪徒解释说是做生意的本钱，李源二话没说就把两人捆了起来，吊在一棵柳树上采取了“特别手段”……最后，两人承认他们是南山的匪徒，那是抢劫的不义之财。匪徒还说出了附近毛柳墩底下藏的两挺机枪。

在我方进南山劝说匪首的人选上，杜秉德和石志刚一开始几经推选，心中没底。最终，还是按照李源的推荐，选定了来推夫和李万祥。李源是敦煌人，对来推夫、李万祥知根知底。他们都是敦煌老住户，解放前后一直做小买卖，往返于南湖、安南坝、石堡城一带，对那里的地形环境和风土人情比较了解，有一定的群众基础。后来的事实证明，李源的人选是靠得住的，李源也就成了敦煌剿匪的“传奇人物”。

在敦煌剿匪中，可谓明枪与暗战互补。那些“我方内线”中，无不有李源他们熟悉而又陌生的影子。

诗云：

运粮队长尹善荣，戈壁草原随军行。

支前反特连阵线，为有敦煌大本营。

第九章

『青康专署』残余的覆灭

刘黑女被绑架了

“刘黑女被绑架了！”一周来，这一消息一直被严格封锁着，只有杜秉德、石志刚、李源、马振勤和周谦知道。刘黑女失踪的第二天，马振勤召集保安队员开会，告诉大家刘黑女昨天执行“特殊任务”，得个几天才能回来，大家不要瞎猜测，该干啥的干啥。如今一周过去了，仍不见刘黑女回来，大家感到此事有点蹊跷，但又不能直问。刘英暗地问周谦刘主任怎么啦？周谦严肃地说去执行任务了，等几天就回来了，并叮嘱不要乱说。刘英是妇委会的干事，经常和刘黑女在一起。那天早上，刘黑女去三区三乡落实妇女做军鞋的事宜，妇委会正好还有点事，她就让刘英留下，自己一人去了。刘黑女走的时候告诉刘英，今天事情不多，她下午早早就回来了。晚上，刘主任还没回来。刘英以为被事情耽误了，住在了那里，以前也有过这样的情况。第二天到了大晌午，刘主任还没有回来。这个聪明的姑娘，暗暗地想刘主任可能出事了，感到非常焦急！一连几天过去了，大家都说刘主任去“执行任务”了，但她心里总是不踏实。

是的，刘黑女确实被绑架了！那天，刘黑女离开村上已到到天擦黑了。本来事情早已办完了，村西的何大娘一听刘黑女征集军鞋，非要见刘黑女一面。刘黑女觉得她岁数大了，只好从村东到村西去见何大娘。何大娘 70

多岁，是个无儿无女的老妇人。见了刘黑女，何大娘感到格外高兴。她对刘黑女说，她已做好了一双军鞋，还有一双底已纳好了一半，不几天就做好了。刘黑女对何大娘连声表示谢谢，并说她年纪大了，就不要赶急了。刘黑女立即找来何大娘针线笸篮，一针一线地纳起剩下的鞋底。何大娘说：“姑娘这使不得、使不得。”刘黑女说：“大娘你年纪大了，我给你帮忙也是应该的，再说你也是替我完成任务啊。”何大娘觉得黑女说的在理，也不好推辞。只见黑女边扎锥子边拉线，来回自如，何大娘真是看在眼里乐在心里。待鞋底纳完，天快黑了。何大娘说让黑女受累了，非要她留下来吃饭。黑女不好推辞，只好答应。何大娘为黑女做了烫面油饼子和小米红枣稀饭。黑女吃得高兴，何大娘心里更高兴。黑女趁何大娘不注意，将一张3角钱的饭票压在了黑瓷碗下。黑女和何大娘闲谈得知，她和丈夫从河东来敦煌已五六个年头，他们无儿无女，丈夫有纸活手艺（扎绑花圈），在村上还算过得去。后来陶会长动员丈夫加入“一贯道”，谁知中了邪把老命送了。现在她孤苦一人，村上管吃管穿。为报答村上，她听说妇女们做军鞋支援，她闲着也没事，就做了两双。黑女对何大娘真是既敬佩又同情，说：“大娘从今后我就是你的亲闺女，我到村上一定看你的。”何大娘听了黑女的话，紧紧地抱着黑女说：“我也有这个念想，害怕你不答应。”他们四目双对，流出了幸福的泪水。

从何大娘家出来，街上静悄悄的。刘黑女绕道出了村，快步穿行于田间小道上。忽明忽暗的月光下，刘黑女好像看见前面的大柳树下有几个黑影在晃动，仔细一看又不见了。初次黑女认为是村上的人在那里忙什么，她边走边想，觉得有点不对劲。前面是乱坟岗，那大柳树下曾吊死过一个女人，平时夜里很少有人从那里过。今晚她抄近道不由路过这里，是不是遇见“鬼”啦？刘黑女马上掏出了挎包里的手枪，壮着胆子向乱坟岗走去。远处不时有刺叫子（猫头鹰）叽叽叽的叫声，身上总感阴森森的。以前，她也多次一人走过夜路，从来也没有害怕过，今天这是怎么啦？她想退回村上，觉得让人笑话。这个倔强不怕邪的黑女，明知前有“鬼”，偏向“鬼”前行。快到大柳树下时，两个黑衣人突然挡住了她的去路，刘黑女举枪对准两个黑衣人说：“你们是什么人？为什么挡我的道？”一个黑衣人说：“不要怕，我们是城里过来的生意人，天晚迷了路，正好遇到了你问个道。”说话间一个黑衣人走上前来，刘黑女厉声喝道：“别过来，不然我要开枪了！”那个黑衣人立即停了下来。突然，刘黑女被身后一块石头重重地击中后脑勺，直觉眼前一阵眩晕，顿时不省人事。三个黑衣人一拥而上，给刘黑女的嘴里塞上一块白布，装入一条黑布口袋里，驮在一马背上，趁着朦胧的月色落荒而逃。

原来这是“青康专署”潜逃的特务干的。敦煌解放后，他们一直不露声色地潜伏在敦煌城外，不与南山土匪会合，我行我素。这连我们的剿匪部队都不知道！这次他们为何要绑架刘黑女呢？

他们为什么要绑架刘黑女

这次“青康专署”敌特分子绑架刘黑女，主要有两个目的：一是解决他们眼前的给养，一是要挟政府放他们一条生路。敦煌解放前，20多个敌特分子潜逃出城，在长草沟和当金山一带秘密潜伏，等待头儿金在治，结果金未出城就被刘家骥生擒，他们顿时成了无头的苍蝇，一筹莫展。一开始他们打算进南山投奔“仁义救国军”，继续与共产党抗衡，如果失利便分头潜入敦煌城进行破坏活动，不成功便成仁。老奸巨猾的青年联络员何智勇表示不同意。他认为解放军大军入城，南山剿匪是迟早的事，凭“仁义救国军”的实力，那也是鸡蛋往石头上撞。现在他们只有坐山观虎斗，根据情况变化再做决断。敌特分子们觉得联络员的分析有道理。在剿匪部队进军南山剿匪中，他们一直以潜伏为主，从未露过面，只是在暗中通过张素兰提供的情报，伺机给土匪通气。在敦煌城实施的破坏（造谣）活动和“南湖事变”的情报，就是他们泄露出去的。这是一群死硬敌特分子，虽人数不多但不可小觑。这伙敌特分子潜逃期间，以前储备的给养已基本用完。敦煌城和南湖乡军民严加防范，他们不敢轻举妄动，只有靠绑架刘黑女铤而走险了。他们通过内线了解了刘黑女的情况，认为这是一个可以与我军讨价还价的重要人质，决定从她身上下手。在解决给养的同时，他们还要我剿匪部队让他们去南山把“仁义救国军”拉过来，立功赎罪，以求生路。谁知在半路上刘黑女被人救了，他们的“计划”落空了。

那天晚上，三个黑衣人将刘黑女劫持到五个庙已后半夜了，结果“联络员”何智勇已与其他人已撤离了。狡猾的何智勇当时和黑衣人约定，如果前半夜不见“猎物”到来，他们就先走了。黑衣人可在五个庙暂留一日，如无动静，晚上前半夜在另一个地点联系。黑衣人将刘黑女带进山洞，点起了清油灯，去掉口袋，掏出口中的白布，放在地面一个芦草铺上，只见她后脑勺上的流血已结成瘀块，人已昏迷不醒。领头的那个黑衣人姓侯，此刻有些急了，说赶快想办法，不要让她死了，否则不好交差。两个随从面面相觑，不知如何是好。姓侯的说还不快去弄点水来。两个随从马上向洞外跑去。一会儿，他们一前一后各端着一黑瓷碗水来了，姓侯的接过一碗欲灌但刘黑女嘴唇紧闭，无法灌下，他就先喝了一口，接着又喝了一口但没有咽下去，而是对着刘黑女的嘴唇一点点吐了进去，一连吐了五六口。两个随从看着只是嘿嘿地笑。姓侯的见状恶狠狠地骂道：“笑你妈的蛋，老子不是在亲口，老子是在救人呢！”两个随从立即收起了笑脸，显得挺正经的样子。姓侯的说：“你们两个给我看好人，醒了立即告诉我。”这时，五个庙的住持王道士突然进了洞，见状双手合十：“阿弥陀佛。”然后，引姓侯的出去了。

在旁边的一个山洞里，小桌上已备好了斋饭：大饼、玉米粥、水煮土豆。侯先生，请用膳吧！姓侯的毫不客气，拿起一个大饼一撕两半，三下五除二地填进了嘴里，又将一黑瓷碗玉米粥咕噜咕噜地吸进嘴里，接着又拿起一个土豆，皮也不剥地一口接一口地吃个不停，一块噎住了嗓子，咯嘟咯嘟不止，他像鹅一样伸长着脖子才算畅通。王道士笑着说，你慢点吃，没人抢。姓侯的说饥不择食，今天太饿了。王道士问那就是你们取的“猎物”？姓侯的点了点头。王道士不以为然地说，我还以为是什么宝贝呢，不就是一个人吗？我去让他们两个也过来吃点。姓侯的点头表示同意，说着在桌上放了3块大洋，头耷拉着打起了呼噜。王道士赶快收好大洋，怀中揣了点东西出了洞。

王道士走进山洞对两个随从说，你们去多吃一会儿，不急，我顺便给她上点药，不要让人死了。随从走后，王道士用白布蘸着水除去了刘黑女后脑勺上的瘀血，打开小纸包洒了点白药粉。他望着昏迷中的黑女，暗暗说这个要强的姑娘，怎么遭此不幸？这时，王道士看到黑女的嘴唇在轻轻的嚅动，眼睛也渐渐地睁开了。一会儿，黑女像大梦初醒，一下子睁大双眼，忽地坐了起来。他望着眼前慈祥的老人，问这是什么地方？我怎么在这里？王道士示意黑女不要说话，说他是那边村上的人，她在村上征粮时他见过面。她被土匪绑架了，他来救她。说着端起一碗水让她喝了下去。老人让她一直装着不要醒来，说着给了她一把匕首和一包白药粉，并叮嘱一会儿待看守迷糊后，出洞沿党河峡谷一直向北，到那里就安全了。刘黑女恍然大悟，那里离西千佛洞不远，附近有蒙古包（南山下来的蒙古人避难处）。临别，老人塞给黑女两个饼子，让她带着路解饥。老人出去后，黑女又佯装入睡了。

王道士到那边的山洞后，姓侯的仍在打盹儿，两个随从还在不停地吃喝。王道士说好了，赶快去看人，上了药估计很快就醒的。一会儿我送奶茶过去。两个随从起身出去了。

一会儿奶茶烧好了。王道士招呼姓侯的起来喝奶茶。姓侯的说那边的“猎物”怎么样啦？已上了药，一会儿会醒来的。王道士回应道。姓侯的喝了一碗香喷喷的奶茶，还想喝但感觉不放心，就亲自过去看了一下“猎物”：一脸睡意，死气沉沉。他严厉地对随从说，要看紧点，醒来立即报告。

姓侯的回来后继续喝奶茶，迷迷糊糊地说奶茶真、真香、香……王道士提着铜壶，向那边山洞走去。当两个随从像一摊烂泥扑地时，刘黑女像一只黑色的燕子，翩翩飞出了山洞……

天亮了，奶茶的浓香散去了，姓侯的和随从也醒了，“猎物”却不见了。姓侯的恼羞成怒，残忍地枪杀了王道士。他恶狠狠地用还在冒烟的手枪逼着两个随从：你们放走了“猎物”，让上司的计划落空，逼大家走上绝路，真是有辱党国，今天只有不成功则成仁了。一种是我先死，你们后死；一种是你们先死，我后死。请你们选择！一个随从说你是头，你走了我们跟你走就是了。砰的一声枪响，姓侯的倒地毙命。两个随从也举枪对准耳根，结果一个毙命，一个放了空枪。放了空枪的那人叫张国，他跑到南湖乡报了案，最后得到了宽大处理。

与此同时，刘黑女带伤一路向北，渐渐体力不支，倒在了党河大峡谷河岸边，被这里避难的蒙古族牧民巴德曼夫妇救助。由于刘黑女一路奔波又头部受伤，被巴德曼夫妇强迫在这里疗养三天后，从西千佛洞秘密接回县城。

一周后，当刘黑女出现在火神庙收集军鞋现场时，人们说刘黑女“执行任务”终于回来了！

这里，顺便对王道士有个交代。王道士原名王福祥，是一贯道道徒（人称“王道士”），经政府宽大处理后迷途知返，自愿和老伴到党河大峡谷五个庙看守石窟（五个庙石窟和西千佛洞都是莫高窟分支）。这里远离人烟，峡谷长满红柳、麻黄、梭梭和罗布麻，只有打柴、采药的人偶经此地。他们开点荒地，远离红尘，安度余生。那天下午，突然来了6个骑马的人，三个穿灰衣、三个裹黑装。一个灰衣人很客气地对王道士说，他们是南山的商人，要去敦煌城取“货”，在这里借宿过夜，待货到了不会亏待他的。王道士说出家人慈悲为怀，何求回报。三个黑衣人太阳落山就走了，三个灰衣人一直在等，到了后半夜突然走了。王道士感觉情况不妙，心里想“猎物”到了可见机行事。结果，王道士为救刘黑女献出了生命。万幸的是三天前，王道士的老伴去城里大佛寺进香，幸免于难。后来，她削发为尼，终老佛门。

诱杀围歼灭敌顽

根据张国交代，“青康专署”残余敌特分子共有23人，头儿是“联络员”何志勇和“猎户”周二虎（他们的统一称谓），现在只剩19人，隐藏窝点就在黑山嘴风神庙和当金山黑风洞。治安股长李源分析，随着绑架刘黑女计划的失败，他们一是逃亡南山与“仁义救国军”会合，继续与我军顽抗；二是独立行动，孤注一掷，潜入敦煌城进行破坏活动，最终不成功便成仁。必须采取非常措施，粉碎他们的阴谋，确保南山剿匪的顺利进行。

这些天，我方故意放出消息，绑架刘黑女的三个南山客商全部被击毙了。现全县正集中力量进军南山，全歼“仁义救国军”残匪。敦煌城、南湖乡相继上演了一幕幕紧张备战的“情景剧”。

黑山嘴风神庙沙住持通过大厨刘福寿，将这一消息告诉了“猎户”。“猎户”一听我方并没有发现他们的行踪，连夜派人通知当金山黑风洞的联络员，计划实施下一步的阴险计划。

“联络员”认为，随着绑架刘黑女计划的失败“青康专署”的秘密很快就要真相大白，共产党对他们是绝对要严惩不贷的。眼下只有实施“成仁”计划，才是唯一的出路。“成仁”计划就是所有潜伏敌特分子一起分头行动，通过暗杀、爆炸、绑架人质等形式，制造混乱，破釜沉舟，最终达到“成仁”的目的。

我方根据内线情报将计就计，一是诱杀，二是围歼。诱杀，便是由李源孤身深入风神庙，将猎户等7名潜伏敌特分子一网打尽。围歼，就是由马振勤带领一个排的保安队员和李精武等10名拳棒手，在张国的引领下，包围黑风洞，将联络员等12名残余一举全歼。这是一场惊险的战斗，尤其是李源那边，更是险中之险。

诱杀、围歼同步进行。李源只身一人，于黄昏时来到风神庙。沙住持热情接待，但他心中有鬼，显得很不自在。李源全然不顾这些，只是随便聊一些话题。夜晚，李源和沙住持在厢房会谈，说共产党不相信我了，说我是黄埔军校的，是土匪的奸细，绑架刘黑女就是我与土匪暗中勾结干的，还下了武器，把我关了警备，待南山剿匪后与匪首一并惩处。老子受不了这口气，打昏保安越狱跑了。今晚在这里避避，明早就上南山。快拿酒来，我要一醉方休。这一切，都被窗外监听的“猎户”听到了。李源大碗喝酒，三碗下肚，烂醉如泥。突然，进来了4个人，将李源抬了出去。沙住持上前拦挡不止，使不得、使不得，这要连累我的。一个匪特恶狠狠地说命都保不住了，还他妈的拦挡。说着猛地一把将沙住持推到，脑袋重重磕在砖台阶上鲜血直流。

李源被放在地下室地面，嘴里说我没醉，再来几碗才过瘾呢，他妈的那里不留爷，自有留爷处。说完突然睁大眼睛问这是什么地方，你们是什么人？“猎户”近前说黄埔的校友，今天在此相会，真是三生有幸啊！明天咱们一起去见“联络员”。李源一下子坐了起了，拍着猎户的肩膀说好！够朋友。

这一夜，李源与联络员倾情交心，还真成了“朋友”。“猎户”说他们是南山的“猎人”，在那边自由自在，好不快活。今天老兄入伙，他肯定不会亏待他。夜深了，一片寂静。突然，“猎户”用匕首顶住李源的喉咙说，你是不是共党派来的奸细，老实点！只见李源左手唰地把匕首拨拉了过去，右手唰地拔出猎户腰间的枪对准其耳根，嘿嘿一笑说，是又怎么样，不是又怎么样？“猎户”手中的匕首不由落地，哀求说朋友别别别，误会了！李源说没误会，我今天就是来收拾你们的！刘黑女是不是你们绑架的？下面的敌特分子纷纷说是，都是他指示干的。李源着用手枪逼着猎户靠近同伙说：“你们都有父母，为何跟着他胡混，无谓送死呢？解放军对土匪首恶必办，胁从不问。”一个矮个子说：“我们早就不想干了，‘猎户’说凡是国民党匪特，共产党一个也不放过。他还要我们不成功则成仁，我们只能服从了。”李源用枪管磕着猎户的头说：“你再不要白日做梦，说大话骗人了，国民党几百万军队都被人民解放军打败了，就凭你们几个乌合之众‘成仁’也是白搭！”

李源让他们把武器集中在一起，双手抱着脖子次第走出地下室，他押着猎户随后。出了地下室，刘福寿和十几个民兵早已等在那儿，很快把“猎户”绑了起来，其他随从一个也没有绑。李源叮嘱刘福寿，照料好好沙住持。无奈，沙住持昏迷三天后死去了。

天亮，李源和民兵押着“猎户”一行向敦煌城赶来。途中，“猎户”突然拔腿逃跑，被李源当场击毙。

那天深夜，马振勤带领的保安队和民兵包围了黑风洞，先是喊话劝降，里面的何联络员表示死不投降，双方进行了一次次激烈的交火。我方3人负伤，洞内情况不明。天亮，洞内派人传话，双方进行格斗。若他们赢了，就放一条生路；若输了，就甘愿发落。洞外的空地上，何联络员与9人全部身着国民党军服，与我方李精武带领的10名民间拳棒手对打。马振勤一声开始，敌我双方赤手空拳，相向而上。他倒下你起来，你起来他倒下，真是互不示弱，难解难分。最终，9名“精英”黔驴技穷，一败涂地。李精武与何联络员怒目相对，龙虎相斗。对打3回合后，“联络员”败下阵来，拔剑自裁“成仁”了。

“青康专署”残余敌特分子的覆灭，消除了敦煌剿匪的一个可怕的隐患。“青康专署”是国民党军统特务组织，抗战期间进驻敦煌城，在南街朱家大院办公。人员深居简出，不漏行踪，专门搜集敦煌周边情报，实施间谍、暗杀、破坏活动。解放前，人们早晚只见朱家大院大门紧闭，不知道里面住的是什么人？直到敦煌剿匪胜利后，这个“谜”才被解开。

诗云：

青康残余逃敦煌，隐而不漏祸患藏。

反共成仁成笑谈，诱杀围歼尽灭亡。

第十章

三进南山劝匪首

自古匪患扰敦煌

敦煌地处丝绸之路的西部边陲，那里有佛教艺术圣地莫高窟。自古以来，人心向佛，民风淳朴，唐代的敦煌曾被武则天封为“善国神乡”。然而，这里也匪患不断，人民饱受摧残。远的不说，就说从清代至民国以来的几桩匪事。

咸丰四年，青海黑番数百人突至千佛洞，时逢四月八浴佛节，游人云集，民众骡马财物大被掠去。雷音寺派僧人前去索要，无果而归。

同治年间，陕西匪徒白彦虎、马长顺逃窜敦煌，攻城袭堡，抢劫烧杀三年。之前，习家堡（现黄渠乡常丰村）曾派代表深入匪营谈判，以提供给养为条件，让白匪退出敦煌。白彦虎收了一些给养后突然变卦。敦煌秦州堡、清水部、颜家堡被白彦虎、马长顺攻破。然而在他们攻打习家堡时，却受到了习老农率领的乡勇的重创，头破血流，哭声震天。面对众志成城的敦煌城，他们未敢越雷池半步。后来左宗棠来到敦煌，白彦虎率残部仓皇逃往新疆。当时，有民谣唱道：“习家堡是铁打的，敦煌城不咋的，安西城是跑马的。”至今，仍在敦煌民间流传。

1930 年以来，马仲英及马步芳匪军相继祸害敦煌，大肆掠夺人民的牲畜、粮食、财物。敦煌人民被鞭打绳栓，横征暴敛，备受熬煎。1932 年

2月26日，马仲英派三十六师旅长马仲杰来敦煌索要马料1000石、骆驼1000峰、大车30辆。敦煌县衙实无力承受，特派代表去安西向马仲英求减不准。后马仲英又索要骆驼600峰，银元6000元，限期凑齐。敦煌人民怨声载道，痛苦不堪。

解放前的一年春天，敦煌东门外杨氏兄弟去一百四戈壁拉柴路过旱峡，遭遇两名流窜的哈萨土匪袭击。土匪要抢毛驴，他们进行反抗，结果兄弟俩被枪杀在旱峡泉边。

有一年冬夜，惯匪马占元窜入县城东边的许家堡秦家大院，逼迫秦庄主交出金银财宝。秦庄主不从，就被剥光衣服吊在房梁上，用点燃的清油蘸棉花眼子（灯芯）烧下身，直到交出金银财宝才罢休，这时他已不省人事。当时七八个匪徒包围了秦家大院，匪徒们站在墙头上。马占元举着盒子炮向下喊话："各位乡亲们不要惊慌，我们不打扰你们，我们在这里讨点盘缠就走，你们也不要出来，出来可别怪我们翻脸不认人了。"静静的冬夜里，里面的惨叫声不时传出，令人毛骨悚然。那时敦煌刚刚解放，对边远乡村的防范还顾不上手，土匪也就乘机为所欲为了。

1950年夏，南湖粮站的郭主任骑马进城送报表。中午回来经过党河水库大坡时，遇到两个从南山下来的哈萨土匪。土匪要抢马与他发生搏斗，双方你争我夺，郭主任最后被哈萨土匪枪杀。这是继南湖事件之后，土匪犯下的又一血案。

据敦煌的老辈人讲，敦煌剿匪的那些年，大佛寺湾有一孤寡老人王奶子，每月逢初一、十五都要上香祈祷，保佑全城老少出入平安（不要像旱峡店杨氏兄弟那样遇上匪徒），匪患早早离去。在她的影响下，那些老太婆们自然效仿，自成风尚，表现了敦煌人民一种淳朴善良的心理。

敦煌解放后，对逃往南山和海子的“仁义救国军”及乌斯满残匪，我方总是先采取说服规劝后进行军事打击，先礼后兵充分体现了共产党人的宽容和诚意。三进南山劝匪首，是敦煌剿匪发生的真实故事，在敦煌党史中有记载，在敦煌民间有流传（而且比记载的更为详细和传神）。三进南山劝匪地点在柳城子、安南坝和海子，不在同一个时间段，对象也不同。为了便于读者阅读，下面进行集中讲述。

柳城子劝说毕善禄

在我大部队进剿南山前，为了争取哈萨克族部落头领，说服匪首认清形势，迷途知返。同时，也为了避免不必要的流血牺牲。根据剿匪总指挥部讨论决定，由侦察排王排长与李万祥深入匪巢进行劝降。

月夜，南湖，剿匪指挥部。黄新廷军长与王排长做出征前的话别。

黄新廷说，这次你深入匪巢劝降，不仅肩上的担子重，而且还非常危险。这些匪徒都是惯匪，心狠手辣，六亲不认，虽然到了穷途末路的地步，但个个都是亡命之徒，任何意想不到的事都可能发生。你既要有勇敢机智的超人胆量，又要有不怕牺牲的思想准备。说着，黄新廷拍着王排长的肩膀深情地说，有当地群众的配合，有剿匪部队的大力支持，相信你定能够临危不惧，化险为夷，圆满完场任务的，我等着你的好消息。黄新廷特别安慰王排长要吸取上次的教训（处分），把所有的情况都想透一些，摸细一些，靠实一些，为大部队围剿提供可靠依据。黄新廷特别提醒道："明天你已不是侦察排长，而是汉族青年沙海龙。一条驰骋沙海，深入匪巢的蛟龙！"

黄新廷话音刚落，王排长唰地挺直身躯，面带严肃地给他敬了一个军礼，斩钉截铁地说："黄军长你放心，我是一个共产党员，时刻听从党的召唤，这次去南山，我已经做好了一切准备，保证完成任务。”说完，王排长望着默默点头的黄军长，接着说：“自从跟随你参加革命以来，身边有你我就有信心和力量，这次有你的信任和鼓舞，我决不会给你和剿匪部队丢脸的。”

黄新廷对王排长干脆利落的回答非常满意。他们的双手不禁握在了一起，握得很紧很紧，也很久很久。

窗外明月当空，月光如银。多么宁静的大漠之夜，多么难忘的大漠之夜，多么情深的月夜对话！一场特殊而又惊险的战斗，将在南山深处独立展开。

天刚麻麻亮，在通往葫芦斯台的路上，两个商贩牵着两匹骆驼，看上去都是二十四五的样子。驼背上驮满茶叶、白糖、香烟、干果、盐巴、毛巾等日用品。牵驼人一个是汉族，名叫沙海龙，中等个子，浓眉大眼，穿发白的青布便服，为新来的商贩，人显得很精干。一个是回族，名叫李万祥，着灰色便服，为敦煌城益生和商铺老板，一副老成持重的模样。

日头当午，他们到了葫芦斯台，与刚从南山下来的一伙肃北客商相遇。李万祥主动和几个老同行打招呼：“哥几个，最近南边缺什么货？”一个同行答道：“日用品吧，我看你们今天带的就很实惠啊！”当时匪徒虽然逃聚南山，但敦煌与肃北、阿克塞的贸易一直没有中断。我与匪方都通过贸易这一渠道互通情报，双方心照不宣。

沙海龙和李万祥风餐露宿，日夜兼程，第二天上午到达了柳城子。柳城子其实无城，是阿尔金山河流冲出的一条深沟，长满红柳、毛柳的沙山沟，自然泉水长流，环境倒也不错。冬天沟内温度 -4℃～4℃，夏天在24℃～25℃，被称为阿尔金山荒漠中的“桃花源”。为什么叫柳城子，据当地哈萨克牧民说，这里水土好，适应种大烟。民国以来，这里往来的人很多，以沟为居，以居为城故名。毕善禄进南山后，这里就成了由他掌控的底盘（匪窝）。种大烟的人必须向他抽头子，否则，就别想在这里立足。毕善禄在这里开了一家商店，供给这里的一切生活之需，从中牟取暴利。在外面犯了事的人，无奈之下也来这里避风头。因此，美丽的柳城子，也是一个藏污纳垢之地。

这天，正好遇见了毕善禄和铁有才，还有哈萨克族头人卡宾、沙海都拉、马河松等人。毕善禄一见李万祥就急不可耐地说："你的商贩快一个月没来了，我这里都快断货了，今天你可是第一次来啊！"（以前在南湖乡，因贸易他们多次见过面，也算熟人了）。李万祥说："最近解放军进山剿匪，查得很紧，所以才亲自来。""啊！"毕善禄听后不禁倒吸了一口冷气。"别紧张，没什么，政府还是允许经商的。"毕善禄眼珠子一转突然指着沙海龙说："这是谁？以前怎么没有见过呀！""新雇的帮手沙海龙。"李万祥随口解释。毕善禄望着两眼犀利，精干有神的沙海龙，从头到脚细细地扫了好久。沙海龙神态自如，毫不紧张，只顾从骆驼上卸货。卡宾等头人看着这些东西，感到好久没见了，很是稀罕。铁有才在旁边来回踱着步，样子非常阴险。沙海龙下意识地感到，铁有才在监视着他们。

毕善禄和李万祥边交货边拉话："这些货我都要了，小店断货都好长时间了。""能不能留下一点，给海子南边匀点。""不用了，我们自己可调剂用。""那行啊！""这次钱差点儿，下次一定补清。""行啊行啊，咱们打交道又不是一天两天了。"

听了毕李二人的交谈，沙海龙意识到柳城子不算大匪窝，只是个联络点。沙海龙随口问道："毕大人，下次我们可多带上些货，直接运到海子，省得你们来回跑。"毕善禄说"那可不行，那里不……"毕善禄突然感到说漏了嘴，稍停，他转过话茬说："到时候看吧，不知你们还来不来？"

李万祥非常肯定地说："一定来、一定来，你就耐心地等着吧！"

此刻，沙海龙从毕善禄的话音中听出，这里将不是匪徒待的长久之地。

临别前，李万祥开玩笑地对毕善禄说："你们的人到哪里去了，解放军进山你们能顶得住吗？"毕善禄很警觉地反问："你问这个干什么？莫非你们是共产党派来说服的探子？"沙海龙见状抢先发话："别紧张，就是随便问问。"这时，铁有才拔出手枪对准李万祥和沙海龙说："都给我老实点点，再胡说八道就灭了你们。""别胡来，听人家把话说完。"毕善禄呵斥铁有才。铁有才闻言收起了枪。接着，沙海龙就开门见山地说：我就是共产党派来的代表，与你商谈归顺之事。如你放弃与人民为敌，可以争取政府宽大处理。继续顽抗，后果你也是知道的。毕善禄反问："再不要骗人了，我血洗了南湖乡，你们真能原谅吗？""能原谅，只要你改过自新！""你说了算吗？""当然算啊！不信让你们的人跟我到敦煌城看看"。

毕善禄欲言又止。沙海龙说："我以人身担保，让你们的人跟李掌柜回敦煌，若有事我甘愿你们随便处置。"

毕善禄感到沙海龙说的是实话，连忙摆手说："不必了、不必了，我相信你的话。"卡宾等人听后，脸上都露出满意的表情。李万祥见状对他们说："解放军一贯执行民族宗教政策，保族保教，敦煌的清真寺还在念经，不信，你们也去看看。"卡宾等人频频点头。沙海龙明显地感觉到，由于毕善禄、铁有才在场，他们不敢随意表态。看来这些哈萨克族同胞，还真的被毕匪"控制"了。

最后，毕善禄还是派沙都娃哈斯和瓦棉两个手下为代表，随李万祥一起去了敦煌城。两个代表受到县政府的热情接待，并在新生厅（教育馆，现敦煌建设银行）为他们举行了欢迎晚会，演出了歌剧《白毛女》。会上，县工委书记杜秉德讲话指出，哈萨克族同胞也是受过压迫的，和其他民族都是一家人。但是，有人受土匪的欺骗，反对共产党，抢人掠财是不对的。只要他们迷途知返，我们将既往不咎，他们还是我们的兄弟同胞。两名哈萨克族代表听后非常感激！

两名哈萨克族代表回到柳城子后，向毕善禄如实反映了敦煌的所见所闻。毕善禄虽然口头表示考虑考虑，但内心总是忐忑不安。

安南坝争取哈萨克族头人

时隔不久，敦煌县政府为稳定南山局势，加强民族团结，决定再一次耐心说服毕善禄放弃与人民为敌的反动立场，争取让哈萨克族群众来去自由，协助选派代表参加“敦煌县第一届各界人民代表会议”，又派沙海龙和李万祥第二次进了南山。

这次，除沙海龙和李万祥外，还专门增加了维吾尔族青年来推夫，组成了一个三人商队。根据内线提供的情报，这次毕善禄和卡宾等哈萨克族头人都在安南坝。他们几人经过三天三夜的长途跋涉，上午终于赶到了安南坝，又见到了卡宾、沙都海拉、马河松等哈萨克族头人。他们进帐篷时，卡宾等人不停向来路东张西望，显得很警觉。沙海龙见状笑着说：“就我们三人三匹马，再没有别人。”卡宾说：“没什么、没什么，随便看看。”显得很不自在。李万祥问毕善禄为何不在？卡宾等人没有回答，只是不停地摇头。沙海龙以安慰和鼓舞的口气说：“你们不要害怕，我们放下东西就走。以后有啥就通过进城的哈萨克族商贩给我们捎信，不要让他（毕善禄）知道就是了。”卡宾仍然没有回答，只是默默点头。沙海龙透过卡宾的表情，已完全摸透了他的心病，还没有跳出毕善禄投下的阴影。

沙海龙再也没有问什么，招呼李万祥、来推夫抓紧卸货。他们从三匹马上卸下了茶叶、蜡烛、桃皮、杏干等日用生活品。卡宾等人一一清点收缴，显得非常开心的样子。完毕，卡宾让仆人端上热气腾腾的奶茶，请沙海龙他们享用。他们三人恭敬地双手接过，按照哈萨克族的习惯，左手端着奶茶碗，右手拇指轻轻在奶茶上一蘸，分别向空中和地下弹一些，然后一饮而尽，而且连喝三小银碗。老实说，经过三天日夜兼行，他们还真是感到又饥又渴了。卡宾等人看着他们吸溜吸溜喝得很舒心的样子，心里比他们更感舒心。卡宾立即安排仆人为他们准备午餐——手抓羊肉，沙海龙深表感激并婉言谢绝："各位尊敬的头人，你们山里的给养也不宽裕，还是给你们留下应急吧！"说着，他让李万祥掏出了随身带的苞谷面干粮，一人一块，就着奶茶吃得津津有味。

卡宾等人看着沙海龙他们吃着苞谷面干粮，还给他们送紧缺的日用品，再想想沙海龙说的宽心体贴的话语，心里真是不是滋味。卡宾拉着来推夫的手出去，沙都海拉和马河松也随同而去，他们在帐篷外说了好久好久。

这时，沙海龙他们已茶足饭饱，耐心地等待着。卡宾一行进帐篷后，卡宾对沙海龙先是赔不是，然后说上次的事毕善禄只是嘴上答应，就是不见行动，他们也没办法。沙海龙说我也知道你们的难处，其实你们的事还是要自己拿主意吧！

最后，卡宾不得不说出了毕善禄的去向。原来毕善禄一周前就去马海了，去拜访乌斯满，协调组合军事力量，与解放军在南山打游击，扬言要突袭敦煌城什么的。还说毕善禄说跟他们跑的哈萨克人，共产党一个也不会放过的。

沙海龙一听这可是一个非常重要的新情况，幸亏及时获悉。他对卡宾提供的情况表示感谢，并安慰说："黄新廷军长已率领三路大军驻扎南湖，进剿南山，毕善禄、乌斯满之流区区千余残余势力，是秋后的蚂蚱，蹦哒不了几天了，早晚必遭歼灭。只要你们同他们划清界限，与人民站在一边，政府会给你们做主的。”

沙海龙一番掏心窝子的话，虽然对卡宾等人莫大的鼓舞，但并没完全解除他们心头的顾虑。

来推夫如实告诉卡宾等人：“政府这次让我们来，是为了同你们商量推选代表的事。”接着，又耐心宣讲了党的民族政策。

最后，他们将信将疑地推选了莫河买提汉（卡宾的岳父）和脑坎为代表。来推夫便和他们及一部分赶着牛羊换粮食的哈萨克族牧民一同进了城。政府再次热情地款待了他们。代表们在敦煌城游览了一周，感到格外开心。

酒泉地委闻知后，邀请莫河买提汉和脑坎两名代表，去酒泉一趟。一开始代表们听说去酒泉，感到非常害怕，不敢去。经来推夫再三解释并说亲自陪同去，他们才勉强答应。到达酒泉后，代表被有意识地安排住在东关大清真寺里，地委书记刘长亮、副书记贺建山，行署专员刘文山和统战部长梅一芹等，专门前往住所看望了他们。刘长亮书记还特意安排代表们看看市容、串串阿訇，使他们进一步了解了党的民族宗教政策，见到了世面，开阔了眼界。其间，由地委领导和宗教界知名人士作陪，宴请了代表。

此时，恰逢包尔汉从北京开完会返回新疆途经酒泉，得知代表们在酒泉参观，专门召见了他们，并进行了耐心的规劝与开导。包尔汉说，共产党人是说话算数的，解放军是共产党领导的军队，他们在剿匪的同时，解救哈萨克族牧民，你们要积极配合解放军，和土匪划清界限，解放军是会保护你们的。

代表们离开酒泉时，地委专门为代表们做了一套新衣服，送了5块砖茶、50斤大米。还委托代表们为他们的三个头人，每人捎了10块砖茶、50斤大米。

代表们返敦后，县工委书记杜秉德、副书记芦仁槐及县长石志刚又看望了他们，进行了交谈。代表们感动地说，解放军和人民政府对我们这样好，我们回去后，一定要把你们的话如实转告我们的头人。

后来，由于受毕善禄的威逼利诱，部落头人还是难以脱离毕匪的控制，后与乌斯满为伍，最终走上了不归之路。

海子湾稳拖乌斯满

1951年元月，人民政府在敦煌成立了“安置流散哈萨克族工作委员会”。敦煌文庙（现敦煌第二招待所后面）专门接待从南山来的哈萨克牧民群众，提供和安排衣食住所；国营贸易公司为给牧民供应最需要的商品，还专门设立了贸易场所。

这些细致、深入的民族工作，都对争取、团结、教育哈萨克民族上层起到了很好的作用。

1950年8月，乌斯满从新疆逃到敦煌南山海子草原。在我大军进剿之前，为了侦察乌匪的情况和争取被裹胁的哈萨克族群众，政府又第三次派来推夫和李万祥进了南山。来、李二人刚到马海，就遇到一个哈萨克族牧民，一看是外面来的客人，就主动邀请他俩到帐房去喝茶休息。李万祥一问才知道，这正是乌斯满的房子，想暂先回避，已不可能，只好应邀进了房子，还未坐定，房内一位络腮黑胡大汉便问道：“你们是啥人？”来推夫直言不讳地答道：“我们是政府派来的。”那大汉又道：“是干啥来的？”“政府要我们告知哈萨克族部落，搬得离敦煌近些，以便贸易。”乌斯满一听说：“这里不是住得好好的吗？”来推夫说：“到那里可以就近照顾。”乌斯满一脸的不悦，把话题一转说：“你们认识乌斯满吗？”“不认识。”“听说过吗？”“没有。”于是，那大汉便自我介绍道：“我就是乌斯满。”来推夫听后，故意现出惊讶的神情。乌斯满又问：“你们有茶吗？”来推夫回答说：“有！”顺手从褡裢里取出十块砖茶。乌斯满接着说：“我是既没钱又没粮啊！”来推夫顺水推舟说：“没关系，我送你十块。”

乌斯满毫不客气地收下了砖茶，显得很满意。突然，他又告诉来、李二人，回城后，不许说出与我会面之事。来推夫笑着应酬一定、一定。

来推夫二人离开乌斯满的房子，又到了加那贝勒的房子，却遭到了非难。一进房子，加那贝勒便破口大骂来、李二人是共产党的探子，并把二人关了起来（加那贝勒怀疑二人身后有大军压境）。关了一周，不见动静，才放了二人。获释后，他们又去沙拉黑炭的房子。沙一见面很不高兴地问：“听说你们早就进山了，怎么今天才来我这里？”来、李二人忙解释说：“不是我们看不起你，是人家把我们关了好几天，今天刚放了，就到你这儿来了。”他们寒暄了一会儿，并在沙拉黑炭家吃了饭。来、李二人又向沙拉黑炭重复了政府要他们搬近敦煌的意思。沙避而不谈搬迁一事，却一再询问解放军进不进山。来推夫断然回答：“部队不来。”接着又耐心地解释道：“解放军不是国民党，并不可怕。就拿你来说，你把你母亲丢在盐池湾，解放军给打柴、背水，还留了粮食，难道你不知道吗？”沙忙承认：“知道，知道。”沙的母亲也忙应声道：“解放军就是好！”

随后，来李二人还去串了其他几个小头目的房子，同他们商谈了选举协商代表和搬迁之事。三天后，他们推选莫河买提汉、自拉提巴义二人为协商代表，并一同搬迁到了海子。部分哈萨克族还赶着羊，随同来、李二人一起到敦煌城进行贸易。

行前，乌斯满又叫住来推夫，当面交给一峰骆驼，说道：“你们到敦煌后，给我弄来300斤面粉，用这骆驼托人驮来，我还是没有钱。”来、李二人从大局着想，为了稳住乌匪，只好忍气承接下来。回城后，如实做了汇报。政府拨给了300斤面粉，以来、李二人的名义，捐给乌斯满。

乌斯满收到面粉后，感到来推夫办事还不错。他本想说几句感谢的话，但还是没有说出来，只是心事重重地冷着脸色。临别之前，他对送粮的骆驼客（温占国）说：“你回去告诉老来，面粉我收了，但还是没有钱，让他多担待点。”骆驼客说“知道了，你还有啥吩咐的？”乌斯满五大三粗，黑胡拉碴，嘴唇动了动长长地哼了一声说：“没啥了。”温占国感到：乌斯满像秋霜打的茄子，提不起了精神，已到了进退两难的地步。他离开帐篷时，看到乌斯满迈着瘸步，显得非常沉重吃力的样子。后来骆驼客给人们说第一次见到乌斯满的情景，与人们传说的长相一模一样，但不知道他还是个瘸子呢！

仁至义尽兵戎见

随后，乌斯满派莫河买提汉、自拉提巴义和哈萨克族代表到敦煌探听虚实，县政府把他们安排在文庙接待处歇息。我方一日三餐，悉心安排，使他们感到共产党对哈萨克族并没有“恶意”，像兄弟一样对待，心里自然舒畅，来时紧张的心情渐渐地平静了下来。

来推夫、李万祥带领他们参观了清真寺。莫河买提汉、自拉提巴义看到政府出资修缮寺院，伊斯兰信徒诵颂《古兰经》，汉回群众自由往来，感到共产党尊重民族宗教，保护地方宗教，并不像他们听说的共产党“兴汉排异”“毁教移俗”，感到以前接受的宣传都是不可信的。

在火神庙，敦煌当时繁华的贸易市场，人们俗称“火神庙底下”，这里卖小吃的、做生意的、说书的、耍把戏（猴子）的生意兴隆，人声嘈杂。相邻秦腔戏园白天黑夜乐声悠扬，观众络绎不绝。刘家茶馆里茶香飘悠，茶客盈门，民间说书艺人老曲手舞足蹈、天花乱坠地说着《七侠五义》《三侠剑》，下面的听众听得更是如痴如醉。在交易市场，皮毛、布料、瓜子、香烟、干果、盐巴应有尽有，任你选购。这里还有几个哈萨克做皮毛生意的同胞。他们告诉莫河买提汉、自拉提巴义，政府对来敦煌的汉哈族人与汉人一样对待，对他们做生意特别照顾。说话间，饭口到了（开饭时节），人们一拥而上，选用各自对口的美食。小吃有敦煌黄面、大卤面、臊子面、清汤面、包子、花卷、锅盔、烧壳子（干粮）等，捎带还有冷菜、热菜。于黄面（于家黄面馆）、王凉粉、习凉粉（王家凉粉馆、习家凉粉馆）、刘油棒子（刘家油棒子）、黄家的油糕、裘大豆（裘家炒大豆）、闫家的瓜子、钱醪酒的醪糟锅子、张包子（张家包子馆）、郑家的合汁粉汤、夏厨子的炒菜、苏刘两家的烤羊肉（与新疆烤羊肉不同，将半熟的羊肉放在铁架上，用红柳火烤，味道鲜美，堪称一绝），生意十分红火。莫河买提汉、自拉提巴义和哈萨克族代表经不住烤羊肉扑鼻香气的诱惑，不由走向前去……回来时，他们还买了好多锅盔、烧壳子，说要带回山里去，因为那里已很少见到这些美食了。

一周的参观后，石志刚亲自会见了莫河买提汉、自拉提巴义和哈萨克族代表，给他们耐心细致地讲了我党和政府的一贯的民族团结和宗教政策，希望他们以自己在敦煌的亲身感受，说服和引导哈萨克族群众认清当前形势，和乌斯满划清界线，回到人民一边，民族团结，兄弟携手，共建美好新家园，莫河买提汉、自拉提巴义和汉族代表深受鼓舞。

接下，来推夫和李万祥就具体事宜向他们进行了交代：大鄂博图、安南坝、多巴沟、葫芦斯台、南湖乡驻有人民解放军，他们可随时派人联系，搞好对牧民的接应工作。临行，又给他们准备了足够的日用品。莫河买提汉和自拉提巴义当场表示，一定要把这次参观的情况如实传达，要尽最大的努力做好宣传引导工作。

在我军海子草原追剿乌斯满之前，也返回了一部分哈萨克族群众，但那些主要部落头目及所挟群众却无动于衷。乌斯满更是铁石心肠，死不悔改，誓与人民为敌到底，甚至不惜葬送哈萨克族群众的前途，明知飞蛾扑火，也要以身自焚。

我方团结争取仁至义尽，正义之剑呼啸而出！

诗云：

先礼后兵坦宏量，顽固不化终灭亡。

三进南山说匪首，来推夫与李万祥。

第十一章

匪患扰西湖

美丽神奇的西湖

听到西湖这个名字，不由使人想起杭州西湖，那可是一个美丽迷人的地方。这里所说的敦煌西湖，也是一个神奇诱人的地方。西湖位于敦煌玉门关以西，库姆塔格沙漠以东，东接南泉湿地和南湖乡（现阳关镇），南与阿克塞哈萨克族自治县接壤，西、北分别与新疆维吾尔自治区和国家雅丹地质公园毗邻，并与库姆塔格沙漠和罗布泊相连。这是敦煌西部唯一的湿地，绿色屏障。现在，已建成西湖国家级自然保护区。保护区总面积66万公顷，约占敦煌市总面积的21%，其中核心区19.8万公顷，缓冲区14.575万公顷，试验区31.625万公顷。主要保护范围包括湾腰墩、天桥墩、土豁落、大马迷兔、小马迷兔、艾山井子、清水沟、火烧胡、后坑子、盐池湾、羊圈湾、崔木土沟、多坝沟（敦煌境内段）等地区，地域辽阔，地貌奇特，荒漠湿地相依，戈壁胡杨相映，充满传奇色彩。

当年，这里曾是土匪出没的地方。毕善禄和乌斯满匪首进入南山后，相互勾结，狼狈为奸，时而在南山抢劫蒙古族和哈萨克族同胞的牛羊，苟延残喘。在我剿匪部队的追歼下，又时而窜入西湖一带，春天抢劫在坝头子一带种撞田的农民，夏天他们又抢劫在北湖放牧的牧民，成了敦煌人民的心腹大患。敦煌刚解放时，对这里暂时鞭长莫及，也给残匪造成了可乘之机。

西湖的后坑子、马迷途、湾腰墩一带，湖泊、泉水遍布，湿地广阔，胡杨茂密，芦苇、红柳丛生，甘草、罗布麻遍地。野骆驼、野马、黄羊在这里繁衍生息，野鸭、白天鹅、丹顶鹤在这里悠然自得，牧羊人在这里放牧牛羊。远望西湖，芦苇如海，蓝天如盖。古诗中“天苍苍、野茫茫，风吹草低见牛羊”的画面，自然地展现在眼前。美丽的西湖，大漠深处珍藏的一块天然翡翠，点缀其中，如梦似幻。人与自然，人与动物在这里和睦相处，情归自然，地久天长。

牧羊人孟大叔在西湖放牧已经30多年了，他是当地牧主孟三的晚辈孙子。从他十几岁起，就跟爷爷在西湖放牧牛羊。听爷爷讲，那时，西湖一带都是他太爷爷孟三的牧地。孟家庄的人说，孟三虽是富甲一方的牧主，但也是一个开明的牧主。当年左宗棠收复新疆，要征集1000头白骆驼，由孟三全部提供。后来收复新疆后，孟三受到朝廷的恩准，将玉门关以西及西湖的草场全部划为孟三经营。在敦煌民间，至今流传着“孟三帮国”的故事。

孟牛长期在野外放牧，人也野了，心也野了。他看惯了这里的旷野风光，过惯这里的自由生活。每当离开西湖回家，他住不了几天就回来了。他觉得家里没这里自在，自由呼吸，自由出入。感到家里空气沉闷，琐碎事繁多。久而久之，村上的人发现孟牛简直成了一个“古人”，没有一点儿人情味。后来，族叔给他介绍了一个漂亮贤惠的媳妇。媳妇家不要彩礼不要嫁妆，只要蒙牛跟女儿回家过安生的日子。谁知孟牛真是一头牛，宁是没有答应媳妇家的要求。岳父岳母一气之下，将女儿另嫁他人。孟牛还是一根筋我行我素，去西湖和他的牛羊为伴了。从此，孟牛再也没有找过媳妇，只好一辈子打光棍了，但他好像无所谓似的。一天放牧早出晚归，或拨疙瘩，或拉条子，或风干馍馍，一个人吃饱，全家不饿，倒也心宽乐意。敦煌解放后，孟牛仍孤身一人，在西湖与牛羊为伴。

那天夏天，西湖湿地南边的黑戈壁上，突然扬起一阵沙尘，飞来一群骑着黑马的人。黑马队闯进湿地，孟牛放牧的羊群、牛群自然停下。这些人都拿着家伙，步枪、手枪、马刀什么着。他们朝天放了几枪，将惊吓的羊群、牛群围成一圈。一个戴着毡帽，穿袍子（哈萨克服装）的黑大汉子，手中举着还在冒烟的盒子炮，对孟牛和两个放牧的小伙子说，妈妈的，我们从南山下来，奉毕善禄师长之命，来西湖赶些个牛羊过去，去敬奉乌斯满巴图尔，他最近牛羊很少，接济接济。不过眼前手头紧，以后宽裕了再给你们。

孟牛听后显得很沉着，两个年轻后生显得有点紧张。因为他们知道，他们是给别人放牧的，丢了牛羊回去肯定没有好果子吃。

“你们要多少？”孟牛冷静地回应黑大汉的话。

“那当然是越多越好了。”黑大汉嘿嘿地笑着说。

“少了还可以，多了恐怕不好办。”

“你就看着办吧，我们看看再说。”

“那就十只羊，一头牛怎样？”

“你太小气了，南山有三四百号弟兄，连牙缝都不够塞啊！”

孟牛和黑大汉你一言我一语，讨价还价，互不相让。

最后，黑大汉朝天连放三枪，恶狠狠地对孟牛说：“今天你是给也得给，不给也得给。”说完，把手一挥，十几个土匪翻身下马，扑向羊群牛群。两个年轻后上欲上前阻拦，被孟牛目视阻止了。羊群牛群一阵骚乱，孟牛乘机呼了三声口哨。羊群牛群听到口哨声，突然向草场四周狂奔散开。匪徒们围追堵截，汗流浃背，顾此失彼。孟牛和两个年轻后生乘机钻进茂密的芦苇丛中。匪徒们逮不住牛羊，恼羞成怒地向四散的牛羊开枪。枪声一响，牛羊更加惊慌如一群鸭子，纷纷逃进芦苇荡。黑大汉一看，牛羊不见了，孟牛和两个后生也不见了。几个匪徒要冲进芦苇荡去找，被黑大汉阻止了……

黑大汉一清点被射杀的牛羊，共十只羊、一头牛，不多不少，和先前孟牛说得一模一样，简直神了！黑大汉突然想起孟牛吹的口哨后牛羊跑进芦苇荡的情景，感到这个人不是一般的牧人，会施法术，这里也是一个神秘的地方。他望着清风摇曳的芦苇荡，很久很久。他急忙命令三个匪徒向芦苇荡方向警戒，其余赶忙将羊只驮在马背。由于牛的体积大，他们就飞快地将其大卸八块，装入帆布口袋驮上马背。接着，黑大汉与十几个匪徒一起上马，一路扬尘，向西而去……

孟牛在芦苇荡边缘望着匪徒去的方向，感到非常奇怪：去南山从黑戈壁顺芦草水井直直向南走，他们怎么向西去了。孟牛突然一想：那是去玉门关宝城的方向啊！

玉门关宝城

玉门关宝城，是一个古老而又新鲜的传说。古往今来，无论是玉门关下的牧羊人，还是敦煌的老年人，都知道它，并能给你讲出一段传奇的故事来。传说以前往返玉门关的客商和历代土匪及长期在这里放牧的人，都在打听过它，寻找过它，希望在那里发一个意外的财。有一个牧羊人虽然偶然走进过玉门关宝城，但没有带出一件宝贝，这是后话。

这次，土匪黑大汉为什么要寻找玉门关宝城（还有以前的匪徒也在屡屡寻找它）呢？据敦煌现健在的百岁老人沙杨讲，其中有三个奥妙：

一是传说当年唐僧取经路过此地时，观音菩萨为救唐僧设的一个虚幻之城，藏有一幅“西湖寻宝图”。宝城虽然不大，但蚂蚁虽小，肝胆俱全。城内街道、商铺、寺庙、民宅布局紧凑，融会贯通。居住在城内的居民，吃穿无忧，取尽自添。但居民的生活只限制在城内，出了城就有去无回。更重要的是，在城内九座寺庙的其中一座的佛龛下，藏有唐僧亲手抄写的一幅“西湖寻宝图”。传说当年唐僧因沙尘暴被困于此，观音幻化此城，让唐僧小憩调理数日。一个月光皎洁的夜晚，唐僧住的那座寺庙外薄雾袅袅似轻纱悠悠，观音菩萨的影子若隐若现。她向唐僧口述，唐僧一一记载，这就是后人传说的“西湖寻宝图”。根据图示：西湖的金银铜铁钒及水晶玛瑙玉石分布记载翔实。唐僧在玉门关宝城休养生息后，根据观音菩萨的旨意，将“西湖寻宝图”藏于第七座寺院的一个小佛龛下，待后人有缘发现后，按图索骥，开采宝藏，造福世人。唐僧取经出玉门关，回归入阳关。当时不知出于什么原因，唐僧没将“西湖寻宝图”随身带走，回到敦煌时也没有去找，一直是一个谜。根据敦煌逃往南山的恶霸地主张二麻子授意：若找到“西湖寻宝图”，可献给政府后，将西湖划归“仁义救国军”属地，与敦煌城井水不犯河水，政府可收取管理费，双方长期共存，相安无事。因此，匪徒在西湖抢劫农民和牧民时，心里总惦记着玉门关宝城。

二是传说宝城下有一条通天暗道，可直通天竺（印度）。传说，这条通天道也是由观音菩萨点化生成的。唐僧当年在宝城修养时，难得几日休闲时光。唐僧闲暇思远，闲暇生情：他离开大唐疆土赴西天取经，历经九九八十一难，终成正果，取经而归。夜深人静之时，唐僧突然想起佛国天竺、那烂陀寺、释迦牟尼、菩提树。待他在长安译完所取佛经圆寂后，他的灵魂幻想飘到那里做一次梦中的漫游。晚上，观音菩萨就托梦与他：在第九座寺院的大佛座下轻轻拍九下，就有一条通往天竺的时光隧道，可满足他的夙愿。第二天天亮，唐僧按观音菩萨梦中的点化去做，一条天道自然生成，唐僧真是喜出望外，阿弥陀佛！这个传说，当地知道的人很少，不知匪徒又是怎么知道的？据当年大佛寺的宏智法师讲，匪徒作恶多端，罪不可恕，他们愚蠢地认为，归顺人民也是死，自绝人民也是死，而抵抗只能是以卵击石，终究也是灭亡。为了挽救匪徒们灭亡的命运，陶尚义就借助民间传说，大肆渲染，蛊惑人心，让愚蠢的匪徒借助佛教幻想起死回生，聊以安慰，真是滑稽而又可笑至极！

三是传说玉门关宝城藏有一幅“魔鬼城路线图”，也是唐僧绘制的。那是一个放下屠刀，立地成佛的地方。民间传说魔鬼城在玉门关以西，也是个鲜为人知的地方。啸聚敦煌南山的毕善禄、乌斯满之流，在被我剿匪部队穷追猛打，狼狈逃窜之时，逃命隐藏、苟延残喘、起死回生是他们的首要选择。据惯匪马占元讲，那里他曾经去过，方圆上百公里，是古人遗弃的一个城堡，是一个迷宫，绕来绕去让人摸不着东西，古时一个马帮队进入其中，七天七夜未走出迷宫，全部渴死饿死了。每当刮大风时，他们哭声伴随风沙吼个不停，简直吓死人了。土匪觉得如果在玉门关宝城找到那张图，进入魔鬼城，那里地形复杂多变，谁也不会发现的。毕善禄命令马占元亲自去寻找"魔鬼城路线图"，幻想天开一面，能有一线希望。马占元满口答应，但终归无望而归。其实，匪徒们都知道这是"天方夜谭"，但为了死里逃生，只好自欺欺人了。

匪徒们最终也没有找到玉门关宝城，最终也没在西湖和南山逃脱灭亡的命运。玉门关宝城的传奇故事，也为敦煌剿匪故事增添一些传奇的色彩，这里聊为读者愉悦愉悦心情。

玉门关宝城的传说，也有其真实的影子。当年，唐僧取经曾途经魔鬼城，留下了许多传奇故事。如《敦煌故事·唐僧取经敦煌传奇》之《敦煌留恋情》中，就有这样一段惊险的描写："唐僧想他在离开第四烽，去野马泉找水迷路后，糊里糊涂地进入魔鬼城。城内大大小小的城池，高高低低的街衢、弯弯套套的胡同，黄沙狂舞，鬼哭狼嚎，一片阴森恐怖。唐僧依马背而行，身不由己地穿出一个城池到一个城池、走出一个迷宫到一个迷宫，总没有出头之日，一直在黄沙和嚎叫声中艰难挣扎，几乎要被风沙魔鬼吞噬。后来，坐骑一失前蹄，倒在了一个古堡旁，唐僧也一起摔了跤。这古堡周围建筑稀少，黄沙铺天盖地，哭喊声撕心裂肺，真是到了阴曹地府。"

2000 年，魔鬼城被发现，后成继鸣沙山之后又一处自然奇观，又称

“雅丹地貌”“魔鬼城”。再说西湖的宝藏，解放后经国家地质队员勘测，传说中的矿藏这里都有，而且很丰富，其中钒的产量居全国第二。改革开放后，在雅丹地貌以西发现了大型钒矿，并建立了红柳河钒矿，现成为敦煌财政的重要来源。可见，当时传说的“西湖寻宝图”并不是空穴来风，都是有依据的。至于“天竺通天图”，那只是一种美好的想象，只有复活在人们的传说中，使人更加感到玉门关的神奇迷人。

西湖追匪三天三夜

充满传奇色彩的西湖、北湖，远离敦煌县城和村落，茫茫沙漠戈壁之中，点缀着一片片湿地、一块块绿洲、一泓泓泉水，地域广阔，地形多变，是敦煌的天然牧场和荒野，回旋余地很大。在我剿匪部队的穷追猛打下，啸聚南山的毕善禄、乌斯满残匪只有招架之能，哪有还手之力。他们只有劈我锋芒，东躲西藏，仓皇逃命。为了解决给养，他们只有伺机在边远的西湖、北湖抢劫。县城及周边乡村实行军民联防，匪徒们也不敢去冒险。一次，几个化装的匪徒去一个离北湖较近的村子抢劫，被民兵引诱抓获，让其他匪徒知道后心惊胆战，从此不敢越雷池半步。

这天，孟牛和牧羊人老王抬着一个被土匪打伤的尕小伙子，到西湖乡上报告：匪徒在西湖、北湖抢劫牛羊的事。据孟牛反映，上次匪徒在西湖抢劫了他们的牛羊后，不久又在北湖抢劫了几家牛羊。在玉门关东河仓城下疏勒河畔的一家羊圈，十几个匪徒要将一圈30多只羊全部赶走，尕小伙恳求他们给留一点。不然他爷爷（回家取吃食去了）回来，他不好交代。谁知匪徒毫无人性地说，你要羊还是要命，要羊就别想活命，要命就把羊乖乖地让我们赶走。尕小伙年轻气盛，不畏强暴，真是要羊不要命。匪徒们野蛮地驱赶羊群，尕小伙明知飞蛾扑火，仍扑上去阻拦，被匪徒顺肚子给了一马刀，鲜血直流，当场昏迷了过去。匪徒们却哈哈大笑，吼喊着赶着羊群，向玉门关方向走去，过了玉门关，便进入了西湖……

孟牛还说，那天，还有一个老汉远远发现了抢劫羊群的匪徒，赶忙将他的羊群隐蔽在一片芦苇丛中，才幸免于难。

乡民兵队长周武听了孟牛的报告后，立即赶往县城，向保安大队长马振勤做了汇报。最近南山的匪徒在我剿匪部队的日夜追歼下，纷纷逃离匪巢，疲于奔命，看来他们要对西湖、北湖的牧民下毒手了。马振勤及时将情况告诉了石志刚，石志刚立即通过电话通知南湖剿匪指挥部。

黄新廷军长决定，由安骏政委带领机动骑兵连，从南湖乡连夜抄近路出发，全歼骚扰西湖、北湖的残匪。保护农民和牧民的生命财产安全。

根据王排长侦察的情报，现在海子一带的匪徒有 200 多人，西湖北湖有 100 多人。海子一带的匪徒，已被我剿匪部队围追堵截，很难逃脱了，全歼他们只是个时间问题了，而且乌斯满，毕善禄匪首还在海子。西湖北湖的匪徒，为惯匪张继元、魏三喜带领，他们都是本地人，对这一带地形比较熟悉。他们的主要任务是抢劫牛羊和粮食，以补给海子匪徒之困，而且赃物都聚集在贼窑（贼窑原为丝路马帮的寄货地，后为土匪的脏物地）。

根据孟牛和牧羊人提供的最新情况，匪徒们分散在贼窑、西湖马迷途两处，但各处的具体人数暂不清楚。

明月当空，漠天清爽。玉门关下，安政委和指战员们认真分析和研究作战计划——

安骏政委果断决定，兵分三路，如此如此。

第一路，由他带领，围歼马迷途匪徒，这可能是匪徒的大队。

第二路，由张连长带领，孟牛带路，直捣贼窑，烧毁贼窑，彻底断绝匪徒的粮道。

第三路，由五区武装部长吴秉禄带队，由吕玉、段续海、陈寿、杜向明等十余名民兵参与，驻守玉门关，一来防止残匪向东逃窜，一来保证部队的给养供应。

两只部队像两只利箭，趁着皎洁的月色和清爽的漠风，向玉门关以西飞逝。吴秉禄和吕玉、段续海、陈寿、杜向明等站在玉门关前，目送两只部队远去，直到消失在茫茫大漠月色之中。

此刻，吴秉禄感到驻守玉门关责任重大。他特别叮嘱大家要打起精神，提高警惕，积极配合完成这次剿匪任务。大家异口同声地说：嗯！

安骏政委带领的大部队，经过一天一夜的急行军，赶到了马迷图附近的一个沙山沟内，沟底芦苇高过人头，谷畔胡杨、红柳茂密。部队暂时在胡杨树下隐蔽待命，派侦察兵王玉龙、王保科、张明亮前去打探虚实。约莫一个时辰，侦察兵回来报告，沙山沟外一公里处有匪徒宿营的痕迹，但附近没有发现匪情。安骏感到奇怪：“匪徒到底到哪儿去啦？”这时，随侦察兵身后，远远过来了一个人。看部队在那儿，就直直地走了过来。几个战士持枪迎了上去：“站住，你是什么人？”这是一个穿得邋里邋遢的中年汉子，他自称是西湖的牧羊人，让赶快给他口水喝，一个战士将随身带的水壶递过，牧羊人咕咚咕咚地喝个不停。喝毕，用脏兮兮的袖口擦了一把嘴，感激地说：多谢军爷，多谢军爷，今天若不遇到你们，我简直要渴死了。安骏问他为什么一个人在这里跑，遇到土匪了吗？牧羊人说，他是给土匪赶羊群的，土匪就在不远处，他惦记着家里的老婆孩子，不想跟土匪去，就偷偷地跑了出来。一名战士说，这正好让他带路，把这伙土匪给解决了。安骏没有马上表示，他心里想：“牧羊人把部队叫军爷，这好像不是牧羊人说的话。”但他很快意识到牧羊人即便是奸细，肯定知道土匪去处，何不将计就计呢？于是，他马上表示：好啊！牧羊人一听赶紧点头道：是是是！我给你们带路。

为了安全起见，安骏让王玉龙等三个战士跟着牧羊人，一直向沟外走去，上了沟外的沙丘。没有发现异常情况，牧羊人也一副若无其事的样子。这时，一个战士回去通知部队，大队人马上向沟外奔去。快到沟外时，一名战士突然发现前面的胡杨灌木丛中有人影，急忙说："快散开，有埋伏！"话音未落。射来了一排子弹，那个战士中弹身亡。前面的战士立即射击，又有三个战士牺牲。说时迟那时快，只见大个刘的机枪像雨点一样压向胡杨灌木丛，后面的战士自然散开，群枪齐射，弹雨飞溅，接着一个个手榴弹像冰雹一样飞出，爆炸的烟雾弥漫了沟口的视线。就在匪徒突袭枪声响起的同时，那个牧羊人见势不妙，拔腿就要向沙丘后逃跑，被我战士当场击毙。

我战士迅速逼近灌木丛，高喊：缴枪不杀！只听灌木丛有人应答：别开枪、别开枪。接着，走出了三个一瘸一拐，满脸血污的匪徒。经过打扫战场，共击毙匪徒21人，击伤3人，里面没有惯匪张继元和魏三喜。

经审讯，这是匪徒的断后部队，主要护卫匪徒运输部队将贼窑赃物安全送到乌斯满驻地。

这时，沙山沟上侦察的王玉龙等三名战士连连鸣枪。安骏很快意识到有情况。命令所有人马立即冲向谷顶，迅速就地散开，随时准备战斗。只见远处一群匪骑已越来越近。双方相迎而上，相互开火。由于我方人多势众，密集的火力一下子压倒了匪方的火力，并有匪徒不断落马。这时，刘排长一马当先，挥舞大刀冲入匪群，鹞子翻身，左右开弓，连劈数匪，匪徒被驱赶后退。接着又有十余名战士挥刀杀入匪群，匪群顿时大乱，我大队人马突飞猛进，势不可挡，匪群四散而逃，钻进沙丘、沙沟。

安骏政委立即命令将部队一分为二，一路继续追歼逃跑匪徒，一路绕道包抄，切断匪徒退路。

又经过两天一夜的追击、堵截，53名匪徒中除张继元与两名保镖侥幸逃脱外，击毙37名，击伤俘虏13名。此刻，我军也于昨夜粮秣已尽，战士们只能靠吃草籽和打野味充饥，但大家士气不减。匪徒们早已弹尽粮绝，一路惊慌逃命，士气大减。当战士们听到西湖剿匪初战告捷的消息后，挥枪高呼：胜利了、胜利了！此起彼伏的欢呼声在西湖的漠天旷野传得很远很远。这时，十几个战士由于连日粒米未进，身子感到空飘飘的，纷纷倒地。战马也由于日夜奔袭，得不到草料，有好多已显得有气无力，左右摇摆，站立不稳，但没有倒下。

此地前不着村，后不着店。去玉门关还有很长一段路，恢复体力是头等大事！安骏政委下令：杀马充饥，恢复战士体力。命令虽下，但战士们却迟迟不肯下手。老战士曹兰柱抱住自己心爱的枣红马直哭，枣红马也似乎知道曹兰柱的心情，低着头在默默地流泪。见此情景，战士们谁也不忍心杀马，说宁可饿死也不能杀伴随我们一路剿匪，冲锋陷阵，立下汗马功劳的战马。无奈，安骏政委不得不取消杀马的命令。这时，体力强的战士们有的搀着体力弱的战士，有的把倒地昏迷的战士扶上马，步履缓慢地走出戈壁沙漠，来到一片稀疏的胡杨林中。饿极的战马争先恐后地啃着碱地的青刺和甘草及低垂的胡杨枝叶。看着这一情景，刚才还心情悲伤的曹兰柱，脸上露出了欣喜的笑容。

战士们在胡杨林中歇脚，无情的饥渴不停地袭来。尤其是十几个昏迷的战士，嘴唇简直烧成了焦壳壳。安骏政委真是看在眼里，疼在心里。他心里一片焦急：哪里有水，救救我们的战士啊！突然，有几匹马进了一阵给养后开始撒尿了。还是曹兰柱眼尖：快！接马尿。战士们纷纷递过军用水壶，去接马尿。此刻，战马也好像知道了似的，个个尿得很慢。尤其是曹兰柱的那匹枣红马，尿尿停停，让战士们往壶中接。战士将壶中的马尿，轻轻地灌入昏迷战士的口中。一会儿，可能是受了酸涩马尿的刺激，昏迷战士们的嘴唇开始微微嚅动，安政委紧张的心情开始有点平静。

傍晚，吕玉、陈寿、段续海牵着5匹骆驼载着给养，终于在后坑子找到了安政委和战士们。这些天来，由于剿匪部队三天三夜连续作战，宿无定所，他们前赶后追，总是赶不上趟儿。这次，他们带来的干粮、炒豆子、盐巴真是久违的美食，战士们狼吞虎咽，吃得格外香甜。6羊皮袋子的水，更是比茅台酒还要珍贵，先给十几名微微苏醒的战士每人灌了半碗后，大家才一人一碗就着干粮共进美餐。一锅锅热乎乎的羊油碗托子掺和熬成的面糊糊，喝在战士们（尤其是昏迷苏醒战士）的口里，暖在战士们的心里。

此刻，张连长带领的袭击贼窑的部队，于昨夜顺利全歼守卫的30多名匪徒，击毙匪首魏三喜（当时死的是替身，魏三喜侥幸逃脱，后在盐池湾被活捉）。他们在孟牛的带领下，夜半时分神不知鬼不觉地包围贼窑。匪徒们当夜把抢劫集聚的财物全部打包就绪，明日一早分别由骆驼和马匹秘密运往海子、南山乌斯满处。那天晚上，魏三喜与匪徒们饱食狂饮，准备明早上路。张连长首先让两个身手不凡的战士，无声无息地干掉了两个哨兵。然后其他战士们迅雷不及掩耳地冲进匪聚餐的窑洞，一阵扫射后又扔了十几颗手榴弹，魏三喜和匪徒们还没有来得及反抗就全部见了阎王爷，魂断贼窑了。

张连长、孟牛和战士们点燃火把（胡杨、红柳枝）打扫战场，最终确定贼窑匪徒全部消灭，无一漏网。张拉扣吩咐炊事员生火做饭，煮了两大锅牛羊肉。大家吃肉喝汤，既补充了战士们连日征战消耗的体力，又对袭击贼窑的胜利以示庆贺。这夜，张连长和战士们在贼窑美美地睡了一觉。

清晨，他们又饱餐一顿。按照军事安排，烧毁了贼窑，赶着缴获的 30 多匹战马，向玉门关方向赶来。

这边，驻守玉门关的吴秉禄部长及吕玉等十多个民兵，及时与县剿匪指挥部联系，调集运送西湖北湖剿匪部队军需，押解俘虏，救助伤员，传递信息，使千年丝绸之路上的玉门关，谱写了敦煌剿匪的新篇章。

旭日东升，霞光漫天。在霞光的映衬下梧桐树盘枝虬龙，沧桑辉煌。安骏政委指着玉门关下一片胡杨林说："胡杨生一千年不死，死一千年不倒，倒一千年不朽。千年胡杨，大漠之魂，不正是我们民族精神的写照吗？今天我们在这里剿匪，见到了胡杨，就像见到了我们民族的精魂。"安骏政委的一席话，激起战士们对胡杨的崇敬之情，大家望着身披霞光，金光灿烂的胡杨林，久久地不忍离去。

当安骏政委、张连长两路劲旅汇聚玉门关时，玉门关沐浴着缤纷金灿的霞光，组成一幅恢宏辽远，雄伟壮丽的画面。一只雄鹰在玉门关上空盘旋，南面遥远的祁连雪峰如玉龙静卧，映耀碧空。

黎明前的阴影

随着西湖、北湖枪声的停止，标志着敦煌的匪患已经扫清。但时隔几个月后，又有小股流窜的残匪出没那里，抢劫农民和牧民。这些都是乌斯满、毕善禄残匪漏网之匪。他们犹如阳光下的几只乌鸦，浅水中耐命的可怜泥鳅，虽然遮不住太阳的光辉，掀不起大风大浪，但也不时投下一点阴影，给农民和牧民的正常生产带来威胁。黄新廷军长率剿匪部队凯旋离开敦煌后，追歼漏网的零星土匪的任务，就由地方武装部和民兵来承担了。

1952 年 7 月 28 日，就在敦煌剿匪胜利半年之后，接群众报告，又有一股匪徒出现在西湖、北湖一带，抢劫农民和牧人，干扰着他们正常的生产。接到通知后，五区武装部长吴秉禄受命，立即率领民兵吕玉、段续海、陈寿、杜向明等十余人策马前去追歼。

在北湖，这些匪徒正赶着一群抢劫的牛羊，往西湖方向赶。吴秉禄远远地用望远镜一看：匪徒有十七八个人，牛羊有四五十头，还有一个牧羊人和孩子。吴秉禄当即决定：由他带领杜向明等四人抄近路去解救牧羊人和孩子，吕玉带领其余人从后面追歼匪徒。

吴秉禄等四人借助沙丘和红柳的掩护，策马飞快地绕到匪徒路过的一群沙丘后。吴秉禄和民兵远远地挥动红柳枝，学着狼叫给牧羊人报信。还是孩子眼尖，贴近牧羊人轻声说：爷爷，那边沙丘有“狼”，牧羊人放眼一看，知道前面有“情况”，就故意大声噢失噢失噢失地呼喊羊群，孩子也随声挥动放羊棒驱赶羊群，并双双走到羊群前。就在头羊接近沙丘的同时，牧羊人和孩子很快地隐身沙丘下。这时，吴秉禄等四人的头露出沙丘。吴秉禄向匪徒喊话：“放下牛羊，缴枪不杀。”匪徒们听到喊声，才发现前面有埋伏，慌乱地向沙丘开枪。吴秉禄等立即还击，有两个匪徒当场毙命。这时，土匪又是一阵射击，吴秉禄和杜向明双双被击中。吴秉禄胸部受伤，杜向明当场牺牲。后面远远跟在土匪后面的吕玉等七八个民兵，听到前面的枪声立即策马猛追。这时，匪徒的火力压住了对面的沙丘，乘机绕过沙丘向西北方向逃窜。

吕玉等一边追击，一边射击。待他们赶到沙丘旁时，只见两个民兵扶着鲜血染红胸脯的吴秉禄。吴秉禄睁着眼望着吕玉等人，艰难地举起右手。吕玉赶紧走上前去，双手抱住吴秉禄。吴秉禄费劲地对吕玉说：“快带人追击土匪，别让他们跑……”还未说完，吴秉禄突然头一歪，倒在了两个民兵的怀中。

吕玉和民兵放下吴秉禄，安顿牧羊人和孩子在这里守着。他立即带领民兵追击残匪。

吕玉和民兵从北湖到西湖马不停蹄，一路穷追猛打，有三名匪徒被击毙。前面逃跑的匪徒，可能是怕再被追歼击毙，纷纷下马进入沙丘。吕玉见状，立即招呼快下马。吕玉和民兵在沙丘之间，和匪徒进行激烈的战斗。吕玉和民兵包抄向前，匪徒被逼后退。就这样双方打打停停，进进退退，持续了一个多小时。吕玉感到匪徒人多，这样消耗下去必有闪失。他吩咐大家利用熟悉地形，加快包抄，靠近匪徒，精准歼灭。后来，匪徒全部进入包围圈。吕玉指挥大家避虚就实，灵活出击，将匪徒一个个击毙（后据吕玉讲，当时只有一名匪徒逃脱。那里的牧羊人多次看见一个翻穿皮袄的“怪人”出入吐豁罗一带，后来却不见了。不久他们在贼窑附近发现了那个“怪人”的尸体，可能是那个逃脱的匪徒）。

这次北湖、西据剿匪战斗中，武装部长吴秉禄，民兵杜向明、段续海、陈寿光荣牺牲。吕玉身负两处伤，一处在腹部，一处在胳膊上。

至此，北湖、西湖的匪患全部根除，笼罩在人们心头的阴影豁然开朗。

吴秉禄、杜向明、段旭海、陈寿，是西湖、北湖剿匪中牺牲的革命烈士，他们的名字已被载入中国共产党敦煌地区党史，流芳百世。

此次战斗后，吕玉被西北军区授予“西北民兵英雄”的光荣称号。在北京召开的英模大会上，贺龙元帅代表国防部给吕玉奖励了一只半自动步枪。

吕玉作为“西北民兵英雄”，不仅是家乡父老的骄傲，更是敦煌人民的骄傲。1996 年元月，吕玉在他的家乡吕家庄因病去世，享年 73 岁。吕玉去世后，吕家堡乡党委书记席中和敦煌市武装部代表前往吊唁。

吕玉参加剿匪的战斗，已成为一段光荣的历史，在敦煌大地传扬。王渊（敦煌市原政协副主席、市政府副市长在《啊，敦煌》一书《他们是那个时代的旗帜》一文中，比较详细地记录了吕玉剿匪及家庭的情况。敦煌的赤子，剿匪的英雄，永远激励着后辈们知道我是谁、为了谁？从哪里来、到哪里去？

诗云：

西湖剿匪颂英雄，吕玉英勇留美名。

吴杜段陈四烈士，胡杨不死扬雄风。

第十二章

盐池湾大剿匪

冰天雪地大周旋

一场鹅毛大雪纷纷扬扬，铺天盖地，下了一天一夜。清晨，大地洁白，远山披银，真是一个冰天雪地的世界。太阳出来照在冰川雪原上，金星闪烁，辉映千里雪野，万里银涛，好一派壮丽的北国风光。正如毛泽东同志在著名词作《沁园春·雪》中所描写的那样："山舞银蛇，原驰蜡象，欲与天公试比高。须晴日，看红装素裹，分外妖娆。"

在茫茫雪野上，一支马队在艰难地前行；在漫漫的沟壑中，一支驼队在缓慢移动。马队和驼队分别是我剿匪部队的骑兵团和骆驼运粮队。按照约定，两只部队与今晚在石堡城附近的小石梁秘密汇合，围歼驻守在那里的毕善禄黑马队。黑马队是"忠义救国军"的精锐部队，也是匪徒的最后"王牌"，由毕善禄亲自指挥，由100名清一色的黑马和100名枪法很准的惯匪组成，专门负责抢劫偷袭，为土匪提供后勤保障。在我军几次追歼毕善禄匪徒的战斗中，都未见到黑马队的影子。这次据王排长侦察的可靠情报，黑马队已驻扎石堡城一个多月，抢劫了大量牛羊和衣物，供匪徒过冬之用。

茫茫雪野中，骑兵团像一串串蝌蚪，行进在冰天雪地中。昨夜狂风卷着大雪，如狼似虎呼啸不停，简直要掀天揭地。山崖下战士们宿营的帐篷，几次被风雪掀起又掩埋。李团长和战士们奋力打铁钉、拉绳索、固帐篷、清积雪，个个成了雪人，人人成了圣诞老人，只有两个眼珠子在动。突然，一阵暴风雪呼啸而至，两个在前沿固定帐篷绳索的战士被卷进了深沟，另一个战士要去拉扯，也被卷了进去。李团长命令大家抓住帐篷及附着物，不要乱动。风雪交加，呼啸震天，帐篷内外一半被大雪掩埋，战士们身上好像扣了一层硬硬的盔甲，寒彻心脏，呼吸困难。李团长招呼大家不要站着，快动动身体，不要被风雪凝固了。战士们艰难地抖动身体，费力突破风雪形成的盔甲。就这样坚持抖动了一个多小时，疯狂的风雪终于失去了淫威。这时一部分战士已冻得失去了直觉，倒在了一尺深的雪地上。李团长赶快指挥战士们清理积雪，扫开帐篷内的空间，把冻僵的战士抬进来，盖上大衣、被子，一一用雪粉揉搓额头、胸口、脚心。一会儿，那些失去知觉的战士们渐渐苏醒，李团长总算舒了一口气。他吩咐炊事员刘华林和老黄立即杀了一匹冻死的战马，熬了三大锅马肉汤，给战士们御寒暖体。连日来部队在盐池湾一带追击残匪，断粮已经一天了。但我们的战士是毛泽东思想武装起来的战士，具有钢铁般的意志，有在艰难困苦面前勇往直前的勇气，更有官兵一致，团结友爱的火热情场，这些是那些匪徒们想都不敢想的。热腾腾的马肉汤端上来了，李团长先端起一缸试了试，然后给一位冻伤的伤员轻轻地喂了一口。战士们也一一给伤员喂汤后，自己才开始喝。李团长望着眼前的情景，眼睛顿时湿润了。他不愿让战士看着难过，偷偷地用袖口抹去泪水，端起半缸子牛肉汤，招呼战士快趁热喝了……

旭日照射着沙山沟，一只只骆驼旁，站着一个个运粮战士，他们的帽子和身上都结着一层冰雪形成的薄甲，但他们精神抖擞，脸上冒着微微的热气，脸色红润润的。昨天傍晚暴风雪中，尹善荣带领的骆驼运粮队的30多名队员，正行进一片黑戈壁上。一开始风雪还不算大，尽管遮住了前面的路线，但在温占国的带领下，还能一步一步向前走，前面不远就是一条黑石沟，也是今夜的宿营地。走了一会儿，突然风雪越来越猛，吹得人和骆驼的身子都成了趔趄不能挺直，真是举步维艰，寸步难行。温占国凭着多年来拉骆驼的经验，牵着头驼走在最前面，在风雪中一个个传话下去：始终贴着骆驼，身体不要离开骆驼的身子。风雪呼啸扑面而来，简直像刀割一样疼，简直让人睁不开眼睛。前面的温占国一会儿匍匐着身子，一会儿弯腰抬头，牵着头驼挪着步艰难向前。温占国感到，风雪简直像张着大口的恶魔一样，要把他和驼队吞噬下去。他只能凭着感觉，一步步艰难向前、向前。后面的人紧贴骆驼，机械地随骆驼且行且停，且停且行，都有一种被风雪卷走的恐慌感。小郭一步未走稳，突然倒地，被风雪卷了一米多远，幸亏他没有松开缰绳，被后面的人及时拉回。尹善荣在后面断后，感到驼队总是在原地踏步，简直像踏蚂蚁一样，进展太慢让人心里发急，若这样耗下去，夜里整个驼队将生死难料。尽管如此，他总是向上传话：有温占国带路，大家不要怕！撕裂的风雪几次将他的传话撕破，但他几次反复叮嘱，让前面的人心中有底。一支用信念和执着支撑的驼队，迎风冒雪，勇往直前。

一段二三公里的黑戈壁，整整走了二三个小时。到黑石沟后，温占国建议卸掉驼背的粮食，大家晚上就不要睡觉，拉着骆驼贴着避风的沟崖头来回走转走转，防止被风雪冻僵和埋掉。当风雪停后，尹善荣看着全部运粮队员安然无恙，拉着温占国的手感激地说，今天多亏了你！温占国说这样的天气他在张掖黑河就遇到过一次，由于何驼主领头，人驼始终不分手，终于挺了过去。这次他也很害怕，只能豁出去死马当活马治了。

我剿匪部队在南山剿匪，冰天雪地，行军作战，其艰苦是可想而知的。安骏在《漫忆三军在敦煌的剿匪》一文中，曾有这样的记述：冬天、夏天都是在一顶帐篷里生活。有时风大，架不起帐篷，就找个凹地，土坎下、沙包附近过夜。负伤的战士来不及救护，有的伤员被冻死……我们的战士日夜爬雪山、过草地、穿过了无数的戈壁滩，走了近万里路。两条干粮袋、一个水壶、一件皮大衣、一双毡鞋、一条破被子，就是我们指战员的全部家当。……有时什么吃的也没有。敦煌西湖两天三夜都没吃上东西。我们下令杀马，可是战士们抱着自己的马直哭，谁也舍不得杀马，饿死了自己留下了马！……我们就这样，经过几百个日日夜夜，完成了党和人民交给我们的剿匪任务。

石包城重创黑马队

石包城位于今肃北县石包城乡政府西南3公里处高约50米的山岗上，城堡东西长144.4米，南北宽77米，城门面南而开。据史书记载，“石包城，地居险隘，前代垒石为城。高居绝壁，制奇扼要，殆非人力所致”。石包城城墙四角呈四方形，从残留的痕迹来看，早期这里建有塔楼，后期曾做修葺。石包城又名雍归镇，汉为敦煌郡广至县辖地，历来为兵家必争之地。传说西域番国统兵元帅樊梨花，当年在石包城生擒唐将薛丁山，逼其成亲。现城门外的高台，就是樊梨花当年的点将台。1935年4月红军西征时，李先念率左支队官兵300多人在此休整数日，然后经星星峡上新疆。有诗为证：“转战祁连上新疆，西征将士在此修养。兵家之地多传奇，唯有红军美名扬。”今天，我剿匪部队与“仁义救国军”残匪又在这里进行了激战。

冰雪阻路，行军缓慢。原定今夜两支队伍在石包城黑石梁的会合，没有预期达到。清晨，两支队伍经过昨夜稍事休整后，继续踏冰破雪向前挺进。一路的积雪有一尺多深，这是多年没有见过的大雪。人马踩在积雪上，扑哧扑哧响个不停，从戈壁到丘壑，深一脚浅一脚地艰难前行。战士们呼出的气顷刻凝滞，脸上湿冷，眼睛难睁。凛冽的寒气如薄薄的刀片，割得人的脸面生疼。战马不停地打着响鼻，喘着粗气，显得非常难受。俗话说下雪不冷消雪冷，此时在戈壁沟壑，北方的战士真是亲身体验到了。一位南方的战士冻得浑身瑟缩，缩着脖子，在孔庆云的搀扶下，艰难地向前行走。在越过一条高低不平的沟壑时，这位战士脚下一滑，摔在了坎下，再也没有醒来。孔庆云和战友们怀着沉痛而又悲伤的心情，把他的遗体抬到沟壑边的大石头下，继续行军。此刻，尹善荣与运粮驼队，踏着冰雪，前赴后继，向盐池湾方向前进。大家只有一个信念：一定要提前将给养送到黑石梁，让战士痛痛快快吃个饱饭，围歼黑马队！

傍晚。两支部队悄悄地在黑石梁会合了。李团长紧紧地握着尹善荣的手，感动地说："你们运粮队真是好样的，剿匪部队到哪里，你们的给养就及时送到哪里。"尹善荣说："这都是应该的。"还说："这次遇到暴风雪，多亏温占国前面引路才化险为夷啊！"李团长一听赶快说："就是那个骆驼队长啊，真是好小伙。"他不禁走过去，看见温占国正和伙伴们从骆驼上卸货呢……

一天的忍冻受饿，长途跋涉，战士们早已饥肠辘辘，只有靠坚强意志支撑虚弱的身体了。炊事员很快做了几锅甜汤拨疙瘩，战士们先照顾体弱冻伤者吃后，自己才开始吃。一缸缸、一碗碗，热乎乎、白生生的甜汤拨疙瘩，就着红红的辣椒干，温暖着战士们的心窝，驱散了战士们身上的寒气，增添了战士们战斗的力量。

战士们精神抖擞，整装待发。李团长下达了作战命令：大家原地休息，养精蓄锐，午夜运动到石堡城周围，一举围歼毕善禄黑马队。十几个冻伤的伤员，暂时留在黑石梁修养，由2名运粮队员照料。尹善荣带领其他队员随部队前往，结转缴获的黑马队的物资。

此刻，毕善禄在石包城下的帐篷内，也在安排明早运送物资去盐池湾、南山的计划：70名黑马队队员，由“二元”张继元、马占元带领，将大批物资运往盐池湾。其他30名黑马队员，在他的亲自带领下，走密道（土匪内部人知道的道路），进入南山芨芨沟营地。连日大雪封山，道路难行。毕善禄根据多年逃窜南山，熟知地理的“经验”认为，解放军地理不熟，不可能在这样恶劣的天气下进山围剿。狡猾的毕善禄，当夜就带着30多名黑马队匪徒抄密道去了芨芨沟营地。

拂晓前，围歼毕善禄黑马队的战斗打响。我剿匪部队占据了石包城四周的居高点，由司号员向毕善禄及黑马队土匪喊话：“你们已经被包围了，赶快投降，我们可以给你们活路一条，顽抗到底只有死路一条。”一分钟过去了、三分钟过去了、五分钟过去了，匪徒驻地没有一点动静。何连长命令：“开炮！”周小勇（我军炮兵神手，技术高超，弹无虚发，在南山剿匪中让匪徒闻风丧胆）立即指挥发射，正前方的4门六〇炮连续发出十几发炮弹，在土匪驻地炸开，腾起一片烟雾，顿时传来人喊马叫的声音，黑马队纷纷从隐蔽处跃出，向东北方向冲锋。刘长柱的机枪覆盖扫射压倒匪群、战士们的步枪瞄准射击，前面的几个黑马队匪徒被击毙落马。尽管如此，后面的黑马队匪徒仍然冲锋不止，被刘长柱的机枪连连压下，又有十几个匪徒被我战士击毙落马。这时，在后面督战的“二元”下令黑马队匪徒撤入下面的沟壑。我军奋起直追，黑马队纷纷败退，有的被击毙，有的被俘虏。何连长手握冲锋枪一路扫射，黑马队匪徒们惊慌逃窜。何连长带领战士冲入沟沿时，突然遭到匪徒一阵猛射，何连长和两个战士不幸中弹落马。李团长见状马上命令：暂停追击，注意警戒。

石包城周围又恢复了短暂的平静，寒风呼呼地吹着，夹杂着飘散的硝烟味。李团长命令兵分上下两路：上路绕道沟壑上沿堵住黑马队南逃的退路，下路分散隐蔽在沟壑北口下沿外，故意放黑马队走出后猛烈进攻。黑马队在我上路火力的猛烈攻击下仓皇应战，死伤无数。惊慌失措的匪徒一听沟壑北口没有枪声，策马向北拼命而逃。天麻麻亮，黑马队像一道黑色的闪电，飞出沟壑北口。隐蔽在沟壑下沿的战士跃马而起，猛烈射击，黑马队匪徒纷纷落马。最后，对黑马队匪徒形成了一道包围圈。战士们步步逼近，高喊：“缴枪不杀！”黑马队的匪徒们次第举起了枪，有的还把枪放在了地上。突然，一个放下枪（长枪）的匪徒抽出了腰里别的短枪，向上前而来的战士射击，战士的左肩膀被打中，顿时血流如注。战士身子微微一斜，但没有倒下，他用右手举起冲锋枪喷出一道火舌，将对面的匪徒打下了马，倒在雪地上。

这时，上路部队从沟底杀出，战马嘶鸣，雪粉飞扬，直扑沟外，与下路部队把黑马队残余紧紧地包围了起来。黑马队匪徒一一被缴枪，集中在一起。战士们抓紧打扫战场，了解战况。这次战斗我军牺牲 3 人，负伤 8 人，共击毙匪徒 34 人、俘虏 32 人、打死战马 8 匹，匪首毕善禄与 30 余名黑马队匪徒去向不明，“二元”在我上路部队围追堵截时，走暗道逃进了南山。

战士们含着热泪就地掩埋了何连长和 2 名战士的遗体，卫生员李秀春也包扎好伤员。李秀春其实是个男的，起了一个秀气的名字，我剿匪部队身手敏捷的救护高手。这时，尹善荣和温占国带领运粮队的驼队，抓紧装载战利品。

李团长与战士们向天鸣枪，为何连长和 2 名战士致哀。枪声穿越青灰的云层，传得很远很远。这时，几个俘虏感到很紧张，担心接下要枪毙他们，不由引起匪群中小小的骚动。看押的战士王玉龙见状说不要害怕，你们已经放下了武器，解放军是不会枪毙俘虏的。那几个匪徒紧张的神色顿时消退，骚动的匪群也渐渐趋于平静。这些匪徒受毕善禄的欺骗恐吓太多，都认为解放军铁面无情，六亲不认，他被抓住了必死无疑。今天的所见所闻，使他们才算认清了毕善禄的歹毒和狠心，大都悔恨早知今日，何必当初！

李团长站在积雪的小高台上，简要总结了这次战斗并安排了接下的战斗：这次我们虽然对毕善禄黑马队给予重创，但还有30多名侥幸逃脱，这些都是些穷凶极恶的死硬分子，虽然人少但决不可掉以轻心。下一步我们一方面要围剿盐池湾匪巢，一方面要追歼南山海子一带的毕善禄和乌斯满残匪，今后的战斗将要更艰苦、更凶险，大家要有充分的思想准备。战士们举枪齐声高呼：不怕艰苦，不怕流血，不怕牺牲，不剿残匪，不出南山！雄壮洪亮的声音此起彼伏，响成一片，声震雪野，响遏行云……

旭日映照着雪野，映照着欢呼雀跃的战士们，鲜红、血红、殷红交融在一起，红光飞溅、红云沸腾、红霞绚丽。

“仁义救国军”魂断盐池湾

马占元、张继元逃到盐池湾后，向匪首包布拉、马玉林、张二麻子报告了石包城黑马队重创和军需物资被劫的消息。匪首们听到这一意外的消息，无不感到恐惧和震惊！黑马队是他们的“王牌”，也是最后垂死挣扎的救命稻草。前面刁家庄黑马队损失30余人后，匪徒们简直像被割去了心头肉。从此，他们对黑马队格外惜疼。后经过苦心经营，又补充了30多名（匹）人马，算是凑够了原来100多人的队伍，但黑马队一直坚守不出。这次黑马队守护石包城的一批军需物资，是土匪多年抢劫集聚的物资总汇，也是他们今后赖以生存的保障，故派“王牌”黑马队守护和运送。谁知黑马队也是外强中干，不堪一击。马玉林几乎是带着哭声说：“解放军真是太残忍了，一下子卸去了我的两个胳膊，简直不让人活了啊！”包布拉只是冷冷地听着，一言不发。张二麻子等恶霸地主一个个像泄了气的皮球，内心一片空虚。

漫长的冬天到来了，冰雪封山，寒风凛冽，盐池湾像一个冰窖，300多匪徒像一群蛇一样蛰伏在冰窖里，梦想熬过寒冬，在春天到来时寻找一线生机和希望。但是300多人马，总得吃总得喝，不能在这里坐以待毙啊！于是，马玉林建议：一部分匪徒出去狩猎以缓解眼前之急，一部分匪徒化装成牧民到敦煌买粮以度过严冬。冰天雪地野兽深藏不出，所打的猎物并不多，只能聊补眼前。派出去买粮的在肃北、敦煌尽管没有落空，但数量不能太大，也不能填满匪徒们的胃口。因此，整个冬天里，匪徒们断粮断炊的现象时有发生，甚至动摇了军心。有的匪徒想要离开盐池湾，但没有被马玉林同意。其间，在敦煌、肃北、安西一带不时有抢劫发生。

一天，毕善禄从海子带来一些马肉、面粉和白酒，匪徒们才算吃了一顿马肉汤煮拨疙瘩，还喝了几口酒呢，这对在严寒和饥饿困扰下的匪徒来说，简直是一次难得的美餐。毕善禄趁机鼓动匪徒们说："弟兄们请坚持一下，熬过这严冬，到了春天就好了。"匪徒说："没吃没喝的，怎么个熬啊？"毕善禄听后打气说："老天爷冻不死雪山的熊，饿不死草原的狼，咱们就是熊、就是狼，要学会在绝望中生存。咱们现在只有心狠，只有抢，才能有救。"毕善禄看匪徒们冷落的情绪有些释放，又阴险地说，咱们若出去被解放军捉住，要坐大牢、受酷刑、点天灯。现在咱们是绑在一根线上的蚂蚱，谁也离不开谁了。毕善禄最后以乐观的口气告诉匪徒们，只要熬过冬天，咱们盐池湾和海子那边（乌斯满）会合，进入南山，重创一片天地，谁也管不了咱们。匪徒们听了有的点头，有的摇头。

就这样，匪首包布拉、马玉林、张二麻子与匪徒们啸聚盐池湾，在肃北、敦煌、安西边远地带明抢暗夺，东拼西凑，在苟延残喘，度日如年的熬煎中打发着每一天。也就在这个冬天，我军进军盐池湾的准备也在悄悄地进行。

1950 年上半年，随着河西沿线残匪的不断剿灭，三军集中力量全面开展敦煌剿匪。

在酒泉军分区召开的党委扩大会议上，认真分析了剿匪形势并确定了军事进剿和政治争取相结合的方针。会议决定，由黄新廷军长亲自指挥骑兵大队、驼兵团和步兵团进军土匪老巢——盐池湾。

6 月 22 日，就在我军决定进军盐池湾之际，骑五军和“仁义救国军”一部分残匪，于 7 月 12 日从哈什哈向安西发起了进攻。13 日残匪刚到安西桥子，就被我军侦察到，在保安队和当地民兵的配合下被击溃，逃往盐池湾、石包城一带。7 月 16 日，我驼、骑两团分别从安西和赤金出发，以两路会击石包城。可是，匪徒已越过土大坂、尕秀、隐蔽于五个庙，躲过我军的追歼后，逃往青海。后被青海剿匪部队消灭。

7 月 21 日清晨，我军围剿盐池湾匪巢战斗打响。我骑兵团、驼兵团和步兵团，于昨夜秘密到达指定位置，对盐池湾形成了包围之势。

匪徒凭借盐池湾特殊的地形，苦心构筑了三道防线：第一道在盐池湾外围，借助自然沟壑、沙丘，阻止我大部队正面进攻；第二道在盐池湾匪巢入口处，封锁进山道路，阻止我大部队围剿匪巢；第三道在盐池湾匪巢腹地，借助熟悉地形，与我剿匪部队迂回作战，企图拖垮我军。张继元、马占元固守第一道防线，魏三喜、赵得胜固守第二道防线，马玉林、叶合比固守第三道防线。

我军根据王排长之前多次侦察，对匪徒三道防线的布局和指挥者做了缜密的研究，制订了灵活机动的作战方案：骑兵团在李团长的带领下，对整个盐池湾匪巢形成拉网式的包围之势，彻底切断匪徒的后路；步兵团在高团长的指挥下从正面发起攻击；骆驼兵团在安政委的指挥下在步兵团发起攻击后，持续进攻，骑兵团、步兵团协同作战，前后照应，对匪徒形成穷追猛打，毫无喘息地致命打击。因为匪徒们已到了山穷水尽，穷途末路的地步，他们已抱定鱼死网破的死硬之心。

战斗开始前，我军先进行政治攻势，向匪徒喊话：你们已经被我们层层包围，继续抵抗只有死路一条，放下武器可留一条生路。张继元疯狂地回话：有本事真枪实弹地过来较量，想让我们投降连门儿都没有。

“开炮”，随着指挥员挥舞红旗，一声令下，“砰砰砰……”六〇炮弹声呼啸而起，落入匪阵，“隆隆隆”的爆炸声此起彼伏，连续不断，匪阵烟尘四起，一片弥漫，浓烈硝烟味扑鼻而来。炮击之后，我方阵地冲锋号响起，步兵发起冲锋，匪徒顽强抵抗，双方火力交叉，战斗异常激烈。十分钟后，双方枪声暂停，敌我阵地开始寂静。突然，我方冲锋号又起，骆驼兵团发起连续冲锋，马占元左肩膀受伤，张继元急忙拉住他的右手向后撤退，匪徒们一看头儿败阵，留下几十条尸体纷纷撤离阵地退入第二道防线，骆驼兵团迅速冲了上去占领了匪徒第一道防线。我步兵团接着发起冲锋，呼啸的炮弹纷纷落入匪徒第二道防线。接下，双方激战又起，枪声大作。匪徒凭借有利的地形顽固抵抗，我军凭着勇往直前，压倒一切敌人的勇气，前仆后继，横扫残敌，一鼓作气攻克了匪徒的第二道防线。

双方枪声暂停，盐池湾又恢复了平静。我方又开始喊话：你们已没有退路了，赶快投降，以求活路！就在我方喊话的当儿，有几个匪徒表现出投降的样子，被残忍的张继元当场击毙，这是杀鸡给猴子看，使其他几个有投降打算的匪徒望而生畏。这时，张继元放开嗓子喊道：“要我们投降办不到，只要你们网开一面，给我们条生路，我们保证远离南山，再不回来。”我方回话：“只有放下武器，才有回头之日，你们周围已布下了天罗地网，你们是插翅也难飞了。”这时，已对盐池湾底部形成包围圈的骑兵团，跃马出击，喊声震天，飞弹如雨，匪徒先后倒下一大片。我步兵团、骑兵团乘胜追击，风卷残云，把残匪逼入第三道防线，也是最后一道防线。

这里由沟壑、沙丘、暗洞组成，地形非常复杂。三股残部败退到第三道防线后，凭借熟悉的地形，做起明知毫无意义但又孤注一掷的垂死挣扎。这时包围盐池湾底部的部分骑兵策马向前包抄，步兵团和骑兵团照应向前推进。

包围圈越来越小，枪声也由激烈变得稀少起来。我军随机应变，快速出击，从大部队转型为十几个小分队，分散进入沟壑、沙丘、暗洞搜索、追击、捕获。张二麻子、阎万友、张楷躲在深沟的一个暗洞内，吓得浑身筛糠似的，几个战士听到洞内有动静，高声喊道：“快出来，不然就投炸弹了。”张二麻子听后，吓得魂不附体，战战兢兢地说：“别投、别投，我们投降。”这些通匪的恶霸地主，一个个狼狈不堪地乖乖地束手被擒。

嗒嗒嗒，半山腰的一个暗洞内，突然射出一排排子弹，几个正在搜索的战士倒下了。机枪手刘长柱气得骂道：狗娘养的，死到临头还不积点阴德，说着对准暗洞一阵猛烈射击，孔庆云、宋兴接连甩进去几颗手榴弹，随着爆炸声和腾起的硝烟，几个匪徒的尸体被炸得飞了出来。

“站住，缴枪不杀！”在一个沙沟内，战士朱仓生、黄银娃手握冲锋枪，向三个仓皇逃跑的匪徒大声喝道。跑在后面的听到喊声，转头向朱仓生、黄银娃射击，子弹从朱仓生的肩上飞过，朱仓生随手一枪，打中了匪徒的手腕，手枪落地，二人飞快上前，将匪徒制服。跑在前面的两个匪徒，迎面被几个战士堵截，一个欲开枪射击，但没有打响，被黄银娃射中腿部倒地。另一个在战士的枪口威逼下举起了手。经指认他们是：张继元、马占元和赵得胜。

十几个小分队马不停蹄，搜索追击，将四处逃散的残匪一一捕获或击毙。经清点、指认，就是不见匪首包布拉、毕善禄、马玉林、叶合比和魏三喜。经一个伙夫指认，在俘虏的匪群中发现了马玉林、叶合比和魏三喜。经审问三人，包布拉和毕善禄之前已离开了盐池湾。

乌斯满途经盐池湾

1950 年 8 月间，正是肃北草原秋高气爽，牛羊肥壮的季节。乌斯满匪徒在王震将军指挥的新疆剿匪部队的致命打击下，从北塔山败北，经野马泉逃窜大沙漠，带着残部越过马鬃山进入肃北境内，经我骆驼兵团追剿后，又逃到红柳峡一带。在红柳峡又被我骑兵大队追至小草湖歼灭一部分，残部于 8 月 4 日经鳖盖、盐池湾。中午乌斯满在盐池湾，短做停留，与毕善禄会晤后，越过肃北逃窜到阿克塞海子草原。这次，乌斯满和大列里汉（贾尼木汉之子）裹挟而来的还有加纳布里、沙拉黑坦、卡宾等部落头目，共计 1000 多人。

在毕善禄为乌斯满“洗尘”的简单宴会上，毕善禄可怜兮兮地恳求他手下的几十个兄弟跟乌斯满走。在一月前，盐池湾匪巢被我剿匪部队摧毁后，毕善禄与几个匪徒因在柳城子，侥幸逃脱了惩罚。老奸巨猾的乌斯满虽对毕善禄的处境表示同情，但没有答应他的要求。乌斯满说你大难不死，必有后福，你的好意我领了，我想咱们还是分散为好，你守东线（肃北与阿克塞接壤地带），我据西线（海子草原、马海一带），一旦遭到共军的猛烈进攻，可自由回旋，相互照应，不至于一起被歼灭。毕善禄觉得乌斯满说得有道理，只好做了个顺水人情，尽情招呼乌斯满。席间，乌斯满与毕善禄窃窃私语，说谢谢毕师长的盛情，海子那边时机成熟可欢迎他过去。毕善禄神秘地告诉乌斯满，海子那边还有一处谁也不知道的密营——黑瞎子沟，还说敦煌城里沙州堂主赵先生还在……

被我剿匪部队一路追剿的乌斯满残部，真是一路奔波，饥渴难耐。在穷途末路遇上“患难之交”，乌斯满还是强打精神，充作胖鸟。他与毕善禄大块吃肉，大碗喝酒，大话炮天，大言不惭。说我乌斯满从不服输，共产党有能耐和我在海子草原来见高低。毕善禄也随声附和，吹牛打气，说那是那是，你是闻名新疆的大英雄，我们早已对你如雷贯耳，佩服、佩服啊！乌斯满一听嘿嘿大笑，故作谦虚地说不敢不敢。乌斯满是个黑大汉，大方盘脸，满腮黑胡子，身材魁梧，左脚有点残疾，步履沉重而又吃力。看上去威严的仪表，威风凛凛的样子，还真有点古代骑士的样子。以前，毕匪只知道乌斯满其名，没见过乌斯满其人。今日一见，还让毕匪有点“敬畏”之感呢。

第二天太阳从祁连雪峰刚冒花花，乌斯满率其残部离开盐池湾，直奔海子湾。他怎么也没想到，那里竟是他的葬身之地！

乌斯满与胡赛音

乌斯满是新疆阿勒泰哈萨克族，原是个贩卖牲畜的商贩，后来在富蕴县叶斯木汗拉起的武装队伍里干伙食管理员。因为不满低微的差事，拉起一伙人在富蕴通承化（阿勒泰县）的公路旁，抢劫了一个邮政局，而后又抢劫了运送军用品的骆驼队，抢劫骆驼200峰。自此，在额尔齐斯河上游地区招兵买马，拉起了一支自己的队伍。

1943年7月，乌斯满与外蒙古得利文地方的哈萨克穆华西等人，建立了联系，获得不少枪支弹药。之后，又派兵在青河等地掠劫马300多匹、毛毡200多条，从外蒙古方面换取水连珠步枪50多支。后来，外蒙古方面又送给他水连珠步枪、自动步枪、轻重机枪近4000支及望远镜等，而且还为乌斯满派来助手和参谋，使他的队伍渐渐壮大。从此，他坐在白毡房上，自称“哈萨王”。

在新疆“三区”同国民党政府和谈期间，乌斯满开始同国民党人暗暗勾结。联合政府成立之后，乌斯满被任命为省政府委员兼阿勒泰专区专员。他虽然当上了大官，但反动的本性不改，与国民党互相勾结，派兵抢劫牧民的牲畜财物。阿勒泰的牧民纷纷起来控诉和揭发他的罪行，强烈要求省政府给予惩处。后被赶下台。

新疆和平解放前夕，蒋介石任命乌斯满为新疆警备总司令，企图控制新疆局势。乌斯满又与反动头人贾尼木汗和美蒋特务尧乐博斯勾结起来，打着“保教保族”的幌子，策划、煽动乌鲁木齐附近的哈萨克族叛乱，反对和平解放新疆。乌斯满亲自指挥了吉木萨尔、奇台、木垒一带的反共叛乱。这些叛匪受到解放军的打击后，见大势已去，自身难保，便按照受美国驻迪化（乌鲁木齐）副领事马克南的授意，带着残部东逃至甘肃境内，在马海草原与胡赛音部会合。

胡赛音是新疆哈萨克部落头领，解放前离新入甘青后，一直在远离人群的青海尕斯驻牧，不愿外界来侵扰这片相对宁静之地。1949 年 9 月间，马克南从新疆逃出，途经柳城子来到尕斯，企图从台吉淖尔出境回国，正好遇上了在这里驻牧的胡赛音。马克南大肆煽惑胡赛音反共叛乱，与人民解放军对抗到底。胡赛音只想过清静的生活，故对马克南的鼓惑没有多大兴趣。于是，派尼哈买提将马克南送到台吉淖尔（后来，马克南与当地藏民发生冲突，被藏民所杀）。后来，乌斯满逃窜到马海草原，与胡赛音合流。

据《甘肃哈萨克》（酒泉文史第二辑，何奇著）载，全国解放后，胡赛音对共产党和人民政府抱有信心。他特意为毛泽东主席制作了一枚金质纪念章，派尼哈买提、哈木两人送往北京，并向中央人民政府汇报了流落在甘、青边界哈萨克牧民的苦难生活状况，要求人民政府在格尔木划出一片地方，供他们放牧居住。中央政府答应了他们的要求。正在这时，乌斯满和达列里汉带领残部来到马海草原。我剿匪部队在甘肃海子草原活捉乌斯满后，达列里汉、阿里拜克、哈木扎等挟裹不明真相的牧民群众，逃到胡赛音驻牧的青海尕斯草原，大肆造谣说，共产党开始杀哈萨克头人，消灭宗教，等等。

恰在这时，甘肃海子草原上部分哈萨克牧民，因为解放军在海子围剿乌斯满残匪时受到惊吓而逃跑到了尕斯草原，传言解放军到了海子草原，活捉了乌斯满和加纳布里等头人，马上就要进军尕斯草原。胡赛音、苏里坦谢利夫等部，闻此谣言，惊慌失措，惶恐不安。所以，没等到去北京的尼哈买提、哈木回来，便慌忙同苏里坦谢利夫等部落头目，挟裹着二三百牧民群众赶着牛羊，驮着家当，跑出尕斯，穿过青藏高原，进入克什米尔……

诗云：

金光灿烂盐池湾，匪霸抱团犬吠天。

乌合之众一网尽，还我人民好山川。

第十三章

海子草原追剿乌斯满

熊瞎子沟的奇遇与奇袭

乌斯满逃到海子草原，与胡赛音哈萨克族部落合流后，有了一块生存之地。后又拉拢哈巴斯、加纳布里、沙拉黑坦、木沙巴等部落，成了海子草原的“霸主”。乌斯满一方面散布谣言蛊惑牧民不要听共产党的宣传，不要接受解放军的解救；一方面顽固与人民为敌，继续在海子草原、北湖、西湖抢劫群众牛羊，拒不接受解放军的劝降。我剿匪部队在这些地方与乌匪进行了拉锯似的战斗。乌匪凭借他们多年在戈壁草原流窜，熟悉地形，惯于潜藏的习性，低估我军的能力。妄想与我军进行消耗战，等熬过眼前的困境之后，与胡赛音一起逃窜青海出境，叛逃印度。乌斯满早在新疆被我剿匪部队追剿之前，通过马克南与胡赛音联系逃往海子事宜。在海子期间，乌斯满正是依靠胡赛音的威望才收拢了其他部落。故乌斯满对胡赛音真是感激不尽。

在乌匪逃窜海子草原的半年时间内，我剿匪部队分别在海子草原、北湖、西湖和莫高窟外与乌匪进行大小战斗 10 余次。狡猾的乌匪忽而声东击西，忽而无声无息，忽而以假乱真，与我军玩起猫捉老鼠的游戏。我军在汉、蒙、哈群众的带领下，采取灵活机动的战略战术，与乌匪迂回周旋、追剿作战，一路风卷残云，使乌匪或被追剿歼灭，或仓皇潜逃。尽管如此，受乌斯满的淫威和欺骗，那些残匪总是顽固不化，助纣为虐，一些哈萨克族部落头领和群众总是跟乌匪盲目瞎跑，不思后果。这些匪徒虽已成惊弓之鸟和潜逃之蛇，但也凶性残忍，切不可掉以轻心。根据剿匪部队的指示，与乌匪交战时若遇挟裹蒙古族、哈萨克族群众，要尽量以保护他们的安全为重。狡猾的乌匪早已获悉我军的意图，有时将匪徒混在牧民群众中间，以他们作为挡箭牌，使我军不便采取果断行动，真是何其毒也。

在熊瞎子沟，毕善禄与20多名匪徒混在10多名哈萨克族牧民当中，使人难以分清真假，以致蒙混过关。一天下午，王排长带领小王等3个战士在熊瞎子沟与他们相遇。只见前面过来了一队骑马的哈萨克族牧民，前面领队的哈曼主动和王排长打招呼，说他们是前山部落的牧民，昨天进山打猎，今天赶回。王排长一看马背上驮着几只黄羊、盘羊，牧民们都身着清一色的哈萨克族服装，看上去脸上笑嘻嘻的，再说领头的牧民哈曼就是他们熟悉的，也就放他们过去。

王排长目送远远而去的“牧民”马队，站在那里一脸的严肃。小王说王排长你怎么啦？王排长说我觉着今天这伙人有点不对劲？小王说，不会吧？领队是咱们常见的老牧民啊！这时，马队已出了熊瞎子沟。王排长立即意识到，是匪徒混在牧民中间，胁迫与他们随行，情况非常复杂，必须搞清土匪的去向和真实情况，务必全歼这股残匪。王排长立即派小王和一个战士，暗中跟踪……

晚上，在前山我军驻地，随同哈曼的30多名牧民，只回来了七八个。哈曼懊丧地向排长诉说了真情：三天前他在苏干湖放牧，毕善禄（以前他们进行畜货交易，也算是熟人了）挟持了他的妻子和女儿，现在拘禁在甘泉沟。毕善禄要他带他们去南山深处打一次猎，其实是转运藏在熊瞎子沟一批黄金和烟土，全部藏于黄羊、盘羊的皮毛内。若不答应，毕善禄就将他的妻女随乌斯满逃往国外。无奈，他只好随毕匪去了。哈曼告诉王排长，甘泉沟在海子以西的雪山下，很少有人知道，他也没有去过，毕善禄只给他说了大致的方向。毕善禄说若三天后他们一切平安无事，让他到沟口领妻子和女儿。

听了哈曼提供的情报，王排长感到这个毕善禄真是心狠手辣，死到临头还替乌斯满卖命，残害哈萨克同胞，真是丧尽天良，毫无人性。今天是个好机会，应该立即歼灭之，这对追剿乌斯满匪部将产生积极的作用。

这次由骑兵连张连长带队，哈曼引路，王排长同行，连夜出发，直扑甘泉沟。

月照冰峰，如银静亮。阿曼在阿尔金山下仔细辨认，在雪峰一处低缓处终于出现了三个小尖峰。骑兵连在阿曼的带领下，顺着三个尖峰一直向西，来到一条不起眼的沟口。继续前行约 1 公里，前面转弯处的崖壁下发现了火光。战士们翻身下马，包抄了上去。只见匪徒们在火堆上烤羊肉，吵闹声不断。张连长命令大部队守住山沟，他和王排长带领小分队摸到离匪徒 30 多米的地方隐蔽。王排长仔细一看，山崖下的凹地内有 20 多个匪徒，崖壁上三个山洞亮着火光。王排长果断决定：三人一组分三组从两侧包围山洞，其他人出其不意地逼近凹地烤肉的匪徒，力争活捉，反抗必杀！

包围圈越来越小，就在离匪徒 10 米时，战士们一跃而上，逼近匪徒：站住，不许动，缴枪不杀！待匪徒反应过来，已被战士们层层包围，全部就擒。与此同时，解决山洞的战士们也各自为战，奇袭成功。三个山洞两个皆是空的，只有中间的洞口有两个匪徒把守，里面捆绑着阿曼的妻子和女儿。匪徒被突击战士生擒，阿曼妻女得救。阿曼看见妻女还在，喜出望外地扑了上去……

这次奇袭甘泉沟真是兵不血刃，干净利落，前后 10 分钟就解决了战斗，这也是我剿匪部队打的又一次漂亮仗。

在俘虏中没有发现毕善禄。张连长审问匪徒方知，毕善禄和两个亲信没来甘泉沟，出了黑瞎子沟就去了海子乌斯满那儿。毕善禄叮嘱他们保护好黄金、烟土，三天后他派人来取。一切安全后，可放走阿曼妻女。

甘泉沟，因在阿尔金山下，有清泉从山壁流下而名，是匪徒的又一个秘密巢穴。在这之前，我剿匪部队还真不知道呢。

就在张连长和战士们走出甘泉沟时，在沟外突然遭到毕善禄匪徒的袭击。张连长走在前边，匪徒枪响后猝不及防，指挥战士们仓促应战。不料，被匪徒的枪弹射中了大腿，身子一斜跌落下马来，身体被撞在一块凸起的黑石坎上，顿时昏迷不醒。卫生员李秀春急忙跑了过去抢救，只见张连长双目紧闭，腿膝盖上血流如注，染红了石坎和沙石……王排长立即命令战士们分散射击，与毕匪展开了激战。十几分钟后，匪徒的枪声稀疏起来，王排长和战士们穷追猛打，大部分匪徒被歼，只有几个匪徒们绕进山沟跑了。这次张连长右腿枪伤加骨折伤势严重，后被锯掉了右腿。

多行不义必自毙。不久，毕善禄在海子草原被哈萨克族牧民首领木里克击毙。这个残害哈萨克族群众，作恶多端，顽固不化的匪首，终于得到了应有的惩罚。

一个新的罪恶的阴谋

一个月来，乌斯满一会儿在马海，一会儿在海子，心情非常烦躁和不安。此刻的乌斯满，已没有了原来独往独来，不可一世的“雄心”，突然变得谨小慎微，瞻前顾后。随着毕善禄的击毙及所属残匪被解放军剿灭，他的地方鹰犬算是彻底完蛋了。他在马海、海子草原一带躲避解放军的围剿，犹如渐渐西落的太阳，感到末日在一步步来临。

这天晚上，乌斯满三姨太让仆人准备了一顿丰盛的晚餐。仆人在帐篷的大花毡上铺开洁白的绣花餐布，端来了热腾腾的奶茶和奶饼、奶干、奶油、蜂蜜和马肠子一类茶点。乌斯满和三姨太及亲信们悠闲地喝着奶茶吃着茶点，女儿昆萨殷勤地给他们添加奶茶，并欢歌起舞助兴，让乌斯满和三姨太感到格外开心，亲信们也感到格外开心。昆萨相貌出众，聪明伶俐，能歌善舞，温柔中含有某些野性，有着一种特殊的魅力，乌斯满一直把她视为掌上明珠，尤其是她的枪法很准，是他众多女儿中最宠爱的一个。一会儿，三个仆人进来了，一个提着高脖子水壶，一个端着洗手时接水的铜盆，一个拿着长长的手巾，一看就知道羊肉已经煮好了，请大家洗手的。乌斯满和三姨太等依次盥洗完毕，仆人随即端来一盘盘香喷喷的羊肉。昆萨先给乌斯满和三姨太分了一块，接着又给亲信们各分了一块。现场气氛热烈，狂笑不止。乌斯满逃到敦煌南山后，在解放军的不停追剿下，一直疲于奔命，匪首们很少静静地坐下来享受这些难得的美味。晚餐一直在热闹哄笑的气氛中进行，乌斯满对此非常满意。因为乌斯满是一个喜怒无常，刚愎自用的人。今天，在穷途末路之际，他要借此显示自己的“英雄之气”，好给亲信再鼓鼓劲、打打气、提提神。谁知这群乌合之众，在一阵海吃海喝后，竟酝酿了一个新的阴谋——偷袭莫高窟。

这是马克南逃跑前提的一个建议，当年华尔纳曾在莫高窟盗去两尊精美的唐代菩萨，现存放美国福格博物馆，成为镇馆之宝。印度是佛教国家，唐僧当年曾前往取经，据说还带了一本《西域水考》孤本藏于莫高窟。若能“请上”几尊佛像，顺便找到那本孤本，到印度作为见面礼，必定时来运转，飞黄腾达。马克南特别提醒乌斯满，此事一定要格外谨慎，不到山穷水尽之时，万万不可贸然行事。

乌斯满身边留下 2 名亲信，由 1 名亲信和 10 名匪徒护送三姨太和昆萨先回马海。自己和亲信带领 100 多匪徒准备奇袭莫高窟，时间就定在明天晚上。根据我方打入乌匪内部的内线提供情报：解放军集中南山剿匪，敦煌城只有两个排的兵力。莫高窟南大拉排山沟有一条通往肃北、阿克塞的骆驼便道，除以前土匪出没外，很少有人行走，而且乌匪中就有以前走过此道者。至于莫高窟，只有十几个文弱书生把守。那本《西域水考》，就在所长常书鸿的手中。如果得到这些宝物，将成为今后飞黄腾达的资本。如果得不到这些宝物，就将常书鸿抓来作为人质与我讨价还价。乌匪亲信建议先派探子前去侦查，摸清情况后再行动，确保万无一失。

乌斯满在帐篷花毡上迈着跛脚，嘿嘿大笑，得意忘形，连脸上的络腮黑胡子都在抖动……

莫高窟保卫战

敌我斗法，智者高；狭路相逢，勇者胜。就在乌斯满准备偷袭莫高窟之际，我方已做好了严密细致的应对措施。刘连长带领步兵连埋伏在大拉排内一公里的山谷内，正面伏击偷袭之敌；李团长带领骑兵团埋伏在大拉排沟外 3 公里处的红柳滩沙丘后，故意放过乌匪，待被我步兵伏击后截击溃逃之敌，力争一举全歼。敦煌城内由黄新廷军长坐镇，剿匪部队一个排、保安队两个排，民兵 50 余人，加强城防，以防乌匪声东击西。莫高窟安排了 30 多个民兵，与常书鸿的护窟队加强洞窟周围的巡逻，以防不测。

今晚，天空铺满青灰色的棉花云，月亮在厚厚云层的缝隙穿行，时而露下一线光照。大漠戈壁在青灰色棉云漏光的映衬下，视野朦朦胧胧，隐隐约约，一队人马穿行其中，犹如一道道黑色的幽灵，向莫高窟扑来。

快到大拉排入口时，乌斯满命令匪徒停止前进。一名亲信带了二十几个匪徒，向大拉排入口走去。进了大拉排口，顺着崎岖不平的山谷，小心翼翼地前行。山谷异常地寂静，只有马蹄踩踏沙石的声音，虽微静夜犹闻。偶尔传来山鸟断续阴森的叫声（可能是猫头鹰的声音），不由使人感到毛骨悚然。匪徒们有些害怕，心总是揪在一起。前面的亲信悄悄地壮胆说不要惊慌，这样的夜晚谁也不知道，我们顺利得手，乌斯满巴特尔是不会亏待大家的。前面是一段弯弯曲曲的山道，为了安全起见，亲信让匪徒下马牵着缰绳一个跟一个走。在转过最后一小山道时，突然山道上唰唰唰地掉下了好多沙砾石，亲信和匪徒们如临大敌赶快爬下。亲信抬头向上望去，感觉没有什么异常。他慢慢地站了起来，走到掉下沙砾石的地方，原来是风化的沙砾石，又有几块轻轻地掉落下来。亲信招呼匪徒上马走出那段弯弯曲曲的山道，山道外是一片灌木丛，我步兵连就埋伏在灌木丛后边的沟壑里。狡猾的亲信招呼匪徒在灌木丛前停下，派了两个匪徒前去打探。一会儿，两个匪徒回来报告前面没有情况。于是亲信领头，带领匪徒策马一路向于麻子家走去。

刘连长立即意识到情况有变，原来的大批匪徒偷袭，变成了小股匪徒偷袭，如果匪徒过了于麻子家（原来在大拉排开荒的农民，被匪徒抢劫过，现已搬走，只剩几间空房），到莫高窟就很近了也很麻烦了。刘连长立即命令，必须采取果断行动，就地歼灭小股土匪。尽量短兵相接，不要弄出响动，以免惊动沟口的乌匪大队。

这时，天空的青灰色棉花云豁然散去。清凉的月光犹如高悬的天灯，把幽暗的山谷照得格外清亮。事后敦煌有的老人对此说得神乎其神，大佛爷法力无边，知道匪徒抢劫莫高窟，特意指示老天高挑天灯，让解放军亮亮活活地收拾土匪。我小时候在村上，也听过许大爷这样的说法。

刘连长立即派出两只小分队，各显绝技，各展神速，一路断后，一路堵前。当匪徒快到于麻子家时，前路小分队犹如神兵天降，堵住了他们的去路。战士们出其不意，齐声大喊：“站住，你们被包围了，缴枪不杀！”前面的匪徒一听简直愣了，只见黑压压的枪口直逼眼前。后面的匪徒马上意识到遇到了埋伏，赶快掉转马头想跑。后面又是黑压压的枪口逼着：“缴枪不杀，赶快下马！”夹在中间的亲信见状欲开枪报警，被一名战士的飞镖射中手腕落马。在战士们排排枪口的威逼下，匪徒们知道反抗只有死路一条，一个个乖乖地下了马束手被擒。

刘连长命令战士随后押解俘虏出山谷，小分队和埋伏的战士们全部快速地向山口前进。

乌斯满在大拉排沟外等待，面对漫天青灰色的棉花云、朦胧月，心里暗暗地庆幸这次老天爷帮忙要他成此事。当漫天青灰色的棉花云散去，明月映空，地面清亮。乌斯满抬头望了一下天上，又望了一下地下，心里隐隐地感到大事不妙。

我步兵连跃出大拉排山谷后，个个像猛虎下山，似利剑出鞘，向乌斯满匪徒发起猛烈攻击，枪声大作，喊声震野。匪徒有的在马上，有的拉着马缰绳，仓皇应战，顽强抵抗，纷纷落马倒地。乌斯满手挥驳壳枪，向着我冲锋的队伍连连射击，有两个战士肩膀、胳膊挂彩，但仍然端着冲锋枪冲锋不止，有几个匪徒被打落马下。乌斯满和骑马匪徒边打边退，那些没来得及上马的匪徒弃马而逃。我步兵连战士穷追猛打，乌斯满率残部边逃跑便向我追击战士射击，真是一伙亡命之徒，一点没有服输的样子。刘连长望着远去的逃匪，命令战士们停止追击。

明亮的月光下，乌匪残骑越过戈壁沙漠，向前面的红柳滩沙丘溃逃。乌斯满回头一看，已把我追击的步兵连战士远远地甩在了后面。紧张的心情略感平静，心想真主保佑，这次又逃出了虎口。他不敢停留，挥动马鞭拼命地抽着马屁股……

嘟嘟嘟、嘟嘟嘟，隆隆隆、隆隆隆……当乌斯满与残骑进入我骑兵连包围圈内，机枪、步枪、冲锋枪、手榴弹一起怒吼、爆炸，匪骑被打得措手不及，犹如秋风扫落叶，残叶纷飞。机枪射手刘大柱、神炮手周小勇，将“绝技”发挥到了极致，战士们个个瞄准射击，弹无虚发。这些死硬惯匪尽管纷纷毙命，仍不停地向我军还击，簇拥着乌斯满拼死抵抗。乌斯满被十几个保镖簇拥着，犹如一群无头苍蝇，在我呼啸的弹雨中前躲后退，拼命抵抗。

我骑兵战士翻身上马，向拼死抵抗的乌匪残骑扑去。最后，他们和残匪搅在一起，打得难解难分。在激战中，乌斯满和二十几个保镖和悍匪，还是冲出了包围圈，在月光下落荒而逃。

狡兔三窟

莫高窟大捷，共歼灭匪徒120多名，俘虏30多名，匪首乌斯满及20余名残匪漏网。根据审讯俘虏得知，乌斯满与哈巴斯、加纳布里、沙拉黑坦、木沙巴等五个部落还有残匪300余人，家属1000余人，去向不明。原计划莫高窟抢劫佛像得手后，匪徒们将分批进入青海准备逃往印度。其中，偷袭莫高窟的匪徒为第一批，与胡赛音部落会合，携带乌斯满的家眷，先打前站，搞好接应。第二批为乌斯满率领，以战斗力强的匪徒为主，以断后和保护家眷安全。我方认真分析敌情做出判断：随着偷袭莫高窟匪徒的剿灭，乌斯满将率手下200余匪一起潜逃，原来的计划将合二为一。决定骑兵团、骆驼驼团、步兵团三路围剿，乘胜追击断其逃路，将其全歼在甘肃境内。

一月内，我军对围歼乌斯满残部做了周密细致的安排：一是做好战前准备，宣传发动、军事训练、筹集军需；二是进行实地侦察，摸清乌匪藏身之处和行动路线；三是继续做好政治争取工作，尤其是解救被乌斯满欺骗跟随而去的哈萨克群众。

自从莫高窟大捷后，乌斯满匪部去向不明，匪徒的藏身地也不知何方？王排长带领侦察排，深入戈壁、雪山、草原寻找乌匪的踪迹，一连十多天毫无线索。王排长默默在想：莫非乌斯满长翅膀飞啦？他又静静一想：不可能！西边有青海剿匪部队严防堵截，根本不可能！

傍晚，在多坝沟营地，王排长和战士们一边吃着炒面，一边分析敌情。此时已是十一月天气，这里的天气已格外地寒冷。一盆牛粪火吐着通红的火焰，驱散着瘆人的寒气。小王建议找几个蒙、哈牧民带路，把搜索范围再扩大一点，尤其是以前没人到过的地方，要把脚步送到，200 多匪徒总有露出马脚的时候。王排长完全同意小王的意见。其他战士还建议，侦察排的战士们可换上蒙古族或哈萨克族的服装，以客商的身份在南山一带活动，接近散落牧民，以便了解匪情。王排长完全同意小王和战士们的意见，并将侦察排分为两组，如此如此。

清晨，天空飘起了雪花，沸沸扬扬，飘飘洒洒，天地间一片迷茫。在盐池湾和苏干湖一带，一个蒙古族商队、一个哈萨克族商队，分别由王排长和小王领队，深入流散的蒙古族和哈萨克族牧民间，给他们送去茶叶、白糖、大米等日用品。蒙古族、哈萨克族牧民们非常高兴和感激，由于连年闹匪患，他们居无定所，食无保障，在漂泊和饥饿中苦挨着时日，见了这些东西，真是既稀罕又眼馋。客商们说他们从敦煌城来，那里专门设置了蒙古族、哈萨克族群众安置所，提供食宿。政府和解放军尊重他们的信仰，保护他们的利益，他们就是政府专门派出的商队，为流散牧民传送信息和提供救急的。牧民们说毕善禄说共产党对少数民族首领和群众一律镇压，乌斯满说解放军对哈萨克族见一个杀一个，这让他们对共产党和解放军心怀恐惧，总是躲着藏着，不敢出来和他们接触。今天看到从敦煌来的商队，真是和他们说的完全不一样啊！后来，这些被我商队救助的蒙古族、哈萨克族群众，都没跟上乌斯满跑，积极和解放军接触，并带领我军寻找乌斯满的“狡兔三窟”。

根据蒙古族、哈萨克族群众提供的线索，侦察排在党河峡谷、黑石沟和海子南山，一共找到了三处乌斯满巢穴。在靠近肃北的党河峡谷，有三个自然贯通的山洞，冬暖夏凉，非常隐蔽。这是乌匪的第一个巢穴，每当遇到我大部队进山围剿时，他们除留下小部分匪徒引诱我军外，大部分匪徒撤离山洞内隐藏，以逸待劳。黑石沟在肃北和阿克塞交界处，前面是黑戈壁和芨芨滩，西南方滩头有三道山沟，中间的很大，两边的很小。在西边的那条小山沟内有个黑熊沟，传说很久以前，有黑熊在这里吃了牧民母子，后来牧民很少进这里。在黑熊沟有一个不知什么年代人工开挖的什么山洞，已废弃好久了，可容纳四五百人。谁知乌匪怎么找到了这里，成了第二个巢穴。在海子南山一条小河的西岸，有一片洼地，这里隔河与海子草原相望。洼地布满了帐篷，是乌斯满露天的第三个巢穴，也是匪徒经常聚集的巢穴。因为这里有小河做屏障。如遇到我军进攻，他们可以在对岸进行抵抗。若我军渡河，他们可以撤离向西逃窜。

根据王排长实地侦察，前两个匪巢随着乌匪节节败退，步步西移，已无暇顾及，成为空巢，只有第三个匪巢，是残匪目前的藏身之地，并已经摸清具体的方位。我军当机立断：三路大军（骑兵、骆驼兵和步兵）进军海子湾，活捉匪首乌斯满，夺取敦煌剿匪的全面胜利。

新年的融融暖意

东风迎新岁，旭日照古城。1951年新年到来了，敦煌人民在紧张的剿匪斗争中，迎来了解放后的第三个新年。

随着盐池湾匪巢的捣毁，“仁义救国军”的覆灭，敦煌人民对共产党和解放军更加感激和拥护。尤其骆驼客温占国，他的两个女儿秀兰和玉兰，都已找到称心如意的女婿，他更感到乐意和幸福。王排长已向石志刚报告了他和刘黑女的婚事，石志刚答应等剿灭乌斯满后，他亲自给他们主持婚礼。王排长还告诉石志刚县长，他们侦察排的战士小王，看上了妇女会的刘莹，剿匪后要求留在地方。石志刚一听感到很高兴，说这好啊，到时你们一起举办个婚礼那才更热闹呢！后来，小王在剿灭乌斯满的一次战斗中英勇牺牲了。这让王排长和石县长都感到非常悲痛和格外惋惜！

为了欢度新年，为民添乐。塞光学社在秦州户专门表演了反映南山剿匪的敦煌曲子戏《张二麻子进南山》，由著名的民间艺人孙家福演唱、周碗儿伴奏。孙家富演唱，时男时女，时大时小，声音惟妙惟肖；周碗儿伴奏，二胡、弦子交相辉映，绑在脚上的快板自然点缀，真是配合自如，深情并茂。他们的精彩诙谐的表演，不时引来台下阵阵欢笑声，让新年的古城洋溢着一股暖意。

该表演唱将土匪头子马玉林、毕善禄、叶合比等啸聚南山，抢劫人民和张二麻子、阎万有、陶尚义、孙耀武、张楷等恶霸地主通匪的罪行及石志刚县长、保安大队长马振勤剿匪反霸的故事编成唱词，使干部群众寓教于乐，更加认清了南山土匪的反动本质，坚定了积极支援县上的剿匪斗争，积极配合地方政府和剿匪部队，最后剿灭乌斯满匪徒的信心（这个表演唱脚本，1981 年 12 月由敦煌文史专家张仲先生整理并编入敦煌非物质文化遗产《剧本汇编》）。

是月，人民政府在敦煌成立了“安置流散哈萨克族工作委员会”。敦煌文庙（原敦煌第二招待所，现敦煌商业步行街后面）专门接待从南山来的哈萨克牧民群众，提供和安排衣食住所；国营贸易公司为给牧民供应最需要的商品，还专门设立了贸易场所。这些细致、深入的民族工作，都对争取、团结、教育哈萨克民族上层起到了较大作用，消灭乌斯满残匪的时机也进一步成熟了！

万里丝路，千年敦煌，从远古到汉唐，从汉唐到今天，始终以它博大宽厚的胸襟释化着风雨阴晴，编织着美丽彩虹，托举着皎洁明月。

海子草原活捉乌斯满

我军剿匪部队和人民政府，始终本着以争取为主，以军事进剿为辅的方针，团结争取多数群众，孤立少数反动部落头人和上层分子。在进剿乌匪之前，我方又派来推夫前去向乌斯满宣传党的宽大政策，希望乌斯满以国家利益、民族前途为重，向人民政府投降，争取宽大处理。根据上级指示，来推夫再次次来到海子，向乌斯满送去劝降书。劝降书上提出四项从宽条件：“（一）对你们的人一个不抓，一个不杀，既往不咎；（二）你们的一切生活物资暂由国家供应；（三）不许你们在杀人抢劫……”然而，乌斯满有恃无恐，执迷不悟，继续与人民为敌，并口出狂言，给“剿匪团”和人民政府回信说，蒋介石、毛泽东都是我们的敌人！我们决不投降！你们有本事就到海子里来吧！

海子在当金山南，地处甘、新、青三省交界。东西南北均为高山峻岭，旷漠戈壁，地形复杂，攻守两便。乌斯满匪徒蛰伏在海子草原，梦想以祁连山和阿尔金山为屏障阻止解放军前进，熬过寒冬后，通过西藏高原，逃亡印度或巴基斯坦。因为乌匪在逃出新疆之前，马克南就指令他去青海尕斯一带，并告知“到那里会有美国的帮助……”

乌斯满残匪被新疆部队驱赶到甘肃境内后，流窜于阿尔金山一带。这样，新疆剿匪部队对乌斯满残匪已是鞭长莫及。鉴于这种情况，西北军区决定，由甘肃、新疆、青海三省会剿这股残匪。新疆部队继续肃清境内残匪，维护好边疆地方稳定；青海部队主要堵截乌匪西逃，断其后路；甘肃部队为主攻，力争将乌匪全歼于甘肃境内。1951年2月14日，甘肃部队骑兵大队、驼兵团组成的剿匪团，由李文彭任代理团长，安骏任政委，集中于敦煌。根据来推夫、李万祥赴马海和海子草原掌握的乌匪的情况，以及来敦煌买粮牧民提供的消息，剿匪团于2月15日悄悄地运动到南湖乡，即兵分东西两路，奔袭海子。

东路骑兵大队由李文彭代理团长率领，经五个泉子（现阿克塞县民主乡前山境内），翻越当金山，向海子东部（现民主乡海子场）包抄。西路驼兵团由安骏政委率领，从大鄂博图沟进山，翻过当金山，向海子西部包抄。

时值数九寒天，茫茫戈壁，冰天雪地，寒风凛冽，如针砭肌。剿匪部队战士迎风冒雪，日夜兼程。2月19日拂晓，两支部队都按规定时间到达指定地点，开始行动。

根据乌匪活动情况和生活规律，东路骑兵大队，按预定战术，三人为一个战斗小组，分散扑向匪徒毡房。靠近毡房后，由一人担任警戒，喊话劝降，交代政策，1人揭开门帘，1人进毡房解除匪徒武器。就这样，部队没放一枪，便顺利地摸掉了十几顶毡房，匪徒全部缴械当了俘虏。有些牧民群众发现解放军来了，吓得大喊大叫："共产党来啦！解放军杀过来啦！……"呼喊着四处奔波逃命。

当时，来推夫随东路剿匪部队到海子，见牧民群众惊慌逃跑，就喊话说："不要怕，不要害怕，解放军来抓乌斯满，不杀你们……"

牧民群众中有个叫哈陶巴依（哈巴依的叔父），听出是来推夫的声音，就喊问：“是老来吗？”

来推夫赶紧回答：“是的。”

哈陶巴依一听，停了下来，说：“这下好了，不怕了……”

人群中还有木哈卖提汉的父亲，他见是来推夫，长出一口气，说：“这下放心了……”

来推夫劝他说：“你不要怕，解放军不抓你，不杀你，你儿子是代表……”

这时候，逃跑的牧民群众大部分都稳定下来了……

西路驼兵团也采用三人一组的战术，在天亮前解除了海子西部大部分匪徒的武器，正向乌匪的部落推进。相距乌匪的部落只有两公里左右了，中间有条冰河挡住了去路，因为部队乘马的马掌没有防滑钉，奔跑不太方便，安骏政委和代理团长李文彭研究决定：重机枪、追击炮留在原地，做好准备，掩护部队冲锋；驼兵团、骑兵大队同时进攻，向目标前进。

当部队运行到半道上，一匪徒发觉了部队的行动，大喊大叫，仓皇开枪，匪徒们听到枪声，从毡房蜂拥而出，向部队开枪。解放军剿匪部队的轻重火力一齐开火。在强大的火力掩护下，战士像尖刀般冲向匪徒冲去。匪徒们见势不妙，或骑马、或徒步，四散奔逃。这时，东西两路部队合成一股力量，尾随窜匪，穷追不舍，冲在前面的战士小王不幸中弹牺牲。

经过数小时追击战斗，匪徒们被解放军生擒活捉的不计其数，但不见匪首乌斯满。几位指挥员在战斗的空隙分析了乌匪的去向，大家都认为海子四面都有我军重兵把守，乌匪只有向西北的安南坝和尕斯逃跑，那里有铁有才叛匪残部流窜。遂决定由李文彭率领两个骑兵连追击，但无人带路，来推夫请一个叫木哈卖健的牧民带路，这个牧民害怕，说：“乌斯满的枪法很准，我不敢……”这时，60多岁的牧民沙帕阿里主动提出带路。他虽然年龄大了，却很勇敢，胆子也大，刚带着部队走不多远，看到前面有个骑白马的，他就指着那人喊道：

“乌斯满，乌斯满，就在前面，那个骑白马的……”

战士们很快追了上去。此时，安骏政委组织后来的部队进行了动员，对大家讲：“前面骑白马逃跑的就是乌斯满，同志们，为西北人民除害，为人民立功的机会到了！谁能活捉乌斯满，给谁记功、嘉奖！……坚决活捉乌斯满！前进！”

一声令下，战士们如猛虎下山，奋不顾身，追赶乌匪……很快跟随乌匪逃跑的三四十个匪徒被打下马，都被生擒活捉，只有乌斯满丧魂落魄打马逃窜……解放军战士因不熟悉地形，加之长途行军，人困马乏，很快就被乌匪甩远。眼看血债累累的乌匪就要逃跑，代理团长李文彭焦急万分。这时，解放军文化教员孔庆荣和炊事员刘华林、通信员段生茂和战士宋兴、黄银娃、朱仓生等 6 人，从海子的冰滩上抄近路，向海子对岸逃跑的乌匪追去。追出不远，两个战士连人带马摔倒在冰滩上，其余 4 人继续打马追赶，距离很快拉近了。

乌匪见追兵接近，连连举枪射击，4 个战士的战马中弹倒下。

此刻，只剩下孔庆云只身单骑，穷追不舍。乌匪见只有 1 人，又连连射击。但因慌乱失措，屡射不中，便跳下马，将叉子枪支在地上射击。乌匪原想打倒战马，但打在了马蹄前面的冰滩上，打的冰渣子乱飞，战马惊跳一下，继续向前冲去。乌匪仓皇中又向孔庆云射击，子弹打穿了孔庆云的皮裤腿。就在这一瞬间，孔庆云逼近了乌匪。乌匪见势不妙，翻身起来，持着叉子枪向孔庆云双眼戳去，孔庆云急忙闪避枪叉戳伤了面颊。他强忍疼痛，抓住乌匪的枪就势跳下马，与乌匪进行肉搏。凶悍的乌匪把孔庆云压在身下，孔庆云试图翻起身来，把乌匪打下去，但因乌匪高大粗壮，身体沉重，又加上他几天几夜长途行军，跋山涉水，体力消耗极大，几次搏击都未能成功。

乌匪见孔庆云被他压在地下动弹不了，便扔掉手里的叉子枪，从靴筒拔出匕首，向孔庆云戳去。孔庆云急中生智，抓住乌匪手指猛地一折，乌匪疼得直叫，无法下手。在这万分危急的时刻，战友刘华林飞马赶到，拾起地上的叉子枪，向乌匪后背狠狠刺去，乌匪如野兽惨叫一声倒在地上，孔庆云立即翻起来，跟刘华林两人把乌匪捆绑起来！

这时，其他4位战友也赶来了，为了证实抓到的是不是乌斯满，他们对乌匪彻底进行搜身，从乌匪身上搜出国民党新疆警备司令部印一枚，委任状数张，还有其他证件等，证实被他们抓获的就是匪首乌斯满。

与此同时，高东生团长带领步兵团，一路追剿残敌，收容逃散的哈萨克族牧民……

海子一战，全歼乌斯满、哈巴斯及加纳布里、沙拉黑坦、木沙巴等五个部落，俘虏乌斯满、哈巴斯等263人，击毙加纳布里等39人，俘虏匪家属1100余人（包括乌斯满的老婆，两个儿子谢尔德曼、木巴拉克和女儿昆萨。后将乌匪家属与乌匪区别对待，从宽处理，全部释放），缴获轻机枪2挺，步枪119支，短枪8支，冲锋枪1支，各种子弹6874发，马5710匹，骆驼533峰，牛20头，羊8300只，并争取了其他三个部落向解放军投降。

这里还有一段小插曲：传说乌斯满的女儿昆萨的枪法很准，在我剿匪战士冲进海子帐篷时，她却没有来得及开枪，慌忙把枪藏在了衣裙内，被当场抓获。两个儿子也没有反抗，双双束手就擒。后来，乌斯满的大儿子木巴拉克作为政府代表，到青海尕斯争取吴某和则南的部落头目和牧民群众，受到人民的欢迎。

战士们将乌匪捆绑在骆驼上押往指挥部，向黄新廷军长报告。次日，乌斯满经南湖乡押往敦煌城，关押在南大营房（原121部队驻地、现中医院院址）。

活捉匪首乌斯满，为人民除了一大害。消息传来，敦煌人民欢欣鼓舞，拍手叫好。连日来，城乡群众扶老携幼，前去看新鲜。在看押战士的引领下，大家依次向监室窗口望去。一位老乡从牛肋巴窗外看见绑在汽车底盘上的乌斯满，黑熏熏的目光，死洋洋的表情，笨乎乎的身架，随口说道："再凶恶的老虎，关进笼子，就像只猴一样。"话音刚落，乌斯满突然霍地站了起来，恶狠狠地瞪着那个老乡。那个老乡被这突然的举动吓呆了，不由从窗口后退了一步。看押战士走过来隔窗喝道："蹲下，老实点！"乌斯满满脸青黑，一言不发，身子沉重地坐在了汽车底盘上。

敦煌祝捷会

新华社于1950年2月23日发布消息："人民解放军西北军区某部，于本月19日在青海省柴达木盆地以北、甘青两省交界的海子，一举生擒为西北各族人民痛恨入骨的美帝国主义武装特务乌斯满匪首。"

不久，在敦煌火神庙召开剿匪英模表彰大会。西北军区对100多名军地英雄模范人物进行了表彰奖励。其中有活捉乌斯满的特等功臣孔庆云，在长草沟战斗中壮烈牺牲的英雄营长张凤鸣，在南山剿匪战斗中失去一条腿的特等战斗英雄张拉扣，剿匪侦察英雄（烈士）王永刚、王晓阳……支前模范尹善荣、刘黑女、温占国……

黄新廷军长在表彰大会上感激地说："敦煌剿匪的胜利，我军指战员付出了巨大的流血牺牲；敦煌剿匪的胜利离不开地方政府的大力支持；敦煌剿匪的胜利，更离不开敦煌父老乡亲的无私贡献！"

南山祭忠魂，党水流深情。从此，敦煌人民记住了黄新廷的名字，记住了敦煌剿匪的故事，记住了敦煌剿匪的英雄模范人物……

乌斯满魂断新疆

乌斯满在敦煌关押一段时间后，根据西北军区的指示，于3月14日押回新疆。因乌斯满属于罪大恶极的要犯，押回新疆以后被押在迪化军区军法处。当时的迪化军区由罗元发的那个军兼任，驻扎在乌鲁木齐河西岸的老满城。此城曾是历代屯兵之地，好大一个城垣除了营房没有其他建筑，也没有一般市民居住和市井的喧闹，来往的行人除了军人还是军人，倒是关押要犯最理想的地方。

乌斯满关押在老满城的第二天，兼任迪化军区司令员的罗元发便首先给陈东海（新疆剿匪前线总指挥、师长）打电话说："老陈啊，现在乌斯满已经押到我们军法处来了，我们虽然与此人打了好几个月的仗，可毕竟还没有亲眼看到此人是何等模样，如果你有兴趣，就马上到我这儿来，咱们一块儿欣赏欣赏此人的尊容如何？"陈东海当即回答："好，我马上就到。"

十几分钟以后，陈东海驱车来到老满城。随后便在军法处的同志陪同下，与罗元发一同来到军法处的一间审讯室里。少顷，随着一阵脚镣声，乌斯满被押了进来。罗元发和陈东海上下打量着这个久闻其名但是第一次见面的乌斯满，好像并不陌生，大概是因为他们听到的有关乌斯满的传闻

（包括乌斯满的相貌举止）太多了，眼前的乌斯满仿佛与他们想象中的乌斯满并没有多少区别，只是由于他此刻的神色颓丧，以及那沉重的脚镣使得他本来就有点残疾的脚更加步履迟缓，那传闻中的所谓身材魁梧和仪表堂堂等，似乎有些异样，但胖大的身材和浓密的络腮胡子，还有那深藏在浓眉后的炯炯目光，仍与听到的传闻完全一致。

罗元发示意乌斯满在一个木凳上坐下，随后问道："你就是乌斯满巴图尔？"

乌斯满对称呼他巴图尔有点惊异，他没有说话，只是默默地点了点头。

"我真佩服你跟我们兜了好几个月圈子，最后竟兜到阿尔金山的荒山野岭中去了，可是你最终还是没能兜出人民解放军的手掌，还是当了我们的俘虏。现在我不妨向你介绍一下，坐在我身边这位陈东海师长，就是与你周旋了数月之久的我军前线总指挥，你在野马泉的惨败就是他指挥的。"

乌斯满不由把目光转到陈东海身上，陈东海趁机说："说来有些遗憾，野马泉战斗虽然使你遭到惨败，但你却侥幸逃脱了。不过我可以断言，如果你没有逃离新疆，我们也会像甘肃的兄弟部队一样把你捕获的。"

罗元发紧接着说："对，你当年与盛世才周旋的那个时代已经过去了，在新中国这个人民当家作主的时代，任何与人民为敌的人都是没有好下场的。对你来说，我们可说是做到了仁至义尽，我们曾多次想争取你站到人民方面来，而你坚持与人民为敌，而且勾结外国反动势力，甘当外国人的帮凶。这里不妨顺便告诉你那两个所谓外国朋友的下场。那个曾经亲自伙同你策划了这场叛乱的马克南，在逃亡途中已在西藏被击毙；那个曾经多次为你提供情报并想借助你在北疆造成局面，在南疆策动叛乱的何仁志，也已被驱逐出境。这也充分说明外国反动势力在中国横行霸道的时代已过去了，任何与外国反动势互相勾结的人也是没有好下场的。"

乌斯满听了这一番话很有一些震动，特别是听了马克南与何仁志的下场，更是百感交集。他不由想到马克南临行之前，曾建议把他的儿子谢尔德曼带到美国，幸亏他没有同意，否则他儿子也可能遭到与马克南同样的厄运。

罗元发与乌斯满的谈话是通过翻译进行的，当罗元发开始向他提问一些要害问题，他便装聋作哑，答非所问，想借口没有听懂翻译而搪塞过去。罗元发很快识破了他这种伎俩，便说道："看来你是有意回避一些要害问题，这只能说明你仍在坚持与人民为敌的立场。你现在唯一的出路就是老老实实地交代自己的罪行，我们的政策是坦白从宽抗拒从严，这对你同样是适用的。我今天只是随便提问一些问题，并不是对你的审讯。我希望你能在即将开始的审讯中，真正交代一些要害问题，何去何从你自己决定吧。好了，你可以回去了。"

军法处的同志即将把乌斯满押出室外，乌斯满却突然站住向罗元发说："请问这位首长，我可否提两点请求？"

罗元发说："可以，你说。"

乌斯满说："我虽是戴罪之人，但我是虔诚的穆斯林，可否允许我遵照教义，每天做五次祈祷；另外，我是在野外过惯了的人，可否给我一点放风的机会？"

罗元发当即回答："可以，对任何穆斯林的祈祷，我们都不会干涉；至于放风，即使你是在室内过惯了的人，我们也是允许的。"

乌斯满躬身道谢，随后便被押出审讯室去了。

从此以后，在老满城的大操场上，每天至少有两三次出现乌斯满的身影。在静寂的军营，他那沉重的脚镣声可以传到很远的地方，常常惊动一些过往的行人；他有时就利用放风的机会，在大操场上跪下来顶礼膜拜，显示着他对宗教的虔诚。当人们得知这就是久闻其名的乌斯满时，无不投以好奇的目光，而且议论纷纷，推测着此人将遭到怎样的下场。此刻，乌斯满自然想到了盛世才的特务头子李英奇……

在老满城关押期间，迪化军区军法处和地方政法部门互相配合，对乌斯满进行了多次预审。罗元发和陈东海也参加了几次预审，但给他们的印象是，乌斯满的态度仍十分顽固，他不但拒不交代一些要害问题，而且有时还肆意说些挑衅的话，以示对抗。这使罗元发和陈东海都非常气愤。罗元发说："看来这家伙是决心带着花岗岩的脑袋去见他的上帝了。"陈东海说："我看也是，听说最近就要召开他的公审大会，大概那就是他的末日。"

4月29日，在中共中央新疆分局门前的广场（后为人民广场）上，举行了公审乌斯满的群众大会。以王震为首的省、市各部门的主要领导和迪化市的数万名群众参加了大会。上午10时，大会由新疆省主席兼省人民法院院长包尔汉主持。省人民检察署的领导宣布了《乌斯满反革命案起诉书》，通过大量事实控诉了乌斯满与国内外反动势力相互勾结，发动武装叛乱，到处窜扰、烧杀，扰乱社会秩序，破坏民族团结的罪行，彻底戳穿了他曾以民族英雄自居的假面具。此外还揭露了他与马克南和和何志仁这些国际间谍相互勾结，接受帝国主义的领导和指示，从事反共反人民的活动。起诉书宣读完毕，包尔汉厉声乌斯满，起诉书上的各条罪状是否属实？乌斯满自知罪大恶极，无法抵赖，只得供认不讳。包尔汉随即以审判长的身份宣布判处乌斯满死刑，立即押赴刑场（迪化小东门外）执行枪决，同时处以极刑的还有反革命分子盛世才特务头子李英奇。

随着几声枪响，乌斯满、李英奇得到了人民的惩罚，结束了罪恶的一生。乌斯满早年起事的原因，就是作为盛世才特务头子的李英奇，起了直接的作用。此刻两人同受审判，共赴黄泉，这既是历史的安排，又是天意的巧合，估计是乌斯满万万没有想到的！

诗云：

海子追歼险象生，生擒乌贼快人心。

魂丧迪化苍天意，历史无情耻辱钉。

第十四章

碧血白沟阿克塞

长草沟事件前奏

随着乌斯满匪部的剿灭，敦煌剿匪战斗已基本胜利结束。但是在追剿乌斯满残匪时，一些部落头目漏网并挟裹一些哈萨克族群众逃跑。这伙人一路逃命藏匿，也会伺机出动，袭击我追击的剿匪部队。长草沟事件，就是敦煌剿匪远去枪声后震惊三省（区）的流血事件。

1951年2月底，在我军地双方的积极争取下，随乌斯满跑出海子草原的部分部落头目和牧民群众基本上都回来了，并在海子草原暂住和放牧。此时，解放军剿匪大部队早已撤了出海子草原。酒泉地委派刘晓明队长带领工作组前来海子草原，做善后工作，来推夫继续做向导。

过了一段时间，部落头目要求搬往前山草原放牧（长草沟、博罗转井、五个泉子等地）。经刘队长与部落代表碰头商议，同意部落头人们提出的建议。海子草原的牧民群众，便全部搬到了前山草原。工作组也随牧民搬到了博罗转井，在旁边的山沟里搭起了几座帐篷，算是工作组的驻地。牧民全部搬过来以后，工作组从中选拔了来推夫等20多个青年牧民，作为以后建立哈萨克族自治县的骨干力量，在工作组驻地学习文化，了解当前形势，争取流散哈萨克族群众。

5月，全国开展了轰轰烈烈的宣传贯彻《镇压反革命条例》和镇压反革命活动。当时敦煌县的镇压反革命运动也和全国一样声势浩大。通匪的恶霸地主张二麻子、陶尚义、张楷、阎万有、孙耀武、马殿成及罪大恶极的惯匪马占元、魏三喜、张继元、赵得胜等21名反革命分子先后得到处决。

消息传到海子草原，牧民们一时人心惶惶。

有的说："现在敦煌开始镇压反革命和恶霸地主了，马上就镇压到我们这里了。……"

还有的说："部落头人跟那些地主恶霸差不多，敦煌镇压了地主恶霸，那这里的部落头人也躲不过镇压……"

刘队长和来推夫虽然做了耐心细致的解释和说服工作，但一些部落头人仍顽固不化，导致了事态的恶化。

这样，就造成了吴蒙、沙特巴尔等部落头人逃跑的念头。

解放军在干海子沟遭伏击

那天，来推夫去做部落头人沙海都拉的工作时，被软禁了起来。一天夜里，他伺机逃了出来，一直躲在地窖里。第二天（大概是5月16日）中午，来推夫发现小鄂博图附近不见人影了，他想大概牧民们都跑了，就走出地窖准备去大鄂博图找解放军。就在这时，他看到20多个骑着骆驼的解放军战士，从西北面的戈壁滩上，跟着前面的骆驼蹄印向长草沟走来。他想，这些解放军肯定是去找被牧民抢去的骆驼。于是，他就赶紧跑下山，追上了解放军的骆驼队，把这里的情况向王排长做了汇报。王排长听说他昨晚从长草沟垴上跑到这里，到现在还没有吃饭，赶紧拿出馍馍让他吃，又拿出水让他喝。罢了，来推夫要求跟他们一起去劝截逃跑的牧民群众。王排长解释说，解放军有规定，两个人不能骑一峰骆驼。来推夫就去附近找了匹马，骑上跟着解放军往前走。但这匹马太乏弱，到长草沟中间就走不动了。王排长劝来推夫先留在长草沟，他便留了下来。

第二天，来推夫就往大鄂博图走。半道上碰见了两峰骆驼，他想抓住骑上，但两峰骆驼都没有鼻绳子，怎么也抓不住，最后堵到一个山崖下才抓住。骆驼没有鼻绳子不好骑，他就把裤带解下来拴上，骑着走到了大鄂博图……

到了大鄂博图，一名指导员看到来推夫非常高兴。他说敦煌已经知道哈萨克群众又跑了，你的父亲也知道了情况，几次去敦煌县委询问你的情况。酒泉地委好几次发来电报，叫他们去长草沟找他，死了，也一定要把尸体找回来。没想到你平安到了鄂博图了，这下让人放心了！来推夫说他好着呢，感谢解放军的关心。晚上，来推夫住在了解放军的帐篷……

第三天，来推夫回到了敦煌，向县委和县政府汇报了牧民逃跑的情况。领导们见他安全回来了，都放下了心。此后，政府给来推夫奖励小麦1石。

驻在大鄂博图的解放军骆驼兵团有两个排的兵力。听到哈萨克牧民在部落头目的裹胁下向青海方向逃跑了，便派出兵力，分两路去追赶：一路是王排长带领的那20来个战士，循着骆驼蹄印，沿长草沟（又名白沟）而上，翻过当金山，进海子草原；另一路由连长张凤鸣带领，从大鄂博图出发，沿小鄂博图沟上山，翻过风蚀沟垴，进入海子草原。解放军派兵追赶牧民们的原意：一是要索回被牧民赶走的军用骆驼，二是要把逃跑的牧民群众劝截回来，让他们在前山草原安心放牧，发展生产……

王排长带领战士循着骆驼蹄印紧紧追赶，赶到当金山顶上，远远看到那几个部落的牧民们骑着马和骆驼，驮着家当，赶着牛羊，在山下的海子草原边上匆匆往前行走。马蹄和羊群荡起的黄尘，漫天飞扬。他见逃跑的部落终于出现在眼前，而且距离也不太远，再加把劲就可以赶上，便松了一口气，令战士们下驼休息，让炊事人员支锅做饭。因为他们从早晨起来就一直紧急行军，在驼背上颠簸，到现在还没有吃饭，加之骆驼也乏困了。

但他们刚刚下了骆驼，支起锅灶，就听到海子草原枪声大作。他们估计从小鄂博图追赶上去的解放军战士跟牧民们遭遇了，于是，赶紧收拾东西，跳上骆驼朝山下的海子草原赶去。

王排长估计得很对，从小鄂博图赶上去的解放军，在海子干沟受到伏击……

原来吴蒙、沙特巴尔等部落头目，裹胁牧民群众翻过当金山，刚进入海子草原，就发现解放军从风蚀沟堖追来了。为了阻挡解放军的追赶，他们便从各个部落挑选出几十个有枪有马的青壮年牧民，埋伏在海子北面的干沟里，准备伏击追赶上来的解放军，掩护部落逃跑……

那时，海子干沟一带，芨芨草非常茂密，据说有的地方骑马走进去，外面根本看不见人。解放军不知这里有部落头目设的埋伏，便驱马直往前追赶，刚靠近干沟，突然干沟前的芨芨丛里射出一排子弹，接着枪声大作。解放军战士毫无防备，冲在前面的张连长和几个战士栽下马来……后面的战士看到前面有埋伏，慌忙跳下马，爬匐在草丛里……

枪声如爆豆般的响着，芨芨草被子弹打断，纷纷落地，战士们被枪弹压在草丛里抬不起头，更不敢近前……

激烈的枪声响过后，战士们准备冲上去，但一分析，估计前面可能还有埋伏，所以战士们原地爬着，等待后面王排长的援兵到来。战士们就这样爬着，躲藏着，等待着王排长他们，从下午五六点直等到太阳落山……

等王排长他们赶到后，埋伏在干沟的牧民早已撤离。这次流血事件，有十几名解放军战士受伤，张连长和 6 名战士牺牲。吴蒙、沙特巴尔等部落头人挟裹一部分哈萨克族群众，翻过当金山，向昆仑山逃跑……

王排长因在当金山休息做饭，贻误了战机，使先前赶到的张连长和战士们孤立无援而牺牲，而受到了处分。

“三省”共同派人进山争取甘肃哈萨克族

长草沟事件后，甘肃境内的哈萨克牧民（主要是阿克塞）仅剩几十户，百余人（不包括1951年8—10月间游移迁入的阿通拜克和哈米部百余人），形成“人走山空”的局面。此时，人民政府对哈萨克族上层人士的“争取、教育”的工作也中途停顿了。

1952年7月，中共中央西北局领导在视察甘肃、新疆工作时指出，哈萨克族与其他民族一样，都是我国勤劳勇敢的优秀民族之一。并指示中共中央新疆分局和中共酒泉市委继续争取他们，使哈萨克族人民能够和祖国各族人民一道，在共产党的领导下走社会主义道路。要求党和人民政府要关心哈萨克族人民的生活和安全，立即从两个方面进行工作：一方面彻底消灭流窜在祁连山一带的匪特残余；另一方面对留居在敦煌南山的哈萨克牧民，加强党的民族政策宣传和教育，使他们加深对党的民族政策和人民政府的认识，然后让他们随同人民政府的代表一起去争取、开导、规劝逃跑出去的哈萨克牧民和上层人士。

自此，甘肃、新疆、青海三省（区），争取、开导、规劝这部分哈萨克民族上层人士的工作全面开始了。

8月初，敦煌县人民政府派胡斯满和奥热扎等哈萨克牧民到安南坝（胡斯满为牧民群众。1951年7月，他和恩德提汉前去玉门抢劫牲畜，因他骑乘的马匹乏弱，奔跑速度慢，恩德提汉脖子受了枪伤，所以，两人都被解放军截获关押在酒泉。来推夫赴酒泉开会时，听说关押了两个哈萨克牧民就前去看望，后在民政局开了条子，把胡斯满和恩德提汉领出来，带到了敦煌，经过党的民族政策教育，派他到安南坝做争取哈萨克牧民的工作。奥热扎是“长草沟事件”后，被解放军截获送到敦煌的），带去敦煌县人民政府给安南坝哈萨克头人的信和西北行政委员会的宣传材料。

当时，居住在安南坝的哈萨克族头目阿通拜克（1951年8月入甘境，后移居安南坝）、哈米等，对人民政府派来的人，躲避不见。哈米还扣押了胡斯满和奥热扎，不让他俩出门，害怕后面带着解放军。经宣传劝说，又见他俩后面没有解放军，便放了他们。后经阿通拜克和哈米等头日秘密开会商量，给敦煌县人民政府写了回信，提出了“撤出大鄄博图、马海”的条件，通过胡斯满让带到敦煌。敦煌县人民政府及时把这封信反映的情况，向西北行政委员会进行了汇报，人民政府均给予答复。

8月中旬，新疆哈萨克族代表访问团来到敦煌，会同敦煌派出的24名工作人员，拉着60余峰骆驼，驮着大量的生活用品和物资赴葫芦斯台，慰问、救济安南坝游牧的哈萨克族牧民。代表团里有哈米的堂哥美木汉（当时任新疆巴里坤县卫生科长），还有他们部落的大头人那孜儿台吉和哈里曼（相当于教务长）。部落头目们，见自己部落的大头人来了，亲戚们也来了，非常感动！在人民政府的政策感召下，8月下旬，安南坝游牧的哈萨克族部落，派哈米等10余名代表到敦煌参加政府召开的座谈会。

“长草沟事件”后，逃跑流落在昆仑山的部落头目和牧民群众，贫病交加，饥寒交迫，生活极为困难，同时各种谣言到处流传。有的说：“居住在敦煌的哈萨克族全部被共产党杀光了，我们要是回去，共产党也不会轻饶……”还有的说：“新疆的哈萨克头人全部被共产党抓起来了，有的被杀了……”

鉴于这种情况，人民政府给居住在敦煌的那些部落头人拍了照片，又让居住在敦煌的牧民们写了亲笔信，让来推夫带到山里面，给这些牧民群众看，以解除这些牧民群众的恐怖心理。乌斯满的二儿子木巴拉克，被人民政府派到了青海尕斯，争取吴蒙、沙特巴尔等部落头目和牧民群众，另一部分代表进入昆仑山。流落在昆仑山里的部落头人和牧民群众，与这些代表都有亲戚关系（这是人民政府有意安排部署的，其目的是打消部落头人们的恐惧心理）。他们原先认为在新疆和敦煌居住的部落头人都被解放军抓去了，杀害了，看到人民政府派来的代表都是他们的亲戚朋友，又从照片上看到居住在新疆和敦煌的部落头人都健在，生活得好好的，而且乌斯满的儿子也当上了人民政府的代表，进山来争取、劝说他们，铁的实例教育了他们，感动了他们！

有个别部落头目和少数牧民群众，因为在逃跑时伤害了人命，抢劫了解放军的骆驼，更重要的是伏击了解放军，所以，心里总是惊恐不安，非常害怕！认为解放军和人民政府不会轻饶他们，也不会轻易放过他们。但看到党和人民政府仍对他们实行既往不咎的政策，热情对待他们时，一下相信了共产党，解除了恐惧心和戒备心，认为中国共产党不同于盛世才、马步芳政权，是能信任、能靠得住的！

这时，青海省委也派哈木、土哈卖提到都兰县，与当地卡不卡克哈萨克族村的村长阿肯伙加（哈萨克族，翻译名）等3人，骑马到格尔木县哈吉拉地区，争取流落在昆仑山西部的卡宾、沙海都拉之部。经过艰苦的宣传教育工作，这几个部落分别派出卡格瓦提（卡宾的弟弟）、卡木尔旦（沙海都拉之子）、阿斯哈尔色依（坚铁克部的代表）3个代表，随同哈木等3

个代表，随同哈木等 3 人，到都兰县参加座谈会，商议建立自治区域（后来的海西州）。代表们在都兰、卡布卡克参观学习了两个多月，接着又去西宁参观学习。其中卡木尔旦等人，在参观过后去了西北民族学院上学。

十月座谈会议

金风送爽，天高云淡。饱受凄风苦雨的南山草原，展现出新的生机和希望。

1952 年 9 月 3 日，青海太吉淖儿、尕斯等地的哈萨克族部落（1951 年 5 月，“长草沟事件”中逃离的部落），也派达乌提为代表，与人民政府派去做争取工作的人员，带着吴蒙、沙特巴尔、沙海都拉等 24 个头目签名的协商书到了敦煌。

1952 年 10 月初，敦煌人民政府，把阿通拜克、哈米、卡宾、沙海都拉、胡思满、木哈得利的来等头人，邀请到敦煌，召开了一次为期一个多月的协商会议。县工委、酒泉地委领导也参加了会议。这就是具有重要历史意义的“十月座谈会议。”

在这次会议上，哈萨克族头人提出了 10 条意见：第一，不要动他们头人；第二，不要收他们的枪；第三，要求供给他们吃的和穿的；第四，发给他们弹药；第五，要求给他们一些羊只；第六，不要干涉他们的宗教信仰；第七，不要干涉他们的婚姻；第八，不让他们的子女当兵；第九，不让他们的子女读汉文；第十，把他们在新疆巴里坤的家属迁到敦煌。

地委领导在会上当场表态，对他们所提的 10 条意见，一一照办。同时，并划定了太吉淖儿、安南坝等地为哈萨克牧民居住游牧区域。

根据上级指示，又于1952年10月中旬，在敦煌举行了哈萨克族头人代表座谈会。在会上决定：从1952年10月起，对阿克塞地区当时仅有的1765人（成人1167人，小孩598人）的吃、穿、用由国家无代价提供给三年（成人每月供应粮40斤，小孩每月供应粮30斤）。

为了扶助哈萨克牧民发展生产，振兴草原，重建家园，党和人民政府又从外地赶来牛、羊，分给最贫苦的牧民群众。据统计1952年至1954年，共发放羊1.62万只、牛530多头、面粉115.29万斤、小米21.65万斤、棉布547匹、茶砖4492块、羊毛3.56万斤、棉花9000斤。以上物资约价值人民币80万元，每人平均490元。帮助哈萨克族牧民渡过眼前的困难，迎接新的生活。

三省会议

阿尔金山旭日升，哈尔腾河清波荡。一段苦难的岁月过去了，一个崭新的时代开始了！

1953年3月24日至4月3日，根据中央民族自治的精神，中共中央西北局和西北行政委员会，在兰州召开了甘、青、新边境哈萨克族头人联谊会暨各族团结会，即著名的“三省会议”。参加会议的有新三省（区）7个民族（哈萨克、蒙古、藏、回、维吾尔、汉族）的边境代表126人。各族代表本着有利于团结，有利于各民族政治、经济、文化共同发展和繁荣的原则，通过了《关于加强民族团结、安置边境哈萨克族协议的意见》，划定：花海子（色勒屯）为中心，东至哈尔腾东端的托逊堡，西至安南坝，南至海子南端，北至燕都尔土（现名燕丹图）的地区，为甘肃哈萨克族牧民居住和放牧区域。为此，流落漂泊十余年，饱受马步芳摧残的甘肃哈萨克族有了自己的草场和牧地。

“三省会议”，对于边境哈萨克族牧民消除矛盾隔阂，增进民族团结，建设美好家园，起到了巨大的作用。各族人民对党和政府这一决策深表拥护！牧民们深有感触地说：“没有‘三省会议’的胜利召开，就没有阿克塞哈萨克族自治区（县）。”

白沟诞生阿克塞

1954年7月4日，在“三省”访问团的具体指导下，于大鄂博图选举产生阿克塞自治区筹备委员21人，成立了“阿克塞自治区筹备委员会”，开展建立阿克塞哈萨克族自治区的筹备工作。

在确定自治区名称时，各界人士本着突出地方特点，显示民族优势，表现哈萨克心理特征和精神意志的原则，充分发表自己的意见。

有的提出“甘肃河西走廊有天祝、肃南、肃北自治县，我们的自治区干脆就取名肃西哈族自治区”。

有的说：“这里原来称敦煌南山，自治区就叫南山哈族自治区。”

还有的提出叫“大鄂博图或长草沟哈族自治区……”

尽管大家提出了很多区域名称，但都觉得不怎么理想。大鄂博图西部有条山沟，名叫白沟，因为四周的山峦和沟壁呈灰白色，所以沟里的水流、山坡上的草木，都被映得素洁白净，远远望去仿佛纯洁的冰雪世界。哈萨克人崇尚白色，视白色为圣洁的颜色。来推夫觉得自治区域用“白沟”命名最为合适，最能体现哈萨克人的心理特征，同时也表现出哈萨克人民在一穷二白的土地上，描绘出最新最美画图的寓意！这个名称受到大家的一致赞同和认可。于是，确定自治区的名称就以白沟命名。“白沟”译为哈萨克语为“阿克塞”。“阿克塞自治区”这个名称，就这样诞生了！

1954年4月20日，筹备工作基本就绪。阿克塞哈萨克族自治区首届人民代表会议，在敦煌县隆重开幕。参加会议的代表41人，其中哈萨克族代表38人，汉族2人，维吾尔族1人。选出自治区委员21人，其中哈萨族19人。从委员中推选阿通拜克为自治区人民政府主席（哈萨克族），马秀峰（汉族）、哈米（哈萨克族）、胡思满（哈萨克族）、卡宾（哈萨克族）、来推夫（维吾尔族）、木哈得利（哈萨克族）等6人为副主席，正式成立了阿克塞哈萨克族自治区（县级）人民政府。

千年敦煌，见证了新的人民政权的建立，也见证了阿克塞哈萨克族自治区（县级）的建立。来推夫因在剿匪中团结争取民族上层人士有功，被选为自治区副主席。匪患袭来，敦煌、阿克塞兄弟一家，不分你我；胜利到来，兄弟更是携手并肩，共襄新政。

7月15日，甘肃省人民政府〔54〕府民字0517号文件通知：“阿克塞哈族自治区人民政府机关暂设长草沟（位于敦煌南约100公里处）。”从此，阿克塞哈萨克族人民，在中国共产党的领导下，成为中华民族大家庭中的一员，实现了当家作主的自治权利。

剿匪英烈热血化碧的白沟，成为哈萨克美丽的家园。牧民们欢歌起舞，激情飞扬——

昔日的哈萨克人民哟，
好像断了腿的马趴在地上。
马步芳掠夺豺狼猖狂，
心酸的眼泪用骆驼也驮不光。

春风吹散了天空的乌云，

金钥匙打开幸福的大门。

党领导哈萨克人翻身做主人，

幸福的甘泉滋润着子子孙孙

……

两只白天鹅从南山飞来，在白沟上空盘旋，翩翩落入美丽的水草草滩，鹤立、引颈、眺望，共襄这一热烈的庆典。

从此，阿克塞和敦煌作为兄弟县（市），和睦相处，携手共进，谱写了民族团结的新篇章。改革开放以来，詹吉有、雷生成、李春林、贺建生和王红霞等敦煌人，先后担任阿克塞县委书记、县副县长和组织部长等职，描绘民族团结的新画卷。

诗云：

英雄碧血染白沟，留得青山序春秋。

民族自治建新县，团结奋进歌舞稠。

第十五章

悠悠敦煌情

眷恋的热土

敦煌剿匪胜利了，激烈的枪声远去了。一轮火红的旭日从三危山顶升起，照耀着莫高窟，照耀着沙州大地，映照着千年丝路古城。敦煌城乡呈现出百废待举、百业俱兴的喜人景象。

全县镇压反革命和土地改革群众运动相继开展，振奋人心。马玉林、马占元、张继元、魏三喜、叶合毕等一批祸害人民的匪首和惯匪以及张二麻子、陶尚义、阎万有、孙耀武、张楷等一批通匪的恶霸地主得到应有惩罚，大灭了敌人的威风，大长了人民的志气。乡下的农民分到了土地，成为土地的主人，从而摧毁了长达数千年的封建土地所有制，实现了耕者有其田的愿望，人们奔走相告，欢欣鼓舞。

城里的工商户通过整顿完善，成为为人民服务的商户。德兴隆、实心堂、沙州堂（药店）、德作本商行、刁家酒店、顺张黄面馆、敦煌春茶馆、芝索遗风装裱店等老字号商铺重新挂牌，隆重开业。还有王家油坊、张家纸房、大众食堂、于家黄面馆、周家茶馆、何氏剪纸馆、敦煌女人社等10多家餐饮和文化店铺登记开业。火神庙、秦州户市场人来人往，红红火火。秦腔戏园子每晚演出不断，成为敦煌城诱人的文化中心。

在芝索遗风装裱店，杜秉德书记与宣教部门的领导边欣赏于右任、张大千的字画，边语重心长地叮嘱，莫高窟是祖国的艺术宝库，敦煌又是“艺索故里”，老祖先给我们留下了丰富的文化遗产，这是敦煌的精魂，要一代一代传传下去。如今，敦煌书画院遍布全城及旅游景区，成为一道别具特色的文化亮点。边振国、傅有宏、丁永明、高峰、张含、王亚玲等一批本土书画家脱颖而出，成为敦煌旅游文化的代言人。

在德兴隆药店，石志刚县长鼓励刘掌柜发扬老店遗风，带动其他药店为敦煌人民的健康服务。刘掌柜没有辜负石志刚县长的厚望，坚持以德兴店，以诚为民，深受城乡患者的欢迎。几十年的风风雨雨，德兴隆药店已发展到三家分店，并荣膺“中华老字号”殊荣。如今，敦煌个体药店（诊所）遍布市区，极大地满足了人民群众的健康需求。

在何氏剪纸馆和敦煌女人社，妇委会主任刘黑女和扫盲专干二丫组织城乡妇女学习剪纸和刺绣。何大嫂手把手地教，姐妹们认真细心地学。一个个飞天菩萨，一幅幅荷花鸳鸯，是那样地活灵活现，令人喜爱。今天，敦煌剪纸和刺绣已成为非物质文化遗产，深受游客的青睐。鸣沙山下的月牙泉小镇，何大嫂女儿的何氏剪纸馆，敦煌妇联的敦煌女人社，成为小镇最诱人的去处。

农民成了土地的主人，那真是梦里吃蜜糖甜透了心。三区二乡（杨家桥乡）青年农民牛秉义发自肺腑地说：“新旧社会两重天，一个苦来一个甜，共产党来了变了天，人民政府是大靠山。庄户人掌握刀把子，耕田种地咱说了算。永远跟着共产党，幸福的日子万年长。”

一个农民对土地的爱，就是对家乡的爱；一个赤子对家乡的爱，就是对这片土地的爱。就是这个农家后生，后来在互助组的基础上，联合该乡5户农民建立了敦煌县第一个初级农业生产合作社，名列全省第二（第一为永昌县焦家庄农业生产合作社）。牛秉义农业合作社的建立，给敦煌农业合作化树起了一面旗帜，也给全县农民树立了一个榜样。

杜秉德书记和石志刚县长高度重视水利建设，县上集中人力、物力、财力，将上永丰、下永丰等7条旧渠改建为惠煌渠。后又改造了不合理地段，增建水闸1座、跌水10座、退水闸4座，极大地改变了农业灌溉条件。条条渠道畅通，淙淙河水流淌。农民们开闸放水，引水浇地，对新生的人民政府为人民办实事、办好事，感到由衷的敬佩。

在敦煌这座千年古城，在敦煌这片眷恋的热土，淳朴的父老乡亲，在新的人民政权的领导下，以饱满的热情和冲天的干劲，积极投身生产第一线，开始当家作主的新生活。

鸣沙山下、党河两岸，桃红柳绿、人欢马叫，诗情画意、塞上敦煌。人们抓紧农时种小麦、种棉花、种瓜菜，挥洒着汗水，播种着希望。好一幅清代敦煌知县苏履吉笔下的"绣壤春耕"图——

周围绣壤簇如茵，翠色平铺处处新。

南陌风和晴欲遍，西畦日暖绿初匀。

老农扶杖依田畔，稚子携锄立水滨。

但愿长官勤抚字，丰年屡报乐吾民。

刘黑女和王排长喜接良缘，美梦成真。刘黑女继续担任妇委会主任，王排长复员地方担任武装部部长。敦煌是他们流血和战斗的地方，也是他们相爱和眷恋的热土。他们夫唱妇随，比翼双飞，为人民政府效力，为人民群众服务。

温占国继续在县工商科骆驼队当队长，成为人民的骆驼客。许进福在许家堡分到土地，并成了家。二丫因为有文化，成为县上扫盲专干。吕玉成为吕家庄的民兵连长，保卫家乡、建设家乡。……

随着南山剿匪的胜利，居住在蒙民乡的蒙民纷纷回到肃北草原。孙亮和雪莲仍留在蒙民乡，带领汉族群众继续发展生产，一直到建立敦煌良种繁育场。后来，孙亮被任命为东沙乡农业合作社长，全家落户东沙乡新店子村。

敦煌剿匪胜利后，石志刚、杜秉德奉命调离敦煌。

石志刚离开敦煌时，没有惊动干部群众。早上，他和夫人、孩子坐吉普车像往常执行任务一样离开了敦煌城。中午，人们才知道此事。大家心中难平，都为没有给石县长送行而惋惜。小郭与石县长更是难舍难分，石县长像劝小孩子一样，好长时间才依依不舍地离开。

那天，闻听杜书记要走，许多干部群众纷纷前来为他送行，搬运行李。大家感到很吃惊！哪有什么行李？杜书记来时两卷行李，走时仍是行李两捆，只不过增加了一个孩子。人们握着他的手感慨地说："杜书记你真是共产党清正廉洁、一尘不染的好干部。"面对前来送行的干部群众，杜秉德动情地说："感谢敦煌的父老乡亲，敦煌是我永远眷恋的热土。"干部群众和杜秉德依依惜别，一直送行到东门外，直到汽车消失在人们的视线里。

杜秉德、石志刚虽然离开了敦煌，但他们在敦煌的所作所为给父老乡亲留下了深刻的影响，直到今天仍时时提及，口口相传。

开放新敦煌

历史的车轮驶入80年代，敦煌迎来了改革开放的新天地。千年敦煌，紫气东来，阳关大道，喜唱新韵。敦煌被国务院列为全国首批对外开放城市和中国历史文化名城。

1986年8月24日，中顾委委员、原装甲兵司令员黄新廷一行6人来敦煌视察。

黄新廷一行参观了莫高窟、鸣沙山、月牙泉和阳关。他看到当年剿匪之地，今日旅游新城，社会安定团结，人民安居乐业，真是抚今思昔，感慨万千……在莫高窟，他不仅为如此灿烂辉煌的敦煌艺术所惊叹，更为常书鸿等敦煌学人的守土有责的精神所感动。当年在敦煌剿匪由于军情繁忙，他没顾上去看莫高窟一眼，今天总算了了一个长长的心愿。尤其是他看到古阳关下的南湖乡开始种植葡萄时，不由想起当年部队驻守南湖乡时，与当地干部群众话说将来发展葡萄的事。今天，这一梦想已变成了现实，他心里简直高兴至极！临别敦煌时，黄新廷特别叮嘱陪同的县委书记刘佑之、武装部长文斌虎，要加强军民团结，搞好拥军优属工作，让敦煌这片烈士生命和鲜血换来的土地明天更美好，人民生活更幸福。后来，敦煌建成了全国双拥模范城。

在莫高窟敦煌文物研究所，黄新廷和常书鸿亲切交谈，感慨万千。黄新廷说当年解放大西北，彭德怀司令员对保护玉门油矿和莫高窟非常重视，他更感到责任重大，使命光荣。玉门解放后，国民党残兵败将向西逃往敦煌，他特别担心莫高窟文物遭到抢劫。解放军到达敦煌后，他在玉门得知你和工作人员严防死守，莫高窟安然无恙时，他才算舒了口气。

听了黄新廷的话，常书鸿万分感激，当时形势紧张，也有零星的残敌不时流窜到莫高窟，都被他们一一驱散了。当时他们死抱一个决心：谁要破坏敦煌文物，他们宁可豁出命来，也不能让莫高窟在他们的手中葬送。敦煌解放后，张团长给他们送来牛羊肉和面粉，鼓励他们坚持下来，保护好祖国的文化遗产。这让他深受鼓舞，并坚定了一辈子与莫高窟为伴的信心。

黄新廷握着常书鸿的手意味深长地说，咱们还是当年在敦煌剿匪英模表彰大会上见的面，一眨眼都20多年了，时间过得真快啊！

黄新廷的一番肺腑之言，勾起了常书鸿对往事的回忆：当年敦煌剿匪胜利后，表彰了100多名英雄模范人物。他虽然没有参加剿匪战斗，由于为保护莫高窟尽了力，也戴了大红花站在英雄模范人物的行列中。这让他感到莫大的光荣和自豪，亲身感受到共产党、解放军和人民政府重视文物保护，尊重知识分子的深情厚意。

时间过得很快，短暂而又珍贵的交谈不知不觉地结束了。

2006年5月12日，黄新廷同志因病医治无效在北京逝世，享年93岁。敦煌父老听到噩耗后，不由想起黄军长当年在南山剿匪的往事……

1987年春天，甘肃省委组织工业检查团检查河西工业发展项目，安骏带团到酒泉、嘉峪关、敦煌检查。后来，安骏在《漫忆三军在敦煌的剿匪》一文中这样写道："在敦煌期间，抽了两天时间到阿克塞看了那里的人民群众和当年同我一起战斗过的同志们。那里以畜牧业、农、副业为主发展了生产，也发展了自己的开矿业，畜产品加工业。看到这里生产发展了，人民不愁吃、不愁穿，人口增加，民族兴旺的景象，看到过去长年累月没有吃、没有穿的贫苦牧民，现在过着安居乐业的幸福生活，看到老年人见了我这同他们打过多次交道的'安政委'也不害怕了，讲起话来，也是特别地亲切，我心里也感到欣慰。"

历史，一页一页地向前翻，时代一程一程地向前进。昨天连着今天，今天接着明天，犹如金色的光环，闪闪发光，灿灿生辉。

1993年3月，石志刚重访敦煌，故地重游。他与当年的警卫员小郭（郭旭）一起在鸣沙山、月牙泉，观光游览，合影留念，留下了一段宝贵的瞬间。他们坐在鸣沙山腰，面对碧波荡漾的月牙泉，回忆当年艰苦的剿匪斗争，畅谈今天敦煌日新月异的变化，心情就像那月牙泉一样风生水起，难以平静。石志刚感慨地对郭旭说，你今天已成为光荣的人民警察，守护着敦煌人民的幸福与安宁，我为你感到高兴。郭旭说这都是当年你教育的结果。一句话，引起了石志刚对往事的回忆：当年他离开敦煌时，征求小郭对工作的意见，小郭说一切听他的安排。他建议小郭继续留在县保安队，保护新生的人民政权和人民的安宁。因为小郭跟他两年多，学习勤奋，工作非常勤快机灵，让他喜欢、放心。他觉得让小郭继续干保安，情况比较熟，是最合适不过了。今天，看到身着警服，英俊成熟的老郭，他怎么能不高兴呢！石志刚还说起了替小郭改名的事。小郭给石县长当警卫员后，一天提出要改名字，不叫郭续了，恢复以前的名字郭海。石县长建议不要改了，将郭续变为郭旭，旭日东升，象征年轻人前途无量啊！小郭感到很好，从此将郭旭叫到现在。此刻，他们都沉浸在无比的幸福回忆之中。临别，石志刚满怀深情地拉着郭旭的手说："我虽然老了，但常常在梦中想着敦煌。每当看到敦煌新的变化，他都感到兴奋不已。你们要守护好先烈们用生命和鲜血换来的土地，也算替他尽尽心啊！”郭旭连连点头，眼中放射着晶莹的光芒。

从50年代到80年代，我们国家经历了社会主义建设到改革开放新的历史时期。习仲勋、彭德怀、黄新廷等党和国家及省上领导视察敦煌，是历史的安排，也是人民的意愿。昨天，他们为了敦煌剿匪，为了民族团结，为了人民的福祉，与敦煌、肃北、阿克塞结下了不解之缘。今天，他们代表中央和地方故地重游，既是一种感情的回归，又是一种精神的动力。在历史上“春风不度玉门关”“西出阳关无故人”的敦煌，在中国共产党领导下的新中国，处处可以感受到社会主义大家庭的温暖。

敦煌，这座丝绸之路的边陲小城，敦大煌盛，莫高于此。

沧桑莫高窟

莫高窟（千佛洞）自十六国经北魏、西魏、北周、隋、唐、吐蕃、五代、宋、元等朝代，1500 年间连续开凿，洞窟达千余个，壁画、彩塑难以计数。到敦煌解放，尚存洞窟 492 个（现为 735 个），共有彩塑 2000 余身、壁画 45000 平方米，还有唐宋木构建筑 5 座，是中国佛教艺术宝库、世界文化遗产。

千年莫高，饱经沧桑。至民国以来，先后遭到英国斯坦因、法国伯希和、日本的吉川小一郎和橘瑞超及美国华尔纳等外国文化强盗的劫掠。敦煌解放后，莫高窟才真正回到祖国母亲的怀抱，焕发出青春的光彩。敦煌剿匪的胜利，从此使莫高窟安然无恙。

1951 年，敦煌艺术研究所更名为敦煌文物研究所。

1961 年被国务院列为首批全国重点文物保护单位。

1962 年，周恩来总理亲自批拨 100 万元专项资金，对高窟进行全面的加固工程。1963 年春工程启动，1966 年秋完工，使临崩溃的莫高窟恢复了整体性和稳定性，巍然屹立，雄踞大漠。其间，敦煌人民像当年支前剿匪那样参与工程建设，为保护莫高窟洒下了辛勤的汗水。正如当年的敦煌文物研究所所长常书鸿所说：“敦煌的父老乡亲对佛有一颗佛慈般的心肠，敦煌的大佛才感到佛面有光，敦煌的佛光才会普照四方！”

1981 年，邓小平同志视察敦煌时专门参观了莫高窟，当他从段文杰院长的汇报中得知莫高窟保护经费不足时，当即表示予以支持。回京后不久，国家文物局下拨 300 万元人民币，用于莫高窟的保护工作，使莫高窟面貌焕然一新。

1984 年，在敦煌文物研究所的基础上，扩大建立了敦煌研究院。

1987 年莫高窟被联合国教科文组织列入世界文化遗产名录。

……

2003 年至 2006 年，敦煌父老乡亲以实际行动贯彻落实《甘肃敦煌莫高窟保护条例》，将缅祖之情让与文物保护，如期搬出文化路沿线莫高窟保护区的 2000 多座私人坟茔。尤其是当年“南湖七烈士”敦煌之贾延尚、范淳、张进忠、赵功的家族前辈后生们，情系莫高，带头迁坟，给全市做出了榜样。

2008 年奥运火炬传递敦煌、传递莫高窟，西湖剿匪烈士吴炳录、杜向明、陈寿、段旭海家族的后生吴明、杜东生、陈明星、段海宏，传递圣火，传递梦想，一展新一代飞天儿女的风采。

抚今思昔，常书鸿、段文杰、樊锦诗、王旭东一代代敦煌学人继往开来，薪火相传，数字敦煌使莫高窟活力奔放，青春永驻。

“善国神乡”的敦煌人民，秉承“开放包容、崇高唯美、向善守正”的敦煌文化精神，让祖传的遗风春风化雨，引领风尚……

千里祭奠英烈

2016年11月18日上午，我正在抓紧修改长篇小说《铁血敦煌——敦煌剿匪记》。突然接到敦煌二中副校长丁明的电话，说当年参加敦煌剿匪的老战士王玉龙正在他们学校做报告，对我的敦煌剿匪小说非常感兴趣，愿为我提供一些线索。我一听非常高兴，答应下午见。下午一上班，王玉龙老人就按时来到了文联。简单寒暄之后，我为他让座沏茶。王老廋高的个子，银白色的头发，沧桑的脸上一双眼睛炯炯有神，虽已80岁高龄却显得很精神。王老多次来过敦煌，给城乡学校赠送他的回忆录《老兵的情怀》并进行革命传统教育。从书中我知道王老是敦煌人，年轻时参军参加过敦煌剿匪和抗美援朝战争，后专业山西大同矿务局直到退休。王老说他退休后一边写回忆录，一边联系敦煌剿匪烈士杨日明亲人到敦煌祭奠英烈。历经千辛万苦，終于找到了杨日明烈士的侄儿杨顺（山西省大同市阳高县大白登镇阳官屯村党支部书记）。

2011年清明，在王玉龙的引领下，杨顺携儿子杨志刚，在敦煌市委宣传部、市民政局领导王爱文、张维贤、贺效虎的陪同下，到敦煌城东烈士陵园祭奠杨日明烈士。杨顺和儿子杨志刚怀着崇敬的心情，将花圈敬献在杨日明烈士墓前。随之，杨顺和杨志刚毕恭毕敬地站在墓碑前，深深地三鞠躬。此刻，杨顺泣不成声，儿子也是热泪盈眶。“大伯您好，今天我终于了了几十年一个长长的心愿。当年你参加革命离开家乡，从此再也无消息。全国解放后，父母亲和我们一直在打听你的消息，一等就是几十年啊！你为敦煌剿匪血洒敦煌，是非常光荣的。父母虽然不在了，他们在天之灵听到这一消息，也会感到无限欣慰的。”杨志刚也感慨地说：“爷爷，今天我总算见到你了。你血洒敦煌，精神可嘉，我要发扬光大，做一个有益于国家和人民的人！”在场的人都被感动了，大家望着烈士墓碑，久久不忍离去。

那天我给王玉龙老人讲了敦煌剿匪小说的基本情节，王老说写得都很真实，西湖剿匪他亲自参加过，就是那个样子。后来，我就把王玉龙的名字写了进去，好让家乡的人民记住这个敦煌赤子。王玉龙老人提议与我合影留念，我愉快地接受了。临别，王老向我赠送了《老兵的情怀》一书，我回赠他《花雨神州》诗词集。从此，我和王玉龙老人常常通过电话和短信交流。不久，他给我寄来了珍贵的《敦煌剿匪战报》油印本，对我写作帮助很大。后来，他又联系杨顺与我联系。2016 年 5 月 29 日，杨顺与我通了电话，介绍了杨日明的有关情况及现在家中情况。他说没有前辈的牺牲，就没有后辈的幸福。他和儿子要以大伯（爷爷）为榜样，努力工作，奉献国家和人民。杨顺期望我的小说早日出版，让他和家乡人民了解敦煌剿匪和大伯的情况，让英雄精神发扬光大，激励后人。放下电话，我感到完成这部小说不仅是完成一个心愿，更是承担一种责任。

悠悠英雄气

历史的车轮穿越曲折，驶入坦途。进入21世纪，经历剿匪的敦煌、肃北、阿克塞，地理相连，民族团结，和睦相处，一起合着西部大开发的节拍，向着小康社会的目标迈进，书写着前无古人的时代新篇。

敦煌国际文化旅游名城、肃北草原新城、阿克塞侨乡，映衬着神奇迷人的敦煌南山，叠印着壮美秀丽的戈壁、草原、绿洲，屹立在伟大祖国的西部。

随着国家“一带一路”战略的实施，“大敦煌文化旅游圈”，把敦煌、肃北、阿克塞连为一体，犹如当年敦煌南山把三地连为一体一样。奔腾的党河水，美丽的阿尔金山，激荡着时代的春潮，放射着迷人的光芒。

随着敦格铁路的开通，将三地文化旅游的发展插上腾飞的翅膀。敦煌文化、丝路风情、蒙古族风情、哈萨克族风情，各具特色，各展风采，犹如缤纷的飞天花雨香飘远方。

2010年以来，为了写《敦煌剿匪记》，我实地考察了当年剿匪的敦煌南湖乡（现阳关镇）、西湖、北湖，以及肃北盐池湾、阿克塞安南坝，面对大漠胡杨、雪山戈壁、草原牧场、河流胡泊、湿地绿洲、葡萄田园，天鹅、野马、野骆驼和黄羊，我感到天地是那样地辽阔，风光是那样地壮美，生机是那样地盎然。

在这样一处处美丽的地方，当年曾是剿匪部队与土匪浴血奋战的战场。我们可爱的战士们，当时肯定没有细细地欣赏过这美丽的景色，有的甚至牺牲在了这里。今天，我要借我的小说告诉他们，这里已建成阳关国家级自然保护区、西湖国家级自然保护区、安南坝国家级野骆驼自然保护区和盐池湾国家级自然保护区。昨天他们在这里追剿的是凶恶残暴的匪徒，今天我们在这里防守的是毁灭绿色的风沙。他们用生命和鲜血换来的这些美丽的地方，我们要用忠诚和守望让它碧水长流，绿色永驻，成为人与自然友好相处的美丽家园。

在安南坝采访时，一名哈萨克族小伙子说，老人们讲，这里以前是土匪出没的地方，今天他们在这里保护野骆驼就是保护国宝“大熊猫”，责任重大，也是无上光荣的。在盐池湾采访时，一位蒙古族干部感慨地说，以前这里是土匪窝，现在这里是保护区，在全国都很有名，肃北也因此更加美丽神奇，我们要保护好它，让它永远青春焕发。在西湖采访时，一位牧羊人给我讲了五星胡杨的故事：在西湖剿匪时，三名解放军战士追击残匪进入一片胡杨柳，最后三人弹尽粮绝，靠着三棵胡杨树壮烈牺牲。后来，他们鲜血渗入胡杨躯干，化作红五星。一次，一位打柴的人无意碰到了三棵胡杨树，砍了一棵的枝丫发现茬口在流血，一会儿血停后露出了红五星的图案。他感到奇怪，就过去砍第二棵、第三棵，还是如此。砍柴人赶紧扔下斧头，向着三棵梧桐树磕头作揖，然后马上离去。后来，西湖五星胡杨的故事便远近传开了。人们纷纷去找，只有可遇而不可见。那位牧羊人说他曾三次见过五星胡杨，后来怎么再也找不到了。听了牧羊人的故事，我觉得五星胡杨既虚幻又真实，因为我们剿匪英雄的故事是惊天地、泣鬼神的，更是充满传奇色彩的。

敦煌剿匪的故事，敦煌剿匪的传奇，从我小时候就时有耳闻。后来我参加工作后，还能听到一些上了岁数的人的讲述，如五星胡杨、贼窑、南湖事变、西湖宝藏等。随着这些老人的渐渐离去，故事也就渐渐地淡忘了。只有在一些党史资料中，可了解其大概。

2009 年，敦煌解放 60 周年之际，当年剿匪的英模王排长和刘黑女已先后离去，他们的儿女已长大成人。王排长和刘黑女在世时，常常教育子女们不要忘记在敦煌剿匪中牺牲的英烈们，饮水思源，感恩回报，把家乡建设得更加美好，以告慰英烈们的在天之灵。继红和爱红以父母为榜样，积极上进，热爱家乡，分别在乡村小学和边远乡镇长期轮流担任校长和乡镇长、书记，成为飞天儿女正能量的代表。他们的儿女小红和年红，根红苗壮，茁壮成长，被誉为“红三代”。

剿灭乌斯满后，当刘莹得知小王牺牲后的消息后，一连几天悲痛不已，茶饭不思。刘黑女对她进行了姐妹的安慰和开导，使她振作了起来。她亲自参加了小王的葬礼，按照当地的习俗为她饯行、烧纸、叩、培土，如同为已结婚的丈夫送行一样，使在场的人为之动情、为之伤感！石志刚县长感激地说：“真是‘敦煌烈女’、妇女楷模”。

后来一位乡下教师看上了刘莹。刘莹表示同意，但她只有一个条件：等她为小王三年守孝期满，答应她的求婚。那位教师表示同意。三年后他们喜结良缘，夫唱妇随，报效家乡，成为敦煌的优秀儿女。

南湖七烈士之敦煌籍范淳、张进忠、赵功的家族后辈们，发扬光荣传统，英雄之气，洋溢乡里。范氏后生积极拥军爱民，成为全市学习的榜样。赵氏后生在鸣沙山下拉骆驼搞旅游，展现了敦煌农民的新风采。张氏后生经营敦煌民间小吃十多年，创出“敦煌拨疙瘩王”的品牌，使当年剿匪的部队的应急饭食，跻身“敦煌民间十大名小吃”，还有当年彭总品尝的“顺张黄面”，为舌尖上的敦煌增光添彩，成为中华名小吃。中外游人被敦煌繁华的夜市所迷恋，更为民间小吃的美味所陶醉。

我想此刻，彭总和那些剿匪英烈们若在天有灵，看到烈士后生们大有作为的今天，看到敦煌日新月异的今天，一定会感到无限欣慰的！

清明时节，鸣沙山下杨柳吐丝，百草钻芽。解冻的党河水飞珠溅玉，清波荡漾，流向一片片催红布绿的田园。晴朗的天空阳光灿烂，白云悠悠。田野上一位牧羊人唱起了新编的敦煌曲子戏：

春风习习，晴空朗朗，
岁月话沧桑，
南山剿匪英雄事迹永不忘。
红旗飘飘，天日朗朗，
饮水常思源，情激党河浪，
硝烟过后好春光。
……

敦煌烈士陵园，青松垂青，庄严肃穆。一队队红领巾怀着出无比崇敬的心情，向烈士墓敬献花圈。

我们是共产主义接班人，
继承革命前辈的光荣传统。
爱祖国、爱人民，
鲜艳的红领巾飘扬在前胸。

……

烈士墓前，红歌飞扬，伴着清风飞得很远、很远……

鸣沙山顶，一道彩虹横贯碧空，格外耀眼……

诗云：

飞天花雨舞彩练，饮水思源忆英贤。

更喜春风吹塞外，党河激浪涌波澜。

尾声

岁月沧桑，春秋代序。一眨眼，敦煌剿匪的往事，已过去了60多年、半个多世纪。

往事如烟，记忆犹新。今天，当我们回首往事，那一幕幕仿佛又浮现在敦煌南山、西湖、北湖和雪山、戈壁、草原。这是一片英模们用血汗换来的地方，这是一片充满传奇的地方，这是一片令人崇敬和神往的地方。

在敦煌两年多的剿匪战斗中，我剿匪部队指战员和地方民兵在茫茫戈壁、浩浩草原洒下了他们的鲜血，献出了他们的生命，留下了他们的忠诚。抚今思昔，活捉乌斯满的特等功臣孔庆云，特等战斗英雄张凤鸣、张拉扣，侦察英雄王永刚、王晓阳……深入匪巢、舌战匪首的虎胆英雄来推夫、李万祥，智勇双全的剿匪英雄李源，剿匪民兵英雄吕玉，支前模范刘黑女、温占国等，以及南湖剿匪战斗中壮烈牺牲的杨日明、贾延尚、范淳等七烈士一一走来，音容宛在。他们的名字已如雷贯耳，深入人心；他们的故事如春风化雨，万紫千红。

敦煌剿匪的故事，到尾声就算结束了。但我总觉得意犹未尽。在我实地采访和征求书稿意见时，那些尚健在的七八十岁的老人，总能给我讲一些鲜为人知的剿匪故事，我只有在已有的素材和篇幅上及时增补和完善，使作品血肉更加新鲜丰满。他们期望我早日将敦煌剿匪故事公布于世，让人们了解敦煌艰难的昨天，珍惜敦煌幸福的今天，开创敦煌美好的明天。

党水千年流，涌泉万代长。愿敦煌剿匪的故事，从此不要中断；愿敦煌剿匪的故事，不断续写新篇；愿敦煌剿匪的故事，与敦煌灿烂的历史文化相映生辉，霞光永照……

诗云：

六十年前熄烽烟，残匪逃窜聚南山。

两载军民征战苦，传奇故事万代传。

2015年8月30日初稿

2016年8月30日二稿